文春文庫

「司馬さん」を語る

菜の花忌シンポジウム

司馬遼太郎記念財団編

文藝春秋

「司馬さん」を語る　菜の花忌シンポジウム　目次

第二章

第三章

まえがき

「司馬さん」――会ったことがある人も、なかった人も、皆が親しみを込めて、こう呼びます。

作家・司馬遼太郎さんが亡くなって一年目の命日である一九九七年二月十二日に、大阪で第一回菜の花忌シンポジウムが開催されました。たんぽぽや菜の花など、司馬さんが黄色い花が好きであったこと、また作品『菜の花の沖』があったことから、この名がついたそうです。

その第一回の時のテーマが、「私たちの司馬さん」。パネリストの方たちの口からは、温かい人柄や、ユーモラスな言動、日本の行く末を暗示するような一言、透徹した眼差し……それは多くの〝司馬さん〟が飛び出しました。いま読んでも多くの気づきを与えてくれる、そして大変貴重な記録でもあります。

シンポジウムは以来、毎年東京と大阪で交互に開かれ、二〇二三年二月に第二十六回を迎えます。壇上いっぱいに置かれた菜の花は、終演後に来場者たちに手渡されるのが恒例で、春をいち早く告げるイベントとして、すっかりお馴染みになりました。

年月が経ち、司馬さんを直接知る人は少なくなりましたが、膨大な作品は遺りつづけ、手を伸ばせばいつでもその世界に浸ることが出来ます。司馬さんの言葉はこれからも折に触れ、我々が生きていく上での指針の一つになるに違いありません。
二〇二三年――司馬さんが生まれて百年という記念すべき年に、これまでの菜の花忌を振り返り、パネリストの方たちの貴重な肉声で、新しい「司馬さん」を知ることのできる一冊になれば幸いです。

「司馬さん」を語る

菜の花忌シンポジウム

本書は文庫オリジナルです。
DTP制作　エヴリ・シンク

第一章

私たちの司馬さん

安野光雅
井上ひさし
姜在彦（カンジェオン）
司会・青木彰

安野光雅（あんの・みつまさ）
一九二六〜二〇二〇。画家・装幀家・絵本作家。『ふしぎなえ』『繪本平家物語』『空想の繪本』『ABCの本』『旅の絵本』など。一九八四年に国際アンデルセン賞を受賞。司馬さんの紀行文集『街道をゆく』の装画を担当した。

井上ひさし（いのうえ・ひさし）
一九三四〜二〇一〇。作家。『手鎖心中』で第六十七回直木三十五賞を受賞。人形劇『ひょっこりひょうたん島』、小説『青葉繁れる』『吉里吉里人』『四千万歩の男』『東京セブンローズ』、戯曲『父と暮せば』など。

姜在彦（カン・ジェオン）
一九二六〜二〇一七。朝鮮近代史・思想史研究家・花園大学教授。『朝鮮の開化思想』『朝鮮儒教の二千年』『朝鮮半島史』など。『街道をゆく』で故郷の韓国・済州島を司馬さんと一緒に旅した。

青木彰（あおき・あきら）
一九二六〜二〇〇三。ジャーナリスト。『新聞との約束―戦後ジャーナリズム私論』『司馬遼太郎と三つの戦争　戊辰・日露・太平洋』など。司馬遼太郎記念財団常務理事を務めた。

（一九九七年二月十二日開催・第一回）

青木　鼎談のタイトルは、「私たちの司馬さん」です。司馬遼太郎さんの魅力、業績の魅力についてお話をしていただきたいのですが、まず井上ひさしさんは、オーストラリアで初めて司馬さんと親しくされたそうですね。

井上　一九七六年、私はそのころオーストラリアの国立大学の客員教授をしていました。「ライター・イン・レジデンス」といいまして、外国にはよくある制度です。作家や詩人や画家を、大学が一年なり二年なり召し抱える。自分を取り戻して、いい仕事をやりなさいと、休みの期間を与えてくれる制度です。

その国立大学にアジア学部の日本語科ができまして、客員の教授を日本から呼ぼうということになり、最初に名前が挙がったのが、宮沢賢治さんでした（笑）。次は太宰治さん。みなさん亡くなられていて、結局、私に話がきて、喜んでまいりました。

一カ月で日本が恋しくなりました。

シャケで茶漬けを食いたいなどと言いだしたころに、司馬さんがオーストラリアに取材にいらっしゃることを知りました。たしか三月だったと思いますが、オーストラリアは冬と夏が日本とはあべこべですから秋の支度をなさっておいでになったほうがと、ファンレターのような手紙を差し上げますと、一つだけ宿題をくださいました。

「私は外国の大学の教授の選び方にとても興味があるので、いったいどういうふうに学校の教員を決めるのか、なんとなく聞いておいてください」と。

それから司馬夫妻がキャンベラにおいでになって、結局は二日間をご一緒しました。

向こうでは、ある講座の教授が退官したからといって、自動的に助教授が教授に昇格するということはありません。新聞を通じて募集します。

学長まで募集する大学もある。

僕も浅草で昔、副社長募集というのに行きましたら、小さく、皿洗いもできる方と書いてありました（笑）。それとは違って、ほんとうに学長から副学長、教授、全部募集で決めていくんです。司馬さんが感心なさったのは、まずその選考の過程が全部公開であることと、そして次の二点でした。

面接を重ねて、例えば二人が最終選考に残ったとします。この二人のうちの片一方が女性の場合、甲乙つけがたいときには、必ず女性を教授にする。

男性二人の場合には、例えばイギリス人とフィリピン人が両方とも教授の候補者として最終的に残った場合には、必ずフィリピン人を採用するんです。つまり、今まで日の当たらなかった性、日の当たらなかった地域、そういうところから採用する。

司馬さんはこれに比べると日本の大学は幼稚園だね、幼稚園よりも悪いねとおっしゃっていました。

こうして二日間があっというまに終わりまして、司馬さんのご一行をキャンベラ空港へお送りしました。司馬さんの乗った飛行機が機首をぐっと上げたとき、思わず私はこう言ってしまいました。

「ああ日本が行っちゃう」と。

司馬さん自体が日本、それもとても良質な日本という感じがあり、二日の間で私のなかでは、なにか司馬さんが日本そのものになってしまった。その人が飛行機に乗って遠くへずっと行くときに、日本そのものがどこかへ去っていく、そんな非常に寂しい気持ちになったのを覚えています。

去年のきょう、やはり同じ気持ちがしました。日本がどこかへ行ってしまうと。日本のいちばん大事な良質な部分が、もう帰ってこないという無力感、絶望感がありました。

もっとも、司馬さんはたくさんの作品を私たちの前に残していってくださいました。肉体としての司馬さんは遠くへ去られましたけれど、司馬さんの精神、心の生き生きとした動きは、私たちの前に依然としてあります。作品を読みに読むならば、そこに司馬さんがいて、日本があるというところへ、やっとこのごろ落ち着きました。

青木　次は姜在彦さんです。司馬さんとは一九七〇年代の初めからご親交があり、韓国にも二度旅行をされています。姜さんどうぞ。

姜　司馬さんが非常にほめ上手というのは定評があります。私はそのために非常に悩み続けたことがあるので、それからお話ししたいと思います。

私は、名前を韓国の音で呼んだら「カンジェオン」となるのですが、司馬さんがあるとき言いだされました。

「カンジェオンよりも、観世音菩薩のほうが覚えやすいですね」

言うだけではなくて、それをお書きになった。私を知らない人が読むと、観世音菩薩みたいな人だと思われてしまう。会ってみたら、そこらにごろごろしている俗物だとすぐわかるのですが、一時期本当にこれで悩み続けました。

司馬さんは落ちこぼれに優しい方ですね。

司馬さんの作品で、最初に読んで感動したのは、『故郷忘じがたく候』。それから『竜馬がゆく』という小説を読んだんですが、竜馬という人は、司馬さんの言葉でいえば、「天が日本に与えてくれた人だ」

ということになる。

しかし、もともとは落ちこぼれですね。土佐藩のなかでは身分の低い郷士の生まれで、勉強もあまりできてなかったようですな。しかも、洟たれ小僧で、おねしょはする、性格も茫洋として、うすのろみたいな感じです。

一般的な常識では、明治維新の主役は薩長で、そのわき役にすぎない人が結局、主役となってしまう。

私は在日朝鮮人の社会のなかでは、実際はそうでもないのにエリートと見られているところがありますが、日本の社会のなかでは、現実的に見れば完全に落ちこぼれですね。

司馬先生は、私が落ちこぼれだから優しくしてくれたのかもしれません。本当に見る目が優しかったなと思ったりしています。

青木　安野光雅さんは九一年以来、『街道をゆく』のパートナーとなられました。安野さん、よろしくお願いします。

安野　司馬さんの挿絵をかくのは、ほんとうに楽しくて、絵をかくこと自体も楽しいけれども、それよりも司馬さんという方に接することができるというだけで、お金は要らないなと。これはあんまり言えないんですけども（笑）、正直なところ何にも要らないという気持ちでした。

今日、会場に飾られている写真は、弘前に行ったときの写真だったなと思い出しました。弘前城の桜の木には雪がいっぱい降り積もって、桜が咲いているように見えました。

そのときに司馬さんが、困ったよ、困ったよと言うんですよ。

何が困ったんですかと聞くと司馬さんは、鈴木克彦さんという考古学者のお嬢さんたちが安野さんに会いたいと言っている。弘前城の雪の中で一緒に写真を撮りたいと言っているんだよと言うから、べつに困りゃしないですよ、僕はいいですと言ったんです。いや、何を隠そう、鈴木さんのお嬢さんたちは、子供のときからあなたの本を見て大きくなったんだよ。こんなきれいな絵をかく人は、いったいどういう人なんだろうと。きっと星の王子さまみたいな人だと思い込んでいる。だから、困っているんだよと、そう言うんですね（笑）。

僕はやや心外というか、司馬さんは気配りのある方のはずなのに何だ、と思ったんですが、考えてみますと、向こうのお嬢さんに対して気配りをされていたんですね（笑）。私としても今さら、急にやせることもできないし、大阪の言葉で言えば、

「どないせえちゅうねん」

という感じになりました。まあそれでも、一緒に写真を撮って、喜んで帰ってくださいました。

青木　司馬さんは非常に温かいまなざしをもっていたという話になりましたが、井上さんは山形のご出身です。司馬さんは東北にたいへん関心をもち、同時に東北に対する同情者でもあったような気がしていますが。

井上　司馬さんのお人柄ということにかかわってくると思うのですが、私が離婚をした

ときに、いち早くお手紙をいただきました。

あなたは五十歳を超えたでしょうというお手紙でした。海軍では船が難破したときに、荷物をどんどん落として身軽になって、そして助かるんだ。

これは神が与えたチャンスだと思ったらいかがですかと。身軽になって仕事に専念せよという、神様のお計らいなんですよ、と。

そして、だいたい東北の男性というのは、上野や浅草あたりの下町娘に弱くてけしからんです、とまあ書いてありました。これは図星でしたね。

そういうお手紙をいただいて、少し気が落ち着いて、しかし結局、再婚することになりました。その相方といいますのが、日本の近代史、幕末から明治にかけての歴史を全部、司馬さんのご本で勉強したという女性でした。司馬さんにお目にかかれるんだったら結婚してもいいですよという感じもありまして、いずれにせよ司馬先生に紹介しなきゃいけない。

困ったなと思っているところへ、奥様が、一緒に食事をしましょうと誘ってくださった。これは何か司馬さんに言われるかな、どうもすみませんといった顔でお目にかかりますと、司馬さんは破顔一笑、「まあ、それもいいでしょう」（笑）。

悩んでいる男、あるいは女性を、そのときに気を楽にしてやろうという、安野さんのおっしゃった気働きですね。人間的にもほんとうに懐かしい、大きな人という感じでした。

たしかに東北人というのは江戸の下町娘にしてやられるんですね。さすがの洞察力と思って非常に感心したということで、私の東北論、司馬先生の東北論はこれでおしまいです。

優しさと庶民性　根底に周辺史観

青木　さきほどの姜さんのお話につながるのですが、朝鮮民族に対しても司馬さんの視線の優しさがあったと思うんですが、いかがですか。

姜　私は朝鮮思想史をやっていて、主として儒教思想史をやっています。

司馬さんの韓国に対する関心がどこにあったかと考えてみますと、司馬史観というテーマにつきあたります。

司馬史観も、見る人によっていろいろ違ってくると思うんですが、私はこう理解しているんです。

司馬さんは、もともとモンゴル語を勉強された。それをきっかけにして司馬さんの世界ができあがっていきます。司馬さんにとってはモンゴルも、女真族も、そして朝鮮、日本も、中華から見たらみな万里の長城の外にある夷狄（いてき）なんです。

司馬さんはその夷狄に対して、非常にいとおしみがあった。極端にいえば、日本と韓国も、司馬さんから見ればよその国ではないという、そういう感じさえ受けました。私が、非常に意気投合したというか、感動したのはこの点です。いつも司馬史観とは、周辺史観だと言いたいぐらいに思っています。だから朝鮮の朱子学が、中華と同じ視座から満州や日本を見ることにきわめて批判的でした。

中央から見るのではなくて、地方から見る。逆から照射する。周辺の夷狄から中華を見る。権威と中央にどっぷりつかっているとよく見えないものも、周辺からだとよく見えてくるんですね。司馬さんの優しさとか庶民性の根底には、この周辺史観があるような感じでした。

青木　いま韓国の話が出てきましたので、台湾の司馬さんということで、安野さんどうぞ。

安野　毎晩、司馬さんの話を伺っていると、司馬さんは本当にシェエラザードのようでしたね。われわれは「司馬千夜一夜」と言っていたくらいで、毎晩話が違うんですね。会うたびに、よく違う話が出てくるものだと思っていました。あれを全部録音しておけば、「週刊朝日」はこれから先、何十年でも講演録をやれるのになと思うぐらいで、それくらいおもしろかったんですね。

私なんか原稿の締め切りをきっちり守るほうで、三週間分ぐらい、いっぺんに渡して帰ったりします。すると編集者も慣れきっているものですから、なに食わぬ顔して持って帰る。うれしそうでもない。ところが、なかなか書かない人がやっと原稿を書くと、やっともらえた、やっと間に合ったって、がんと診断されたのが誤診だったという気分で、ものすごく喜んで帰るんですよ。それがだれなのかは、特に名前は言いませんけど（笑）。

そんなに感謝されないなら、ぎりぎりに書いたほうがいいって、司馬さんに言ったことがあるんですが、司馬さんは言いました。そういうことを言っちゃいけません。原稿は間に合わせなければいけませんと。確かに司馬さんは、一回でも遅れたことはない。一回もない。

でもね、そうおっしゃいますけどね、ぎりぎりで、やっと間に合う人もいますよと言ったら、声をひそめて、あの人でしょう？　あの人ですよ（笑）。これはほんとうにあの人本人に聞かせてやりたいんだけれども、司馬さんは涙が出るようなことを言いました。

あの人はね、日本でいちばんいい人なんだ、ああいういい人は特別だと言うんです。あの人は遅れても構わないと言うんですよ。井上さん、涙が出ますでしょう（笑）。

司馬さんは大阪の生まれですから、そうなのかなと思っていたんですが、非常にニュートラルな物の考え方をなさる。司馬史観という場合の「観」には二つの意味があって、物を考えるという意味と、思うという意味があると考えているんです。

考えるというのはかなり後天的なもので、学校へ行っていろいろ勉強して、本を読んだりする必要がある。

しかしもっと難しいのは「思う」ほうでして、これは学校へ行ったぐらいでは身につきません。

司馬・安野コンビ　バナナの叩き売り

安野　絵をかく場合でもそうなんですよ。ここは青くしたらいいか、赤くしたらいいかというようなことを、理屈ではいくら考えてもだめで、何かしら思う。その「思う」ということは、つまるところ、自分が生まれ育った方言のように染みついてしまったもの、自分の生まれた場所のような気がするんですね。

司馬さんは、台湾に行ったときも、ほんとうに優しかったです。私はバスの中で日本の歌を、台湾の女子学生たちに教えました。

「菜の花畠に　入日薄れ　見わたす山の端　霞ふかし」

ところがこの歌を司馬さんは知らないという。「朧月夜」ですよと言っても、知らない。司馬さん、何言っているんですか、NHKがアンケートをとって、一番人気は「赤とんぼ」、二番目は「朧月夜」なんですと言ったらね、知らないと言ってうなだれるんですよ（笑）。

だんだん問い詰めますと、どうも小学校のときに、司馬さんはあんまり勉強をしてないみたいなところがある。小学校のときに勉強しなかった方がここにもいらっしゃるかもしれませんが、たいへん心強い話ですね。

台湾はバナナの産地ですから、私は女子学生たちにですね、日本では台湾からバナナがくるとバナナのたたき売りというのがあったんだよと言うと、それは何ですかと聞かれた。

では実演だということになり、

「尾張名古屋は城でもつ。城の中には堀があり」

私が言うと、そばにいた司馬さんが解説を始めたんです。

尾張名古屋の「尾張」とは何か、「城でもつ」とはどういうことなのかと。司馬さんの歴史的な解説に、台湾の女子学生たちがしきりにうなずいている。さらに私が言いました。

「うちの世帯はかかでもつ」

するとまた司馬さんが「かか」とは何なのか、「世帯」とは何か、「もつ」とはどういう意味か、また説明するんですよ。そしてついに私が、

「かかの腰巻はひもでもつ」

と言ったら、さすがの司馬さんも、おい、安野さん、やめろよって言うんです（笑）。

青木　安野さんの独演会をずっと聞いていたいのですが、そろそろ司馬さんの業績に対してそれぞれのお立場からどう見られておられるか、そのへんに話を移したいと思います。井上さんから。

井上　司馬さんのお書きになったものはとにかく読むという愛読者の一人なんですが、『この国のかたち』という六巻本があります。

ある日、「憲法」という言葉を外国語ではどういうのか、調べてみたことがあります。英語ではコンスティチューションでしたか、フランス語やイタリア語、ドイツ語と、ずっと調べていきました。

日本語で「憲法」といいますと、「憲」には「おきて、法律、のり」という意味があります。「法」も、「おきて、のり、定め」などの意味がある。その二つを重ねますと、「法の中の法」とか「おきての中のおきて」というふうな意味になり、まさしく基本法といった意味になります。

あまり日常で使う言葉じゃありません。憲法という言葉の語感には、普段は敬遠して、棚に上げておき、必要なときにほこりを払って持ってくるという冷たさ、よそよそしさがあります。憲法意識が弱い、薄いというのは、そのへんの憲法に対する語感からきているんじゃないかと、薄々とは思っていたんです。

ところが英語のコンスティチューションといいますと、まず、物事の本質、基本構造、秩序という意味の普通名詞であります。普通名詞ですから、日常会話の中でコンスティチューションという言葉がしきりに使われている。そこに定冠詞がついて、Cという頭文字が大きくなると、憲法という意味になるわけです。

つまりわれわれが憲法と言ったときに浮かべるイメージと、英語を使う人が、コンスティチューションと言ったときのイメージとでは、ずいぶん違うのじゃないか。ドイツ語、フランス語、イタリア語などを使っている人のイメージとも違うのではないかと思い始めていたところ、ある日、『この国のかたち』を読んでいて、愕然（がくぜん）としました。『この国のかたち』とは、外国人が憲法というふうに言われたときにパッと浮かぶ、「この国の基本の形」という意味なのではないかと思い当たったのです。「憲法」と言うから憲法はわれわれに縁遠い言葉になっているんですが、ひょっとしたら、この「憲法」を「この国の形」と言い換えたらどうかという、司馬さんの思いがあの題名に込められているのではないでしょうか。

そしてこの国の基本の形の外側で政策などが決まるようなことがあれば、もう一度、ひどい時代がきますよというメッセージが、実はタイトルに込められていると、僕は勝手に考えていったわけです。

日本は戦前も戦後も、自分の内側に内的な規範、原理というのがなくて、いつも外側をルールにする、外側に何か出てくるものをルールにして、国をころころ変えてきたところがある。もう少し日本人が主体性をもってこれから生きないと、もう羅針盤(らしんばん)がないのと同じですよということも、『この国のかたち』の中で、おっしゃっています。『この国のかたち』という六巻は、ひょっとしたらわれわれにとっての憲法の読本ではないか。司馬さんが指摘したものをずっと置いていくと、そこに日本という国の基本の形が浮かび上がってくるのではないか。

それを考えることを、これからの自分の大事な仕事の一つにしようというふうに思っております。

青木　姜さんのお立場から、司馬さんのお仕事といいますか、作品についてお伺いしたいんですが。

姜　結局、司馬さんの仕事とは、日本を問うということではないかと僕は思っています。そういう意味で、私は井上さんが『この国のかたち』は憲法の本だということを言われたのに同感ですね。

明治以降、あるいは江戸時代から日本に来た外国人による、数限りない日本論がありますね。それらを全部読んだわけではありませんが、司馬さんの作品というのは、最良の日本論だったのではないか。

日本に来て二、三年たって、日本論を書く人は多いんです。韓国でも、そういう日本論がたくさん出ています。日本は、韓国とは異文化ですから、異文化で受ける強烈な印象は、すぐ書ける。ところが、だんだん在日する年月が長くなればなるほど、日本がわからなくなっちゃう。どうしても異国人にとっては踏み込めない、ある聖域があるんです。

私は昨年、古希を迎え、四十四年は大阪に住んでいます。わが人生で、いちばん長くおったのが日本であるばかりか、大阪なんです。

僕は、日本というのはいったい何かということをものすごく問い続けてきました。最も私の問いに答えてくれたのは『この国のかたち』でした。

そして「街道をゆく」が始まったのは一九七一年です。ご記憶の方も多いと思いますが、そのころの日本では、西洋語に比べた日本語の違いをあげて、これこそ日本文化だという論議が非常にブームを起こした時代でした。しかし、僕はブームのなかで思っていました。西洋語に比べた日本語の違いは日本だけのものではなく、朝鮮語にも通じるんですね。日本に似た韓国、朝鮮を知らないで日本文化を語ることができるのだろうか。

そういうなかで、司馬さんは「街道をゆく」を始めたんです。僕は外国に行く順序に注目したんですが、真っ先に行った外国は、韓国であり、次がモンゴルだったように思います。韓国とモンゴルの中間にいる女真族については、最後の小説『韃靼疾風録』でとりあげています。司馬説によれば、モンゴル、満州、韓国、日本は共通のウラル・アルタイ語族であり、同じ遺伝子でつながっているようでした。

最も日本に近くて、似て非なる国を語ることから、日本とは何かを考えています。つまり日本の周辺から、逆に日本を照射するやり方ですね。日本人、外国人による無数の日本論があるなかで、最も信頼できる最高のエッセンスを集めた作品でした。

司馬さんの本を読む「司馬大学」を

青木　安野さんはいかがですか。
安野　『坂の上の雲』のことは説明するまでもないんですが、日露戦争のことが、表裏全部書かれている。結論的には日本は勝ったんですが、あんまり喜んでもいられない。悲しい思いをあわせながら読みました。
あの戦争に勝ったという思い上がりが、無批判に受け継がれていって、日本軍隊のいわゆる「しごき」など、サディズムといっていいほどの悪しき風習となってしまった。それがいまだに後を引いていて、今度は軍隊ではなくて、形を変えていろいろな社会、制度の中にもにじみ込んでいるような気がします。ある日、名古屋のホテルの階段を上りながら、「日本は峠を越えたかもしらんな」ひとこと、ぽつっとおっしゃった。ほかの人が何を言っても驚かないんですが、司馬さんから聞いたときは大変なショックでした。

その晩、部屋へ帰っていろいろ考えてみると、漱石じゃありませんが、大ローマも滅びたし、大蒙古も滅びたし、ドイツもああだ。日本だって、いつまでもいいことばっかりじゃない。曲がり角といいますか、峠というのが今かもしれないと思ったときは、背筋が寒くなる思いがしました。

そしてあらためて『坂の上の雲』という作品のことを考え、崩壊を予感させる作品だと思いましてね、本当に歴史を書ききった本だったなと今の時代になって、改めて感じています。

青木　司馬さんが「週刊朝日」でアニメ作家の宮崎駿さんと対談をされていて、冒頭で言われてますね。

人間は大人になっても一人ずつ子供を持っている。恋をするときも、作曲や絵画や、ときに小説も、学問もその子供が受け持っている。お悔やみに行くときは自分の中の大人が振る舞うんですが、創造的な仕事というのは、子供の役割なんだ。

私はその言葉がたいへん好きなのですが、司馬さんの作品を見ますと、創造的な人々の、非常に子供的なところが実に見事に描かれています。

今日は菜の花忌です。『菜の花の沖』に、高田屋嘉兵衛が初めて蝦夷の地に上陸したときの情景が描かれています。磯の砂を手でかきあげながら、「私は松前の浜に来るのがいつも夢でした」と言う。私は司馬さんという人は、子供の魂というものを持ち続けた人だろうと思います。

もちろん司馬さんは大人でもあるわけです。しかし、なるべくその大人の役割を果たそうとしたのは、福田みどり夫人だったろうと思います。同時に、司馬さんが子供の部分をいつまでも持ち続けるように、司馬さんの子供を慈しんできたのもみどりさんだったでしょう。さて時間がなくなりました。

司馬さんは井上さんとの対談で、

「日本はこれから美しき停滞でいかなきゃならないんだ」

と言われ、この言葉を井上さんは、「美しき成熟」という言葉に見事に置き換えられました。司馬さんの日本への憂いを「美しき成熟」という形で受けとめられた井上さんに、締めていただこうと思います。

井上　僕は今、ハーバード大学のことを考えております。ハーバード大学の起こりは、牧師さんの集めた一万冊の書物でした。その方は自分がこつこつ集めた本を一万冊寄付された。それをどう整理し分類すればよいか、そして書物の中に何が書いてあるか、さらにどう読めばよいのかを考え、研究しているうちに、同学の士が集まってきて、やがてそれがハーバード大学になったのだといいます。

今度、司馬遼太郎記念財団ができました。司馬さんのご本をたくさん集めた記念館ができたときに、その司馬さんをどういうふうに読んでいくかということをやっていくと、自然に一つの大学ができるのではないでしょうか。べつに財団に大学を建てろと言っているわけではなく、司馬さんが集められた本、お書きになった本を私たちが読んでいくことで、「司馬学」といいますか、とても変わったおもしろい生き生きした大学のようなものが自然にできるのではないでしょうか。きょう午後からずっとぼんやり過ごしているうちに、だんだんそんな気がしてきました。

僕の中にもすでに「司馬大学」がある――。会場のみなさんと同じ空気を吸いながら、いろいろとお話を伺いながら、なんとなく私はそう考えはじめました。そんな感想を申し上げることで、無理やり締めにさせていただきたいと思います。

竜馬と司馬遼太郎

井上ひさし
檀ふみ
永井路子
松本健一
司会・古屋和雄

井上ひさし　14ページ参照

檀ふみ（だん・ふみ）
俳優。ドラマ『日本の面影』『花燃ゆ』、映画『青春の蹉跌』『火宅の人』『太陽とボレロ』など。阿川佐和子氏との共著『ああ言えばこう食う』で第十五回講談社エッセイ賞を受賞。

永井路子（ながい・みちこ）
一九二五年生まれ。作家。出版社勤務を経て文筆業に入る。『炎環』で第五十二回直木三十五賞、『雲と風と』ほかで第二十二回吉川英治文学賞を受賞。『北条政子』『歴史を騒がせた女たち』『つわものの賦』『岩倉具視』など。

松本健一（まつもと・けんいち）
一九四六〜二〇一四。評論家。『近代アジア精神史の試み』『日本のナショナリズム』『三島由紀夫と司馬遼太郎』など。二〇〇五年に『評伝　北一輝』（全五巻）で司馬遼太郎賞と毎日出版文化賞を受賞。司馬遼太郎賞選考委員も務めた。

古屋和雄（ふるや・かずお）
一九四九年生まれ。元ＮＨＫアナウンサー。文化外国語専門学校校長。大阪放送局時代に、「司馬遼太郎さんを送る会」の進行役を務め、以来「菜の花忌」の司会進行役となる。

（一九九八年二月十二日開催・第二回）

古屋　まず司馬さん、あるいは司馬作品とのかかわりを伺っていきたいと思いますが、永井さんは司馬さんとのおつきあいは長いですね。

永井　司馬さんと寺内大吉さんのおつくりになりました同人雑誌の「近代説話」に、中途から入れていただきました。それ以来ですが、ダンディーなアドバイスをいただいたことがあります。「近代説話」の同人と私が話してるときに、「老眼になっちゃって、だんだん見えなくなっちゃったわ」と言うと、司馬さん、「おしゃれな眼鏡を買いなさいよ」。老眼で見えなくなっていやだな、年取ったなと思っているときに、「おしゃれな眼鏡を」と言われると、気持ちが明るくなるでしょう。そういう優しさが素敵でしたね。

古屋　松本さんはいかがですか。

松本　私の場合は晩年の十年ちょっとで、それも手紙のやりとりのほうが多かったと思います。評論家の谷沢(たにざわ)永一さんが「司馬さんという人は人間たらしだ」とおっしゃっていますが、私の場合もそうです。「司馬さんは自分のことを、いちばんわかってくれる人だ」と、つい思わせるんですね。

私が、とある対談で「万国公法」の話をしたことがあります。幕末のときに、日本に入ってきた新しい国際法ですが、坂本竜馬がこれを「いろは丸」事件で非常に巧みに使いこなした。

その後、日清・日露の開戦の詔勅（しょうちょく）の中には、国際法にのっとって戦えという言葉があるのに、大東亜戦争のときには国際法という文字が一つもない。これは日本における戦争の大いなる変質である。これがやっぱり昭和という時代の非常に大きな問題だろうと述べたんです。すると司馬さんからお便りをいただきましてね、

「幕末から明治、昭和にかけての『万国公法』、つまり国際法と日本人の精神史との関係を説き明かしたのは、松本さんが初めてだ」

と書いていただいた。「万国公法」はもちろん『竜馬がゆく』の中で詳しく書かれていいます。私のほうこそ、とても刺激を受け、自分の思索を進めてきたところに、そういう手紙をいただいた。元気づけられましたね。

古屋　井上さんは去年もご出席いただきましたが、いかがですか。

井上　一九七二年の夏に直木賞をいただいたときに、選考委員の松本清張さんと司馬さんからお手紙を頂戴しましたが、偶然同じようなことが書かれていました。清張さんは、

「これから二年間は、とにかく注文は断らないで、お礼奉公というか、書けるだけお書きなさい」

おしまいは「井上ひろし様」になっていました（笑）。有名な歌手に井上ひろしさんという方がいたんですね。司馬さんのお手紙のほうは、「あなたは作品上は天性の嘘つきなのですから、その嘘をうんと広げてください」というのが前段でして、「仕事はしばらく断らずに、やれるだけやったらいかがですか」と。「でも、ちょっと危ないと思ったら、もうやめなさい」。昔の選考委員の方は、本当に親切でしたね。

檀　いまお話を伺ってると、私は一度もお目にかかったことがないんですが、本当にお優しい方なんですね。でも、実を言いますと、たぶんこの会場の中で私がただ一人だと思うんですけど、私、最近まで「司馬さんって、きらい」って言ってたんです。

古屋　えっ？

檀　シーンとなっちゃった。どうしましょう。大学生のときに『翔(と)ぶが如く』を苦労して読んだんですけど、やっと登場人物に感情移入できたかなと思うと、「ここで余談だが」とか、「筆者は思うのだが」とか、「ちょっと話は変わるが」とか気をそがれちゃう。それ以来、司馬さんはどうもと思っていたのですが、去年、「功名が辻」で山内一豊(やまのうちかずとよ)の妻をやらせていただき、それから『竜馬がゆく』を読んで、しまった、竜馬を最初に読めばよかったと後悔しました。

古屋　檀さんご自身から見て、どうですか、竜馬さんは。

檀　もう、竜馬のような男性がいたら、お尽(つ)くし申し上げますよ（笑）。永井さんに、竜馬の男としての魅力、それから、おりょうさんをはじめ、女性と竜馬の関係なども伺いたいと思いますが、いかがでしょうか。

永井　司馬さんは、女性を非常に個性的に書いていらっしゃいますね。
　江戸時代の女性って、三つ指ついたり、しくしく泣いたり、江戸情緒豊かな感じが多いでしょう。でも乙女(おとめ)お姉さんでも、おりょうさんでも、さな子さんでも、非常にてきぱきして、男まさりで颯爽(さっそう)としている。私がいちばん気に入ったのは、おりょうさんがお裁縫(さいほう)も下手、料理もできないところですね。私とそっくりだわなんて(笑)。
　ただ一つ残念なのはね、竜馬がふられた話がないんです。みんなに惚(ほ)れられちゃうの。ときには竜馬をふるような人がいてもいいんじゃないかと思ったりしました。きっと、司馬さん、ふられた経験がないんですよ(笑)。

檀　編集者の方に伺いましたら、司馬さんはおっしゃっていたそうですね。「女性が惚れるような男を書きたいと思って、『竜馬』は自分が女性になった気持ちで書いた」って。物を書くとき、そういう気持ちになることって大事なんでしょうか。

井上　そうですねえ、僕は女性が書けないので有名でしてね。僕の書く女性は、男の望みは何でもかなえてくれる聖母のような人か、ものすごい悪女か、そのどっちかしかない。その間がないので、よくわからないのです。
　ただ、話はちょっと違いますが、『竜馬がゆく』を読むと、われわれは錯覚につかまっているということがよくわかります。

その錯覚とは、「あれはもう壊せないものだ」という思い込みのことです。大蔵省は大事な省だ、東大の法学部を出た人たちが入るところで、日本にあそこがないと困るんだとされている。でもそれは、思い込みなんですね。みんなの思い込みが大蔵省を支えているのです。あんなものはなくてもいいとみんなが思い直せば、あの省に力はなくなってしまう。

江戸幕府もそうです。

幕府には存在を主張する正当な根拠がない。ですから礼儀や儀式をたくさんつくってその存立の根拠にしました。架空のものを支えるために現実にいろいろな制度をたくさんつくっていく。そうやって多くの人の思い込みに支えられ、辛うじて成り立っているところに、サラッと竜馬は、

「嘘だよ」

と言う。司馬さんの竜馬はそういう人ですね。読んでいて爽やかであると同時に、余計な思い込みをしないところが魅力ですね。

われわれの周りにあるもので、思い込みでできているものが何かということを、『竜馬がゆく』という小説を読みながら確かめることができる。いまこそ『竜馬がゆく』は読まれるべき作品だと思いました。

司馬さんの作品は読み返すたびに新作という感じがするのですが、こういう状況で読むと、今日は大蔵省や証券会社、銀行の方もいらっしゃるかもしれませんが、ちかごろの「金融システムの安定」というお題目もやっぱり思い込みなのかなと、読み返してみて、そういう恐ろしいことに気がつきました。

檀　私もそれからいろいろな本を読んだのですが、だいたいにおいて司馬さんは冷静な目でお書きになっているけれど、竜馬に関して言うと、本当に惚れてらっしゃるというか。どこを読んでも竜馬の欠点が見当たらないんです。竜馬って本当にあんなに素敵な人なんですか。

松本　素敵な人だったと思います。欠陥があるとすると、まあ梅毒であるということぐらいですね。

だいたい幕末・維新のころの回想録などを読んでいて、竜馬の批判をしている人はほとんどいないんですね。

あれだけ人望の厚い西郷の批判をしている人もいます。大隈重信の批判は多いし、桂小五郎は腹黒い人だと言う人もいる。吉田松陰はエキセントリックであるという批判もありますが、しかし竜馬に関しては、ほとんど批判をしている人がいないんです。

男が男に惚れることによってできるのが、日本の維新運動かもしれません。例えば勝海舟は西郷隆盛のところに竜馬をわざわざ会いに行かせます。

口頭試問のように「西郷さんというのは、どんな人だったか」と聞くと、「あの人は大きな鐘で、大きくたたけば大きく響き、小さくたたけば小さく響く」と答える。そういう的確な一言で人を引きつける。

「何かのとき、こいつにこういうふうに話をしかけると話が通じるんだ」と感じさせてくれる。薩長同盟にしても、中岡慎太郎の功績のほうが大きいのかもしれない。しかし、最後の局面で竜馬が出てきて言いますね。

「西郷さん、あなたから桂小五郎に口をきかなければだめなんだ」

中岡慎太郎ではなく、竜馬が言ったときに、歴史がガラッと動く。そういう竜馬像を、非常に見事にとらえた小説が『竜馬がゆく』なんですね。歴史の真実に迫った小説だと思います。

古屋　司馬さんは竜馬を「くさみのない人間であった」とおっしゃっています。永井さん、いかがですか。

永井　竜馬はたいへん剣道の達人であったようですが、竜馬は剣で人を殺していないんですね。このあたりがおもしろいと思うんです。やはり司馬さんは、「剣とは何か」ということをよくお考えだったんですね。『竜馬』の初めのほうには、道場のことがいろいろ出てきます。私は剣道なんて嫌いだから、「こんな幕末の大変な時期に、チャンバラが上手になってどうするの」と思ったりします。オランダ語でも物理でも勉強すればいいのにと思いますが、逆に言えば司馬さんは、ここで剣の持っている意味、そしてそのむなしさを非常にうまく書いていらっしゃるのではないか。

剣への信仰のためか、日本では明治維新後も暗殺は続きます。私は子供のころ、総理大臣になれば殺されるものだと思っていましたもの。司馬さんは一九二三年生まれですから、私よりも二年上です。極めつきが五・一五事件であり、二・二六事件ですね。

殺さなかった竜馬が持った気概と合理精神

永井 いま世界でも同じようなことが、さまざまな国で起こっていますね。そういう歴史を生きてこられた司馬さんが、暗殺のむなしさへの思いを込めて、殺さなかった竜馬を書かれていると思いますし、私にはそのあたりがたいへん魅力でございました。

井上 いまの永井さんのお話とつながるような気がするんですが、司馬さんから鈴木大拙(だいせつ)の書いた話を伺ったことがあります。

ある若い茶道家の話でした。当時の殿様たちは相撲(すもう)取りや能役者、茶道家たちをお抱えにして、江戸城で自慢するわけですね。その茶道家は高知の殿様のお抱えになってしまいます。「ああいう難しい侍(さむらい)の世界に入るのはいやだ」と断ったのですが、土佐藩の殿様に江戸へ連れていかれた。

案の定、江戸の屋敷でお茶の会をやることになります。上野の池之端あたりにお茶道具の専門店がずらっと並んでいる。お茶の名人がそこへ買いに行ったら浪人者がいて、いちゃもんをつけた。刀を抜けと言う。茶道家は決心します。長い話ですが、もう三分の二まできてますから辛抱してください（笑）。来る途中に見た「剣術指南」という看板を思い出し、そこへ飛び込んで言います。

「私は土佐の家臣で、茶の湯をやっている者だけれども、いま、ならず者に文句をつけられて死ななければいけなくなった。しかし、土佐藩の名前を汚してはいけないので、せめて一太刀(ひとたち)浴びせる極意を教えてほしい」

すると、剣術道場の主人が、

「ちょっと茶を点(た)ててみなさい。その間、考えてますから」

と言う。この茶の湯の若い名人は、これがこの世で最後の茶だと思い、無心になって点てた。道場主は、

「あなたね、それで立ち向かいなさい。いまのあなたには一分の隙もない。どんな名人でも打ち込めない」

と言う。何も教えてくれません。

だまされたような気になって、ならず者のところに戻ります。逃げると土佐藩の不名誉になりますから。その若い茶人は、こんどこそ最後のお茶、悔いのないように点てようと決心して、作法どおりに、羽織(はおり)を脱いで、地面に敷いた。茶を点てはじめると、道

場主の言ったとおり、狼藉者は逃げ出した。これは達人だ、名人だと思ったわけです。

司馬さんを平和主義者だというふうに、あるイデオロギーに引きずり込むのは反対ですが、刀より強いものがあるのだと思われていたと思います。その人の「もう明日がない」という気合とでもいいましょうか、松本さんが、『司馬遼太郎』でお書きになっていた「気概」でしょうか。

松本　司馬さんの好きな言葉は「気概」であり、「合理的な精神」ですね。気概だけで合理的な計算ができないと話にならない。竜馬が脱藩して京都にいるとき、後輩がやっぱり脱藩して京都に出てくるわけですね。

「坂本さん、自分もこれからは京都で戦って、維新をつくるんだ」

この気概に富んだ男に対し、

「おまえ、まだその長い刀で戦うつもりか。これからの戦争はこれだ」

と、懐からピストルを出した。

三カ月ほどたって、後輩が長崎からピストルを手に入れ、竜馬に会う。

「これからの戦争はこれですね」

ピストルを出すと、竜馬が、

「おまんは、まだこんなもんで戦争やれると思ってるのか。これからはこれで戦争やるんだ」

そう言って懐から「万国公法」を出した。竜馬には、これからの戦争には国際法が必要だという知識があり、しかもその知識を使っています。「いろは丸事件」が慶応三年に起こった。紀州五十五万石の軍艦と竜馬の海援隊の武器を積んだ船がぶつかる。『竜馬がゆく』では紀州藩が悪いようですが、どうも海援隊の船が悪いようです。

古屋　でも、竜馬のほうが賠償金をもらっていますね。

松本　竜馬は自分の「いろは丸」が沈むとき、相手の船に飛び乗ってその航海日誌を押さえました。航海日誌には何も書いてない。それに、甲板に立つべき見張りがいない。これらは「万国公法」違反であると主張する。竜馬が紀州藩の役人に出した手紙にこうあります。「この争いは、世界の公論にのっとって解決しなければならない」世界の公論というのは、「万国公法」のことなんですね。

国内法には、船と船がぶつかったとき、処理する法律がない。「万国公法」にはある。いままでのしきたりどおりにしか対応できなかった紀州藩五十五万石は負けてしまいます。七万両という大金を取られるのです。

武田鉄矢さんは竜馬の大ファンで「海援隊」というグループをつくりましたが、竜馬にはシンガー・ソングライターの素質もあったようです。竜馬は遊郭で、唄を作って流(は)行(や)らせます。

「船を沈めたその償いは、金を取らずに国を取る」

竜馬は武器以上のものとして、「万国公法」という法律があることを合理的に見抜いていた人ですね。

古屋　竜馬の魅力に続いて、今度は歴史小説の書き方といいましょうか、どこまでが本当でどこまでが嘘というか、そのへんを伺いたいのですが。

檀　そうですね。竜馬を彩った女性には、例えば土佐藩家老の娘のお田鶴さま、それから千葉道場のさな子さん、そして、おりょうさん、乙女さん。お田鶴さまって素敵ですね。

松本　『竜馬がゆく』の中の女性では、お田鶴さまがいちばん架空の人物ですね。おりょうさんも、さな子さんも歴史的に事実に近いんですが、あのお田鶴さまはフィクションの世界かな。

檀　司馬さんが『竜馬がゆく』の中でおっしゃってますけど、「竜馬が好みの女性は、賢くて、ちょっと気が強くて」って。全部そういう女性になってますよね。本当に竜馬はそういう人が好きだったのかしら?

松本　司馬さんが好きだったんでしょう。賢くて、気が強い人を（笑）。

古屋　永井さん、いかがでしょう。歴史小説は、歴史書と違う歴史を叙する役割があるのでしょうね。

永井　これはもう個人差がありますね。私は、歴史小説は歴史そのものではないと考えています。ところが、森鷗外が「歴史其儘(そのまま)」という言葉を残しているので、歴史のとおりに書かなければ歴史小説ではないという、これもまさに錯覚でございますね。歴史をそのままに書いたらただの歴史書です。

それから、よくみなさん、

「こことここは知ってるけど、ここのところはどうやってつないだの」

などと言われますが、切り張りして歴史小説ができるわけもありません。

歴史の本当の場面はわからないものです。竜馬にしても知られていることは少ない。どの時代でもそうです。知られていることは百分の一かもしれないし、十分の一かもしれない。十分の一あったら、いいほうだと思います。

いま歴史学は精密機械のようになってきています。そういう史実を逐一(ちくいち)書くのが歴史学だとすれば、そこに生きた人間が、その歴史の流れのなかでどう生きたかを書くのが歴史小説です。事実かフィクションかというような刻み方ではなく、例えば両方をグッとのんでできあがるのが歴史小説だと私は思っています。

ただし、歴史小説には条件があります。つまり、架空のことをあんまり書いてはいけない。例えば、「坂本竜馬は実はアメリカに行っていた」とは書けません。事実の中で、ちょっと制限を受けて、手を縛(しば)られてるようなところはあります。

おのずから節度もあるのだろうと思います。例えば『竜馬がゆく』の中に孝明天皇が出てきます。この方が亡くなって、確かに大きく歴史が転換いたします。そのために孝明天皇毒殺説というのが非常に流布されていますが、司馬さん、それを採っていらっしゃいませんね。天然痘のような病気で亡くなったように書かれている。

　毒殺か病死か、事実にはいろいろな選択肢があります。毒殺のほうがおもしろいからといっても、それを採らないという節度。あるいはいくつかの選択肢があったときに歴史的に正しいだろうというものを選択する節度、あるいは限界が、歴史小説にはあります。

檀　司馬さんは調べ物をしているときが楽しくて仕方がなく、小説を書くのはむしろ苦しみのほうが多いとおっしゃってたそうですね。司馬さんが、井上さんがお持ちの本をどうしても読みたくなったお話があるそうですが。

井上　縁切り寺として知られている北鎌倉の東慶寺の史料です。小丸俊雄さんとおっしゃる方が東慶寺のことをこつこつお調べになっていた。その原稿をある篤志家がガリ版で百部お刷りになったものです。あるとき、東慶寺の話になり、

「小丸さんという高校の先生が書かれた本があるそうですな。井上さん、お持ちですか」

　次にお目にかかったときに、喜んで持っていきました。司馬さんのご本の読み方というのは、「写真読み」というやつですね。写真を撮るように、大事なところを「カシャ

ッ、カシャッ」と撮るようにして読むんですよ。目次をじっくりお読みになってから本文に移ると、こんなスピードです。

古屋　速いッ！

井上　三行ぐらいしか書いてない本ではなくて、びっしり書いてあるのにとにかく速い。それで、「これ、大事な本ですからお返ししましょう。ありがとうございました」とおっしゃった。

古屋　借りられずに、すぐお返しになったんですか。

井上　そうです。次にお目にかかったときに、なんとなく東慶寺の話が、また出たのですが、そのときその本にしか書いてないことをお話しになった。もちろん、はっきり覚えていらっしゃるのです。あれには脱帽しました。

さっき控室で松本さんと、「われわれもそれと似たようなことはありますよね」とお話ししたんです。

古い時代とともに滅びていきたい土方歳三の美学

檀　活字が立ち上がってくる感じとおっしゃってましたね。

松本　ええ。同時代の史料をたくさん読みますね、そうすると、書かれていることはほとんど共通してますから、速くページが繰れます。ところが、めくる間に、全然違う話が一行出てくる。「ここがこの史料の中心だな」と思う。そこが読めればいいと思うんですね。司馬さんというのは、そこをとらえるのが非常にうまい人なんですよ。そういうこともあって、司馬さんの小説は、どこまでが史実であって、どこからがフィクションかということが、後から検証すると、非常にわかりにくいんです。ただ、『燃えよ剣』の中では、非常に美しい女性として、お雪さんが登場します。美しく「乱心」されたりしますが、あの人物はほとんど全くフィクションですね。

檀　そうなんですか。

松本　ところが、例えば『燃えよ剣』には、土方歳三が五稜郭から宮古湾に出撃する場面があります。旧幕府軍の船が、宮古湾の中に進んでいく。旧幕府軍の船はアメリカの国旗を掲げています。それを見ていた若き東郷平八郎が、「ああ、アメリカの船が入ってくるなあ」と思う。ところが、船がぶつかる寸前になって、アメリカの旗が下がり、日の丸が揚がる。嘘のようなシーンですが、これは「万国公法」を利用した事実なんです。嘘だというふうに思えることでも、だいたい司馬さんは史実を踏まえています。

檀　さっきから伺っていますと、嘘は女性関係に多いようですね。

松本　それは私は何とも言えませんけど（笑）。

竜馬と土方の話をもう少し続けますと、この二作はほぼ同時期の作品です。『竜馬がゆく』は人間を元気づける小説ですね。自分たちが縛（しば）られている幕藩体制、あるいは侍く。

と町人といった身分制度、門閥制度がありますが、そこから竜馬はすっと抜け出てい

さらに幕府を倒すだけではなく、

「戦争はやるが、その先のことを考えている。おれは船を持ってカンパニーをやるんだ」

と言う。多くの人が先が見えないと思っている混迷の時代に、竜馬はスッと扉を開けてくれる。

ところが司馬さんは、人間を元気づけたり、明るいほうに持っていきたいと思うと同時に、自分の中には暗い側面もあるんだと思っていた。

竜馬のようにそんなに時代を切り開かなくてもいい。古い時代とともに美しく滅びていきたいというのが、『燃えよ剣』の土方です。これからの日本をどう切り開いていくのかというときに、

「俺は五稜郭で白刃をきらめかし、武士として、幕府とともに滅ぶのだ」

と言う。一九六〇年代末の高倉健さんの任侠映画と同じです。ですから、『燃えよ剣』を全共闘の学生が信奉したというか、喜んで読んだのもわかりますね。

司馬さんは思っていたのではないでしょうか。自分は一九六〇年代を生きていく。あるいは高度成長の時代を支えていく。そういう精神というものを体現している人物を描

く。

しかし一方で、自分は、そんな時代に沿った大きな仕事はしたくない。もっと小さな人に生まれて、自分の好きな小説だけを書いていたいと。時代とともに明るいほうに向かって進んでいきたくなんかないという、そういう思いもどこかにあったと思うんですね。

檀　どこかでバランスをとられていたのでしょうか。

松本　ですから、『竜馬がゆく』と『燃えよ剣』が同時期に、司馬さんの中で両方向として出てきているという気がしますね。

古屋　井上ひさしさんが一九七二年に『手鎖心中』で直木賞をお取りになったときの司馬さんの選評をご紹介しますと、「井上ひさし氏の『手鎖心中』の嘘の鮮やかさには、目をみはる思いがした」と。歴史小説についての井上さんのお考えはいかがですか。

井上　僕の方法を話しますと、例えば樋口一葉がこのごろ世の中で流行っているらしい、女性が夢中になって読んでるらしいと聞く。じゃあ、僕も読んでみようかと読みますと、とてもいい。でも、日記のほうがもっとおもしろい。そのうちにだんだん自分もそれを作品化したい気持ちになってくる。そこから書き手によってタイプが分かれるわけですね。

僕の場合は徹底的に調べます。そして、学者でさえまだそこがわからないというところを見つけて、そこを集中的に書きます。どんな学者も樋口一葉のこの件についてはまだ結論が出てないというところまで読む。ここまでくれば、いくらでも嘘がつける。だれもわかっていないんですから。僕の場合は、すべて調べた末に書くから時間かかるんですけどね（笑）。

「藪原検校（やぶはらけんぎょう）」を書いたときもずいぶん調べました。すると、藪原検校を生涯かけてお調べになっていた信州大学の先生がものすごい長い手紙をくださいましてね、

「あなたの書いていることが本当だとしたら、私の一生の研究は何だったのでしょう」

これは本当の話です。

結局、嘘をついていいところを見つけるまで調べ、嘘をつく隙がない場合はあきらめる。そういうやり方です。

檀　『竜馬』を司馬さんがお書きになったのは、私が物心ついたぐらいのころだと思いますが、私がいちばん最初に読んだ歴史小説というと、小学生のための「幕末偉人伝」だと思います。

その「偉人伝」の中には、勝海舟や西郷隆盛はいました。高杉晋作もいたと思うのですが、坂本竜馬はいなかったように思うんですけど。

井上　僕の少年時代に、坂本竜馬という人の記憶がほとんどないんです。僕らのころは、すべて「鞍馬天狗」なんですよ。「鞍馬天狗」を通して新撰組や近藤勇（いさみ）を知りまし

た。でも竜馬のことはおぼえていません。竜馬を知るのはずいぶん後です。ずっと知らないで成人したわけですね。

檀　永井さんはいかがですか。

永井　私は子供のころは少女小説ばかり読んでおりましたから、印象は薄いんです。でも、西郷とかそういう人々は、みな勤皇の士といわれていましたね。ところが、司馬さんの小説では、そういう勤皇の士・竜馬という姿は出てきませんね。むしろ武市半平太は情熱的に天皇にあこがれている。それをちょっと離れたところで見てるのが竜馬でして、そういう人は戦争中には取り上げられませんね。

　明治維新は王政復古ではないんですよ。天皇が政治を本当に自分の責任でやったのは桓武天皇が最後です。

　あとは権威として存在し、実務は官僚貴族がやった。その後の武家の時代にも、天皇は直接には政治の舞台には立ちません。どこへ返したんでしょうね。もともとやっていないのですから。それなのに戦前は、「王政復古」「勤皇」といううたい文句で明治維新をくくっていた。それを司馬さんは、そうでない維新ということを竜馬に語らせています。戦前では、あまり勤皇の士らしくない竜馬を書いても、

「これはけしからん奴だ」

となったでしょうから、やはり敗戦があり、十数年たって初めて書けることだったと

は思います。そして、もし司馬さんがお書きになったような竜馬であるとすれば、つまり、もうちょっと近代というものを踏まえた日本、もう少し封建的思考と決別した日本ができたんだろうと思います。

「アメリカの大統領には靴屋の息子でもなれるんだ」

と竜馬は言う。これは名ぜりふですねえ。

司馬さんも書いておられますが、この時代、百姓・町人の力が未熟でした。ですから、こういう形で明治は進行しましたが、どうも最後までその未熟な人たちが育たなかった。これは明治というものの大欠陥だと私は思っております。しかし、そういう明治に向かおうとする時代のなかで、竜馬は「民主主義とは何か」ということを少しでも知ろうとしていた。そのあたりの新しい竜馬像を、戦後十数年たって初めて司馬さんが創り出しています。竜馬が浮かび上がってくるタイミングを考えますと、司馬さん自身も現代の歴史の流れのなかで書かれたのだなという気がします。

ベストセラーの『竜馬』が変えた歴史のイメージ

松本　司馬さんの『竜馬がゆく』は一九六二年から連載が始まっています。それまで竜馬が映画とか演劇とか芝居とかでヒーローになったことは、ほとんどありません。井上さんがおっしゃったのと同じように「鞍馬天狗」ですし、それから「月形半平太」ですね。月形半平太は、永井さんがおっしゃった武市半平太と桂小五郎とを一緒に合わせた。

「春雨じゃ、濡れてゆこう」

という有名なせりふを吐く、そういう勤皇の志士が長らくヒーローでした。竜馬より、土佐勤王党の先輩の武市半平太のほうが、歴史上の人物としては大きな意味を持っていた。そこに、司馬さんが坂本竜馬という人物を登場させて、大きな意味を持たせた。

その大きな意味の根幹は何だろうかというと、やはり竜馬の非常に自由な感じですね。自在な竜馬は薩摩にも長州にも、むろん幕府にも朝廷にもとらわれない。

「じゃあ、おまえは何のことを考えているんだ」

と聞けば、

「俺は日本のことを考えている」

と言うんですね。竜馬の精神の自由さを感じさせる作品ですが、先例がないかというと、なくはないわけです。

明治維新のあとに自由民権運動が起こったとき、板垣退助の同志で、土佐の坂崎紫瀾という政治小説家がおりまして、『汗血千里駒』という政治小説を書いています。「千里の馬」として、自由な感じをもって天空を自在に飛んでいくような竜馬像は、このときできていることはできています。ところが、自由民権運動がしぼむと同時に、竜馬像も埋没しました。

日露戦争のとき、わずかに話題にはなるものの、ほとんど国民の記憶に残るような人ではありませんでした。

戦前、いやそれどころか、一九六〇年ごろまで、竜馬の評価は歴史学界の中では非常に低かったのです。

ただ、日本という国はおもしろい国で、新しい時代に進んでいくときには、必ず「これ新たなり」となります。「維新」という言葉はその意味なんですけど、「これ新たなり」。

古くなった体制や言葉を「これ新たに」していく国ですから、歴史の中からそれを象徴するような精神とか人物を持ち出してくるわけですね。

ところが、自由さを感じさせるようなイメージをもった人物は日本の歴史の中には、あまりいないんです。

ですから、戦後の日本に自由が必要である、デモクラシーが必要であると思ったところで、それに見合うような人物といったら、せいぜい板垣退助ぐらいしか出てこない。

板垣退助では、薩長のイメージを引きずる西郷隆盛とか桂小五郎には対抗できません。そこで、その自由さを象徴するような竜馬を見つけ出してきたのが、司馬さんの力だろうと思うんですね。わずか初版八千部からスタートした『竜馬がゆく』は大ベストセラーになります。当時はマルクス主義がまだ盛んでした。組織的な変革運動に挫折した人もいます。

「もう時代は動かないんじゃないか」

と考えていた人が多かったとき、自由さを象徴し、一人で時代を動かすような主人公をつくった。

司馬さんは六〇年安保から七〇年の間に、歴史のイメージをガラリと変えていった。『竜馬がゆく』はそういう役割を果たした小説だと思うんです。

永井　ちょっと付け加えさせていただきます。

確かに、竜馬という人に目をつけた司馬さん、そして竜馬自身がやったことは非常に新しいことでありますけれども、私はどちらかと言うと、一人の人が歴史を動かしたという考え方ではありません。一人が動かしたと考えることは危険だと思うほうです。

ちょっと付け加えさせていただきたいのは、竜馬が海へ出たい、海援隊だ、貿易だと言ったことについてです。

これが非常に斬新だと受け取られているのですが、実は戦国時代の大名はよくやっていることなんです。大内氏が強かったのは、たくさんの領地を持っていたからではなく、その経済力ですね。明、朝鮮、それからルソンまで船を出し、貿易をしている。これが大内の力の源泉なんです。

尼子(あまご)氏の強さも、十国の太守だったからではなく、日本海を制して貿易をやっていたからです。

毛利もそうですね。大内を倒したときにいちばん先に何をやったかというと、朝鮮に特使を送った。

「これからは私が貿易をしましょう」

と宣言しています。

決して竜馬が初めて海を目指したということではない。

しかし、そういうふうに思わざるを得なかったくらいに、江戸幕府は海外発展を全部閉ざすやり方をとった。

最初に国を閉ざしたのは秀吉ですが、徳川はそれを踏襲し、貿易を独占します。そういうことで、海へ向かっていた日本人の視点がしぼんでしまう。

そして、幕末に竜馬が登場する。これは私、やはり歴史というもののおもしろさだと思います。

戦国の世のそういう自由なあり方が竜馬のなかで出てきて、それが戦後の日本に引き継がれた。歴史というものは、そのくらい長い長い目で見たほうがおもしろいというような気がいたします。

井上　（手を挙げて）作家のペンネームというのは不思議なものですね。僕の場合、平仮名で「ひさし」なもんですから、決して難しいことは書けません。「おまえ、平仮名のくせに何を難しいことを」と言われてしまう。

みなさん、このシンポジウムの演題は「竜馬と司馬遼太郎」ですね。さきほど控室でパンフレットを見ながら気がついたのですが、司馬さんは長い間、司馬遼太郎という筆名で小説を書いた。そのうちに竜馬という名とご自分の筆名になにか通じ合うものをお感じになったのではないでしょうか。双方に「馬」の字がある。遼太郎の「リョウ」と竜馬の「リョウ」も通じ合う。つまり、司馬さんは「司馬遼太郎」というペンネームをつけた瞬間に、竜馬とぶつかる運命にあった。全然あてにならない話ですが（笑）。

古屋　これから『竜馬』はどういう読まれ方をしていくのでしょうか。井上さん、最後にどうぞ。

井上　作品というのは、どんなに古い作品でも、その人間が初めて読むときは新作です。大事なことは、司馬遼太郎の作品を読んでみたいという若い人たちがすぐ司馬作品の読める環境を守ることですね。

きっと彼らはまた新しい目で司馬さんの作品を読むでしょう。役に立つかもしれないし、元気がつくかもしれない。思わぬ受け取り方がこれから出てくるかもしれませんね。

二十一世紀に生きる君たちへ

井上ひさし
安藤忠雄
養老孟司
司会・古屋和雄

井上ひさし　14ページ参照

安藤忠雄（あんどう・ただお）
一九四一年生まれ。建築家。「住吉の長屋」で日本建築学会賞受賞。「光の教会」「フォートワース現代美術館」「地中美術館」「こども本の森　中之島」など。「司馬遼太郎記念館」の設計も手掛けた。

養老孟司（ようろう・たけし）
一九三七年生まれ。医学博士・解剖学者。一九八九年に『からだの見方』でサントリー学芸賞、二〇〇三年に『バカの壁』で毎日出版文化賞などを受賞。ほか『唯脳論』『涼しい脳味噌』『死の壁』など。

（二〇〇二年二月十二日開催・第六回）

子どもを大切にしない社会

古屋　司馬遼太郎さんは一九八九年、小学校六年生の国語の教科書に「二十一世紀に生きる君たちへ」と題する文章を書かれました。歴史、自然の大切さ、そして自己の確立、他者へのいたわりについてふれ、「そういう自己をつくっていけば、二十一世紀は人類が仲よしでくらせる時代になるのにちがいない。鎌倉時代の武士たちは、『たのもしさ』ということを、たいせつにしてきた。人間は、いつの時代でもたのもしい人格を持たねばならない」と書かれています。まずご感想をお願いします。

井上　ちょうどその文章を読んでいるとき、テレビで今年の高校生の就職口がないというニュースが流れていました。とくに地方では、半分以下の人しか仕事がない。司馬さんがせっかく君たちには希望があると書いているのに、私たち大人は子どもたちに職場を用意することができないでいる。司馬さんが生きておられたら、嘆くというより怒られたと思います。日本の社会がそれだけ底が浅くなったということでしょう。

だいたい、われわれは子どもを大切にしていません。一年に五、六百人もの子どもが交通事故で死んでいます。毎年、小学校が一つずつ消えていく。一挙に死んだら大変ですが、少しずつ死んでいくので話題にもならない。車社会に責任をもたない子どもが責任を負わされ、享受しているわれわれは責任を取ろうとしない。大人が子どもにやっていることには、大きな疑問がありますね。

私たちは本当にこのへんで痛切に考える必要がある。夜明けごろに読んだものですから、少し厭世的になりました（笑）。

安藤　いまの十代の子どもたちを見ていると、この国は難しいところにきているなと思いますね。司馬さんは他者へのいたわり、優しさを書いておられますが、はたしてこの子たちの耳に届くでしょうか。

渋谷や原宿に行けば、人間ぎりぎりの格好をした連中がいる。一方、小学校から勉強しすぎた子どもたちは、一流大学に入ったころにはもう朦朧としています。しかし、やがて彼らが日本の中心的な人々になるわけです。国力は人間の力だと思いますから、このままいけば、この国が世界とちゃんと戦えることはもう百パーセントないなと。

養老　私は読んでいて、「どうも申し訳ございません」と、謝らなくてはいけない気がしました（笑）。司馬さんは私より少し上の年代で、戦争体験があります。お書きになっているような信念を、私は上の世代に感じてきました。そういう信念が、私たちの世代ぐらいから、多少欠けてきた気がするんですね。

司馬さんは個を大事にすること、そして、人の心がわかることの大切さをいわれています。もちろんのことです。しかし、若い人にそのことが十分に伝わるのだろうか、と思いますね。

戦後の教育で、間違った方向に「個」が強調されたように思います。日本の社会で「個」といえば「心」と同じようにとらえています。そのために若い人が悩むわけです。自分には個性があるのだろうかと。聞いてくる学生には、私は「そんなものあるか」と答えます。

問題は心であって、心は通じることがもっとも大切なんですが、これが置き去りにされてきた。私の大学時代、ある先生がポツリといっていました。「人の心がわかる心を教養という」。いま司馬さんがそれに類することをいわれている。

安藤　七〇年代ぐらいから日本は豊かになったとして、もう三十年がたちます。三十歳前後の人はほとんど豊かに育っていて、親も「あなたが人生をかけられる仕事が見つかるまで、自由にしてていいよ」などと平気でいう。「面倒見るよ」といったりします。こういう親がたくさん出てきた不幸がありますね。

フリーターがいいます。「僕は個性が強くて社会に向かないんですよ」。そういう人ほど、どこから見ても個性がない（笑）。人間に対する愛情を育てるためにも、社会の中で生きていく緊張感と忍耐力が必要だと思うんですが、ずいぶん間違った個性が出てきている気がします。

「変わらない」「変えない」

養老　私は、自分の考えていることがすべてではないよ、と思ってきました。本人が「自分」と思っているのは意識があるからですが、意識は一日のせいぜい三分の二ぐらいしかなくて、あとは寝ている。「そんなもの、なんであてにするの」と、私は思ってきた。そんなことは社会の中で子どもが育っていく過程で、自然と身につくと思ってもきたんですが、ある時期からそれが日本の社会で消えてきた。つまり、自分にはわからないことがあるという、留保が消えた。

古屋　安藤さんも東大で教えられましたが、いかがですか。

安藤　一度自分の考えたことは変えない、人のいうことを聞かない学生が多いですね。対話がない。ほとんど耳を貸さない子がいるのは、すごいと思いました。その半面、何からなにまですべてを教わろうとする学生もいます。

養老　根はおなじなんです。ノウハウを教えてくれという学生がある時期から増え始めた。それはなぜかと考えたんですが、それはつまり、「自分は変わらない」と考えている人が多くなったということでしょうね。変わらない自分にさまざまな技法、ワザをつけるのが教育だと考えている。そうではなくて、教育というのは、育っていくこと、自分が変わっていくことなんですよ。

時には死ぬ思いで、「自分の考え方は間違っていたな」と思うことがある。自分の考えが百八十度変わることもあるんだと、終戦を通った人ならある程度はわかっている。しかし若い人はそれを信じないで、ひたすら変わらない自分に何かノウハウをつけ加えようとしている。知るということはノウハウではありません。

井上　私は演劇もやっていますが、どんなに演出家や役者が威張ったところで、お客さんが「つまらない」といえばそれまでです。稽古場で、舞台で、役者はどんどん変わっていく。それをいつも実感させられるのですが、ただこの社会にいるわれわれは、日本という国は変わらないと思っている。司馬さんの遺稿となった『風塵抄』の文章は、土地問題について激しく怒っておられた。

古屋　地上げの問題でしたね。

井上　いまの養老さんのお話を使わせていただくと、つまり、「絶対にシステムは変えない」と頑張っている人たちがいて、私たちは何となく、それが変えたくても変わらないものだと思いこんでいる。そこが変わらなくてはだめなんですね。

それではどん詰まりからは、抜けられそうもありません。私たち一人ひとりが、「高校生をちゃんと就職させようよ」と、単純なところから考えていく必要がある。そのためには司馬さんのように、時には怒ることですね。

「文」で入力 「武」で出力

古屋 司馬さんは八六年に『風塵抄』のなかで「高貴なコドモ」という文章を書かれています。「想像力と創造力」はコドモの部分であるとありますが、井上さん、いかがでしょうか。

井上 それは司馬さんだって、安藤さんだって養老さんだって、コドモです（笑）。夏目漱石だってそうです。常識のなかに収まって、波風立てず、冒険せずに生きていくのが「大人」だとすれば、子どもは自分の興味であちこち動き、それがうまくいくといい建築家になったり、学者になったりする。幼児性では困りますが、いい仕事をする人はたしかに少年性を持っています。

古屋 少年性をずっとお持ちの安藤さん、いかがですか。

安藤 私はもう少し社会人的なんですけれど（笑）。ただ、いま子どもは子どものときに、子どもをしていないですね。この間テレビで、生まれて二、三歳ぐらいの子どもの英語教育が取り上げられていて、その子の家では英語しか話さないという。この子は気の毒なことになっているなと思いましたね。一流の大学、一流の国際人めざして親は一所懸命ですが、その子はそうはなれないでしょう。ただ英語が話せるだけにすぎません。

子どもは子どもの仲間のなかで責任感とか思いやりを身につけるのですが、それを抜かしたら、たとえ一流大学に入ったとしても、何の役にも立たない。人間が生きていくための、いちばん大事なものを切り捨てて教育が行われている気がします。音楽、美術、体育。時間が減っていますね。こういう時代にコドモの心を持ち続けるのは難しいですね。

養老　いまの教育、特に幼児教育で忘れられているのは、体の動かし方、運動ですね。幼児教育用のビデオを、ハイハイもできない赤ん坊に見せる人がいますが、赤ちゃんにすれば目の前がチラチラ変わるだけ。全く意味がない。

われわれの活動は、感覚器から入って、筋肉から出ていきます。書くにしても話すにしても、安藤さんが設計するにしても、体が動かないとなにもできない。子どもの教育でこの部分について、ずいぶん手を抜いてきたような気がします。買い物に行かせるとか、届け物をさせるとか、あるいは単に歩くとか、いまの子どもたちはそういうことをおよそやらなくなっています。それが頭の働きを少しおかしくさせているのではないか。

文武両道といいますが、文と武を別物と考え、両方を少しずつかじればいいと思っているのではないでしょうか。そうではなくて、文から入って武から出る。モダンな言葉で言えば、コンピューターの入出力なんです。そこをおよそ無視して、体育は特殊な科目であり、学業とは関係がないとする。ここからさまざまな問題が起こっていると思いますね。

ニセモノの「公」が横行する

井上　少年性ということでつけ加えますと、渋沢栄一という人がいますね。明治の実業家です。その人の日記を読むと、ほとんど毎日、真砂町(まさごちょう)のKという人に会っています。「真砂町のKのところで話し込む」とか「Kと言い争いをする」とか書いてある。Kはじつはお妾(めかけ)さんのことだった。渋沢栄一は実業界のトップにいる、大人の中の大人でしたが、私生活では非常に子どもっぽいことを書いている。そういう渋沢栄一が嫌いではありません。

ところで彼らを支えていたものはなんでしょうか。「公」だと思いますが、これについては司馬さんと雑談をしたことがあります。

公には殿様といった意味もあれば、一般社会という意味もあるでしょう。しかしどうも漢字を日本語に移すとき、漢字の持っている意味をすべて日本人は受け取ったわけではなくて、都合のいいところだけを輸入したフシがある。公の本来の意味には、公平という意味もあります。つまり公共とは、公平を共有するということでもある。

司馬さんは、一人ひとりがいっしょに生きていくための公平なルールがあるんだよと書かれている。しかもそのルールは押しつけたものではありません。人間なら当たり前のルールを、司馬さんは子どもたちに探しなさいと言っているんじゃないでしょうか。世界の人たちが納得できる、国を超えた公を。

養老　司馬さんは本当に日本人らしいなあと思いますね。私も根本的には同じ立場で、つまり日本人は普遍性を信じているところがある。その普遍というのは、イヌイットであろうが、アメリカ人であろうが、日本人であろうが、人間は同じだろうと。それがわれわれの普遍性のよりどころになっている。アフガンやアメリカだとそうはいきません。人間の上に神様がいて、エルサレムなんかその神様が三人もいるわけです。日本人だけが「人間だから同じでしょ」と言える。私もそれでいいと思ってきまして、司馬さんもそれを言っておられ、非常に心強いなと思ったんですね。

安藤　ところが、外務省の問題なんかでも、ほとんど耳を貸さない優秀な官僚にたいして、子どものころから他人の意見を聞いてこなかった田中真紀子さんが戦っているんですから、これはほとんど絶望的です。そこには公平の精神、公共の精神もない。いまは日本中がそうなっていると思うんです。

井上　戦前、戦後と国民ががんばって大事に築きあげてきたものを手放した。コメもそうですし、国鉄もそうだったでしょう。公を手放してしまったんです。いまある公はニセモノです。

この間、中学生たちがホームレスの人を執拗(しつよう)に襲った事件がありましたが、野村沙知代さんの騒ぎと構図が似ています。テレビや週刊誌が完膚(かんぷ)なきまでに彼女をたたいて、保釈で出てきたところをまたたたく。「こいつはもう弱い、だめなやつだ」となったら、徹底的にたたきのめす。それがいまの公です。そういう大人社会を、きっちり中学生がまねたなと思いました。

誰もやってくれない時代

古屋　最後にお三方から、次世代へのメッセージをうかがいたいのですが……。

安藤　私が学生のころの地球の人口は三十億だったんですが、それがいまは六十億になり、二十一世紀の中ごろには百億になるといわれています。一方で中国では都市化が進み、森林が伐採(ばっさい)され、砂漠化が進んでいる。十年もたてば、日本海側では自然の木がまったくなくなるだろうとまでいわれています。

こういう状況なんですから、われわれは地球のなかでともに生きているということを真剣に考えなくてはなりません。そして、日本の状況も変わりました。いままでは「国がなんとかしてくれるだろう」と思ってきた人も多いでしょうが、もう国も地域社会も企業もなにもやってくれないと考えたほうがいい。二十一世紀は責任ある個人を、自分たち一人ひとりが自ら育てていくしかないだろうと思っています。

養老　私はただ一言、「体を使って働け」と。私は解剖学をやってきましたが、解剖は肉体労働そのものなんですね。私は年寄りですから、だいたい一時限目を持たされるんですが、広い教室に四百人も学生がいたりする。で、天気がいいと私は怒るんです。「こんな穴蔵みたいな暗いところに若い者がこもって、いすに座って一時間半も白髪頭のジジイの話なんか、聞いているんじゃない」。これが私の結論です（笑）。

井上　いま水が世界中でひどい状態になっているようですね。たとえば黄河。断流、河口に達する前に水量不足で、年に九カ月も川が河口の手前で消えてしまう現象に悩まされている。

私たちの体の三分の二は水で、この場でも水がシンポジウムしているようなものですから、水をなんとかしたい。生物として、これがないと生きられないのが水です。どうも今世紀はその問題が大きく浮かび上がってくる。水をなんとかしようということは、共に生きるということにつながっていく。水は公平の象徴です。だから一言でいえば、「水」です。孫子の代まで借金のツケを背負わせてしまっているのがわれわれですが、せめて「水！」と大きな声で騒ぐ責任がありますね。

大阪と司馬遼太郎さん

田辺聖子
藤本義一
司会・古屋和雄

田辺聖子（たなべ・せいこ）
一九二八〜二〇一九。作家。『感傷旅行』で第五十回芥川龍之介賞、『ひねくれ一茶』で第二十七回吉川英治文学賞を受賞。『姥ざかり』『ジョゼと虎と魚たち』など。エッセイ「カモカ」シリーズ、古典文学の翻案でも知られる。

藤本義一（ふじもと・ぎいち）
一九三三〜二〇一二。作家。ラジオドラマ脚本でデビュー。『鬼の詩』で第七十一回直木三十五賞受賞。『元禄流行作家　わが西鶴』『藤本義一の文章教室』など。テレビ番組「11PM」司会者としても活躍した。

（二〇〇三年二月十二日開催・第七回）

品のいい大阪弁は司馬さんに尽きる

古屋　「司馬さんと大阪」ということでいいますと、お二人はまずどんなことが思い浮かびますか。

田辺　司馬さんの大阪弁は、ふつうの庶民のことばなんですけれど、とってても品がよくて物柔（ものやわ）らかでしたね。大阪弁をとても愛してらしたんだと思います。

藤本　楽屋で田辺さんと話してたとこですけど、品がいい大阪弁というのは、司馬先輩――僕はこう呼んでるのですが――に尽きるんじゃないですか。ただ、司馬さんには大阪弁の小説があまりないんですね。僕なんかは、大阪弁ばかりで書いているんですが。

田辺　司馬さんは、会えば必ずおもしろい話をしてくださったんですね。

たとえば、「僕の知ってる人やけどなあ」と始まって、「瀬戸内の小（ち）っさい島やねん。島に残っているのは年寄りばっかりで、小っさいいうてもやっぱり端から端まではだいぶあるから、行くのは難儀や。そこで考えた。小っさいバス会社つくったらどうやろ」。ところが小さい島のことです。

「みんな知り合いやねん、乗るときはみんな手ぇ挙げて乗りよるねん。降りるときは手ぇ振って降りよるねん。バス会社つぶれてもうてん」(笑)

その間合いが、まことに絶妙でして。落語家になられても、十分やっていけた方でしょうね。司馬さんの小説を読みますと、やはり乗せられてしまいますでしょう。おのずからなる文章の間合いがあったんじゃないかと思うんです。

古屋　落語といいますと、司馬さんに、「米朝さんを得たしあわせ」という文章がありまして、桂米朝さんが好きな理由を挙げておられます。

「その芸から人間の皮膚や粘膜質にふれて感じる湿り、ぬめり、きめや温度をふくめたあらゆる感触をたんのうした」

藤本　優しさというか、ぬめりというか、やらなきゃいけないことに、あとで気づくような話し方ですね、司馬先輩のは。だから、米朝師匠もそれを読んで、自分のなすべきことを再確認することがあったんじゃないですか。

先輩が亡くなる十日ほど前のことです。ホテルのバーで、ばったり会ったんです。「義一っちゃん、やってる?」とおっしゃるの。西鶴の勉強を続けてるかということですね。「ええ、続けてますけど」といったら、「えらいもんに引っかかったなあ、あんたも」といいながら「まあ頑張ってや」と握手を求められたんです。で、別れて五分ほどたったらまた来られて、握手を求めはったんですよ。

なにごとかをおっしゃりたかったんでしょう。「あなたがしたいことをやればいい。私はそれを見守ってやるよ」というようなことでしょうね。

古屋　田辺さんは、そんな優しさを、どんなところでお感じになりましたか。

田辺　私が結婚するときのことですが、司馬さんからお電話をいただきました。「マスコミにはちゃんといわなあかんで。そうせんと、あることないことやったらええけど、ないことないこと書かれるよ」と（笑）。まことに世故長けたお兄さんという感じでしたね。でも、司馬さんのよさというのは、個人的なよさもさりながら、やっぱり「大阪生まれの大阪っ子」というのがあったような気がしますね。

ニセ者出現にも「やらしといたりぃ」

藤本　文士劇で『坂の上の雲』を演ったことがあるんです。僕は正岡子規役で、喀血するシーンがあった。劇作家が「血玉を口に含んで、奥歯で噛んでくれ」と。その血玉というのがね、コンドームの先なんですよ。隣で化粧をしていた梶山季之さんが、「そりゃ、使用後のほうがいいぞ」などと混ぜっ返している。そこに司馬先輩がみえたもんだから、「こんなことといわれてまっせ」と訴えたらね、「そうかあ。えらい悪い役を押しつけたなあ」とほんとに心配するんですよ。「使用後はいかんなあ」とか、真剣に（笑）。

古屋　先ほどの福田みどり夫人のごあいさつでは、「東京へ行こうか」と相談したこともあったということでした。お二人にはそういったお話はあったんですか。

藤本　直木賞をもらったとき、司馬先輩に「東京へ行く気はあるか」と聞かれたんですね。「まったくないですな」っていうたら、「それでええねんや」ていわはりましたな。自分のものをもってたらね、その土地でええねんと。先輩自身の生き方を、僕に確認なさったかなあという気がしますね。

田辺　何年か前に取材で戎橋（えびす）に行ったんですよ。ひとり橋の上に立っておりますと、茶髪の兄ちゃんが「オバン、小説書きのオバはんやろ。誰も来（け）えへん来えへん、ワイと行こう」という。カメラマンさんたちが、「なにかありました？　大丈夫ですか！」と走ってきたんです。そうしたら兄ちゃん、「あ、オバはん、連れがおるんのか、これはばかりさん」いうて行きよりました（笑）。いつか司馬さんに「こんな目に遭いましたのよ」なんて申し上げたいと思っていて、それっきりになったのが残念なんですけれど。でもきっと司馬さんは、物書きのオバはんでもナンパしようかという人がいる大阪がお好きだったと思いますね。

藤本さんとも話したんですが、「司馬さんがお書きになった小説に出てくるのは、信長とか家康とか乃木さんとか、偉い人ばっかりで、兵隊はいませんね」と。でも、じつは、庶民の風景とか気質なんていうのを、とてもお好きな方でした。

藤本　だいぶ前ですけど、神戸のバーに司馬遼太郎のニセ者が現れたんですよ。ママに「来たら知らせて」といっておいたわけ。で、来たというから飛んで行ったらね、これがよう似てるんですわ。白髪で、司馬先輩よりええもの着てる（笑）。で、店から先輩に「いま、いまっせ」と電話したんです。そうしたら「藤本君、ママに聞いてくれ。そこに借りがあるかと」。「借りはないそうです」って返事したら、「それやったらええがな、好きでやってはんのやさかい。そのまま放っておきぃ」って（場内爆笑）。その大きさが大阪人であり、司馬先輩じゃないですか。

田辺　いかにも大阪ふうですね。東京と大阪は違うなあと思いますのは、たとえば「何々出版社です」と電話がかかってくるでしょう。初めての電話でも、大阪もんですと「いつもお世話になっております」となります。けど東京の方は「いいえ、お電話したのは初めてですが」なんておっしゃる。

藤本　田辺さんと東京の空港で会ったら、めずらしく怒ってますねん。聞いたら、ホテルで舌平目（したびらめ）のフライを注文したけどなかなか来なかったんですって。それでウエーターをつかまえて、「いま、釣ってはんのん」と尋ねたらしいんですわ。そしたら向こうは、「いえいえ、釣ってません」（笑）。大阪なら笑うとこやけどね。

古屋　そういう懐の深さは、大阪のどこから生まれてくるんでしょう。

藤本　やっぱり商人、あきんどの知恵と違いますかね。

田辺　商売だから、なるべく相手を傷つけないようにする。できたら笑ってもらって、こっちのいうことを通す。そういう気風がことばの中に溶け込んでいるんじゃないですか。

藤本　こんなことないですか、田辺さん。原稿の締め切りが迫って、催促の電話がかかってきたとき、僕なんかは「本人は一所懸命やってまんねんけどねえ」なんていうてしまう。謝りもなんも、もうね、仮託してしまうんですわ。「東京の人はどういうの」と井上ひさしさんに聞いたことがあるんです。「誰か殺す」と答えたなあ（笑）。

古屋　「身内に不幸があって……」というやつですね。

田辺　私は「ただいまファクスを入れました」と。向こうは全文入ってくると思うんだけれど、私が書いたのは「すみません、もう少しお待ちください」。大阪人て困りますねえ（笑）。

　ファクスといえばこんな話がありまして。うちはファクスを据えたのだけは司馬さんより早かったみたいなんです。女流文学賞をいただいたときに、司馬さんがちょうど東京の出版社に行ってて、お祝いの電話をくださった。私どもが出かけていて電話に出ないので、出版社の方が、「先生、ファクスをなさってください。紙におめでとうと書いて入れますと、すぐ向こうに届きます」とお教えしたそうなんですよ。「こんなものが通るのかいなあ」などと司馬さんがおっしゃっているあいだに、ファクスですから紙が出てまいります。司馬さんは「見てみぃ、返ってきたやないか」（場内爆笑）。

藤本　飛行機で司馬先輩と一緒になったんです。先輩は万里（ばんり）の長城からの帰りやったので、「どんな長さですか」と聞いてみた。そしたら「なんがい長い、いわれへんわ」と。僕はアフリカから帰ったところで、司馬さんが「どうやった」と聞くので、「あっつい暑い、いわれへんわ」（笑）。それで両方が納得してしまうんですなあ。

よくあるでしょう、「どこへ行きはりますか」「ちょっとそこまで」「あ、そうでっか」て、どこへ行くやらわからへん（笑）。大阪人というのは奇妙なところがありますよ。

弱い兵隊さんの自慢

田辺　大阪人はふつうやと思ってるから、ちっともおかしくないんですけど、東京の方とくらべたときに、わかるというか、際立（きわだ）ちますねえ。

古屋　ところで、よく、大阪の人はお上（かみ）に頼らないといわれますね。

田辺　司馬さんがお書きになっていますが、たしか元禄の前後で大阪の人口が七十万ぐらいあるのに、お侍は二百人ほどしかいないんですね。そのお侍というのも、やっぱりお江戸とは違った感じだったでしょう。きっとものを買うときには「ちょっとまからへんか」いうてたと思います（笑）。

主人が鹿児島出身ですから、向こうに一緒に行きますと、あそこは兵隊の精強を誇（ほこ）るような土地柄でしょう。児童公園に憲章みたいなものが掲げられていて、いちばん初めに「一、まけるな」とあるんです。これは大阪人にはショックでございます。朝に晩に「まけときますわ、まかりませんか」と、そんなことばっかりいうてるから。

そういえば、大阪は徴兵忌避(ちょうへいきひ)が日本一多かったんですってね。

藤本 われわれ、小さいときに兵隊さんが行進してると、大きな声で囃(はや)すんです。「またも負けたか八連隊」(笑)。

田辺 ゴムまりついて、「それでは勲章くれん(九連)隊」と笑っておりますと、それを聞いて大人も笑っている。けれども大阪の兵隊さんにいわせますと、「わしらは、な、徴発なんかしなかった。戦地へ行って、アヒル持って帰っても、タマゴ持って帰っても金払うてきた」というの。商売人やから、ただで持ってくるというようなことはできないという。そんなことを自慢しているわけですね。

藤本 戦争には、ものすごい忌避があるね。オヤジもジイサンも「だれが儲かるねん。ごく一部やろう」と怒ってましたね。

古屋 そういうことも含めて、商人の合理主義精神があって、観念で物を見ないということを、司馬さんもよくお書きになっていますね。ただ、そのパワーのあった大阪に、ちょっと元気がないといわれています。

藤本 ほとんどが中小企業でしょう、大阪は。中小には救いの手は伸びてこないですからね。でもそんな中で、東大阪あたりにロケットを飛ばそうと考えるグループが現れたりするでしょう。

古屋　「まいど1号」というそうですね。「それで何をするんですか」と伺ったら、「決まってません。心意気を示すんです」ということでした。

藤本　大阪人は、なんのために飛ばすかというのは、関係ないんじゃないですか。東京の人は目的があるから、建物を建ててはつぶしみたいなことをするでしょう。大阪なら「もったいない」という感じがするところでもね。

古屋　司馬さんが、大阪にあえて苦言を呈(てい)していることもありますね。商談なんかで「儲かりまっか」「あきまへん」というふうにあいまいにしてしまうところがあるけれど、時代によっては、それればかりではいけないんじゃないかと。

藤本　「考えておきま」というでしょう。これは考えておき「ません」なんですね。東京の人は、この「ま」がずるいというんですよ。大阪人はその点を誤解されている部分はあると思いますね。

二十一世紀に必要な大阪文化

田辺　大阪人て、やっぱりことば遊びが好きで、遊んでしまうところがあります。でも、「親愛感の輪をひろげていく」なんていうと堅くなってしまいますが、いま乗ったタクシーの運転手さんとも、もう気安く話ができるようなところがあるでしょう。

古屋　「〝市民諸君〟と叫びたいところだ」という司馬さんの一文に、「もし関西がひろい意味の『文化』の独立性をうしなえば、日本中が東京の後背地になり、あさはかな二元性だけの、とるに足らぬ国として衰弱してゆくにちがいない」というくだりがあります。

藤本　たしかに先輩がおっしゃるように、大阪と東京が楕円の二つの中心になって、経済圏をつくっていったら、いちばん理想的じゃないか。あまりにも一極集中主義なんていうことをいいすぎたんじゃないですかね。

　文化の「化」の上にくさかんむりをつけると「花」やないですか。「頁」を書いたら「傾く（歌舞く）」ですね。「貝」なら「貨」。「革」では「靴」。華やかで、伝統をもちながら、金を稼いで、さらに実用性がある。これが大阪人のもっている文化の思想と違うんかなと思うのね。

田辺　その場を和やかにする気力、才覚といいますか、そんなものを日本中で大阪がいちばんたくさんもっていると思うんです。大阪の文化は、二十一世紀にぴったりの、必要な文化じゃないでしょうか。

　私は大阪をやっぱり信じますよ。大阪の女の人は馬力があるから。最後の小説になった『韃靼疾風録』で司馬さんは、理想の男女をお書きになったと思うのね。桂庄助という男は、信義があって気骨がある。ヒロインのアビアのほうは、男を包容するんですね。大阪女って、彼女のようなところがあると思うんですよ。「うちのお父ちゃんて、ほんまにしゃあないわ」といいながらも。

藤本　大阪は、女でもってますよ（場内拍手）。たとえばお父ちゃんが倒産したら、大阪の母ちゃんはすぐに立ち上がりますで。東京やったらパートに行くとかなんとかもめてるあいだに、もう大阪は、母ちゃんが動いとる。

古屋　大阪、ひいては日本が元気になるには、こんなところから始めたら、というメッセージがありましたら。

藤本　現状を楽観視してはいけないけれども、深刻に考えては余計いけないと思うんですよ。「シリアス」には深刻と真剣の二つの意味がありますが、その二つは違うということを、企業も、働いているみなさんも、自分の中に押し込めたらどうですか。岸和田の「だんじり」がありますね。すごいです。もう真剣ですよ。ああいう燃え方をする都市がまだあるというのは、誇るべきことだと思いますね。

田辺　でも、一所懸命になりすぎて、自分で自分を追いつめたらいけません。大阪人に昔からある気の持ち方ですけど、自分が一所懸命やったのを自分で評価して、「まあ、こんなとこやな」っていうんです。これはすてきな考え方ではないかと思います。そういう気分がなければ追いつめられてしまいますからね。これが、いまのところ私の好きなことばなんです。

古屋　では本日は「こんなところで」（笑）。ありがとうございました。

日本人と自己

養老孟司

変動期を子どもで体験した世代

司馬さんは明治維新のころのことをよくお書きになりましたが、私にとって明治維新に相当するものは昭和二十年の敗戦の日でした。そのとき司馬さんは大人で、私は小学校二年生でした。この年齢の差は大きい。

つまり、私にとっての「明治維新」は、それを子どものときに経験した人と同じなのです。何が起こったのかというと、子どもでしたから、ごくすなおに「鬼畜米英」で「一億玉砕」だと思っていましたのに、それが一夜明けたらみごとにひっくり返ってしまった。

これはちょうど幕末のときに子どもで、昨日まで殿様がいて、家老がいて、家来がいてなどとやっていた世界が、ころっとひっくり返った時代を経験した人たちと同じ感覚ではないかと思ったりします。その時代を大人で通過した人と子どもで通った人の間にずれがあるはずです。

小学校二年生であれだけ大きな社会的な価値観の変動を経験しますと、社会の正義とかいったことを基本的に信じなくなります。いちおう受け入れたふりはしますが、腹の底では「いつまたひっくり返るかしれたもんじゃないよな」と思っています。墨で塗りつぶした部分のほうが塗っていない部分より多いという国語の教科書で、小学校の低学年で教育を受けますと、たいがいのことは信用しないという、かなりしっかりした感覚の持主になります（笑）。

では信じられるものは何かと考えて、私は医学部に入って医者にならずに解剖をやりました。解剖をやりながら、私は「こんな安心できることはないなあ」と思った。学生のときは約三か月間、ずうっと同じ死体とつき合ったりします。その日の分を解剖して、翌日行って見ますと、昨日やったところできちんと終わっています。

これが患者さん相手ですと、こうはいかない。よくなったり、悪くなったりむこう次第でいろいろ対応を考えなけりゃいけない。死体だと、私がやったところでピタッと終わる。夜の間にどうかなったなどは絶対にありません。自分がやったことの以上でも以下でもない。

私も東大病院でインターンやりまして、患者さんを三人ばかり殺しそびれました。「この分では私が医者をやったらこれから何人殺すかわからん」と、本当に思いました。開業医をしている母に相談したら、「いや、百人殺さなけりゃ立派な医者にはなれん」というんです。それで私は医者になるのを諦めて、安心できる仕事を選びました。それが解剖学なのです。

私が解剖を選んだおかげで、助かった患者さんが最低百人はいるはずです。これを予防医学と私は呼んでるんですけど、誰も感謝してくださらない、だれが助かったのかわからないから。

モノは裏切らない

冗談のように聞こえるかもしれませんが、これはじつは現代の重要な問題とも繋がっている。たとえば対人地雷を減らそうと国連で懸命な努力をして、今年は去年より一万人以上被害者が減ったといっても、「被害者になるはずだった」人はべつに感謝するわけではありません。地雷を踏まなかったのは運がよかったと思っているだけでしょうから。環境問題もそうで、大変な思いをしてCO_2を減らしても、あとから生まれた人はそれが当たり前のように思うわけです。このあたりがこれからの人間の大きな課題でしょうね。

話をもどします。近代日本は二度発展しています。一つが明治維新以後で、もう一つが第二次世界大戦後です。歴史というものは大人が動かしたことになっています。しかしそのあとの実質的な発展というものを担ったのは、そのとき子どもだった世代だと私は思います。大きな社会的変動期を通った子どもたちはそれまでとは違った行動をします。それが私の世代だった。

戦後の日本経済の大発展の基盤となったソニー、ホンダ、松下に代表される「モノづくり」とは安心できるものでした。社会がひっくり返っても、たとえば計算機を作って動かしますと、すぐに答えが出てきます。車を作って動かせば、ちゃんと動きます。モノは裏切らない。私にとっての解剖と、おそらく「モノづくり」で働いた人たちの気持ちとは同じだったんだろうと思います。

そこで自己という話に移ります。「私」ということです。昨年の秋に大阪へ来て、タクシーに乗ってました。すると、「自分にあった仕事が見つかるかもしれない」というハローワークの大きな垂れ幕がさがっていました。私はそれを見たとたんに、「何が自分にあった仕事だ」と腹が立ったんです。

「自分にあった仕事」という以上、まず自分というものがはっきり決まっていて、それを基準にどういう仕事が向いているかって選別することでしょう。私は、仕事とはそういうもんじゃないと思ってました。私は解剖学をやりましたが、どこが自分にあった仕事だよと、思ってるわけです。

仕事のことを世間に盛り上がった部分だと考えている人が多いようですが、私はくぼんだ部分だと考えています。世間が平らだとしますと、あちこち穴があいている。その穴を埋めるのが仕事だと思っているんです。だいたい解剖なんてだれもやらない。お金にもなりません。

私は、大学にずっと勤めておりまして、なぜ大学にずっといたかというと、若いころから偏屈というか、人づきあいが上手でなくて、「おまえなんか、会社に勤めても、商売やっても、絶対儲からん」といわれたからです。子どものころから、「大学で勉強してるぐらいしか能がない」ともいわれ、私はすなおにそう信じて大学へ行っただけです。私はまったく商売に自信なんかありません。

人間の成分は一年で変わる

ところがですね、話はそれますが、ふしぎなものでけっこう儲けたことが三回あるのです。

一回めは、学生のときでした。夏休みに鎌倉の子どもたちを集めて、勉強を教えるっていう会をやっていました。私が東大に入った年に上の人に騙(だま)されて、「おまえ、会のマネージャーやれ」といわれて引き受けちゃったんですね。それで学校を借りて、生徒を集めて大変だったんですが、学校の真似ごとをやったんです。

それがそのころからどんどん生徒が増えて、私が医学部在学中の六年間やるうちに、とても大きな学校になりました。あのままつづけてたら、私は駿台とか代ゼミとかの社長ぐらいにはなってたと思います。私は儲けるつもりはないんですけども、ニーズがあれば商売になるのです。

解剖学会百年を記念して、「人体展」を東大の資料館と上野の国立博物館でやりました。世の中の人が人体をきちんと見たいという気持ちがあることを知っていましたから。そのときお客さんが四十万人入りました。入場料が千三百円だったと思います。そのうち四割を、当時の大蔵省が黙ってもっていきましたから、あそこはだいぶ儲けたはずです。

とはいっても、それをずっと続けてりゃ今ごろ私は大金持ちですけど、これもべつに儲けるつもりじゃありませんから、私自身はべつに一文も儲からなかった。むしろその準備をするので、大変な持ち出しになりました。

次に儲かったのが『バカの壁』という本でした。これも儲けようと思ったんじゃなくて、「どうして売れたんですか？」っていわれても、「そんなもの、買った人に聞いてくれ」としかいいようがありません。それが商売になったのも、やはりそこが穴ぼこだったからです。ニーズがあったわけです。

「自分にあった仕事」というとき、まず変わらない自分というものがすでにあるということが前提になっていますね。我々はたしかにしっかりとした物体でできてます。近代人は唯物論的に「人間は物体だ」という。しかしじつはそうじゃない。

仮に私が今日死んだことにして、ホルマリン注入して、真空パックした私の死体を一年取っておきます。一方に生きたまんまの私がいて、一年間経つとします。一年後に、パックしてある私と一年生きてきた私を比べたら、どこが違うか。

物質として見たら、死んだ私は去年と九九・九九パーセント以上変わりません。生きているほうの私はどうかといいますと、体の成分がおそらく九五パーセントは入れ替わっています。ということは去年と今年では物質的にはほとんど違うものなんです。ところがここにある机と同じように変わらない物体だと皆さんは思っている。

人間はどんどん成分が入れ替わっているんです。不思議なものですよ生き物って。物でできているように見えるけど、物そのものじゃない、一年で入れ替わってしまうんだから。学校や会社、官庁と同じだと思えばいい、中身の人はしょっちゅう替わっても形や機能は変わらない。でもたいていの人はそんなことは考えていない。

心に個性があるか

流行り言葉で、「ナンバー1よりオンリー1」とか「個性をもったこの私」とかいってます。一番になるより個性が大事なんだ、そういう個性を持った私は一生変わらないんだ、個性を伸ばせなんていっている。そこが貴重なんだと。そういう「私」というものがあることになっている。

個性ということをいうのなら、私はそれは遺伝子が決めるもののことと考えているんです。身体の中身はどんどん変わっているっていったって、他人の臓器を移植しようとしても簡単にはいかんでしょう。それを個性っていうんです。人間一人一人は別なものです。

個性は遺伝子が決めているんです。「きんさん」と「ぎんさん」は顔も同じなら、片方が百七まで生きたら片方もそれだけ生きる。たとえば遺伝子が決めるものって血液型がそうだ。それを伸ばせっていったってそんなものどうすればいいんでしょう。もともとあるものなんです、個性は。

そうすると自己とはなんだと。それは、皆さんは「心だ」と思っている。心が自己であるということは、心に個性があるということになります。心に個性があるということはひとと違うということです。心がひとと違ったらどうなるか。心の典型として理屈にも個性があるとそういうことになります。「うちの子は個性的に育ったので、算数の答がほかの子と違うんです」ということになる。理屈に個性はないんです。

それでは感情に個性があるのか。私の住む鎌倉から電車で東京まで一時間かかります。こんだ電車に鎌倉駅から乗り込んですぐに笑いだして、東京駅まで笑ってますと、こんだ電車でも私のまわりだけは空いてきます。一人だけの感情というのは不気味です。こんなものは誰も認めないものです。感情というのは共感なんです。「心に個性がある」といわれ、しかも「個性を伸ばせ」といわれてきた。心が個性のよりどころとなるのは、そこは他人が窺えないから、自分だけのものと思っている。そんなの嘘ですよ。他人が覗けないものがどうして自分独自とわかるんですか。金庫の中に株券や宝石があるなら、泥棒は持っていきますね。それは自分独自でなく、だれでも使えるものだから。

じつは私も自分にだけ価値を持ったものを持っています。あるゾウムシの標本なのですが、そんなものはだれも持っていきません。同じように心の中に自分だけに特有な価値のあるものをいくら持っていてもだれも気にしません。ただ、そういうものをある程度以上たくさんもつとどうなるかというと、入院することになります。

日本には「公の個人」はない

私はこれでも商売柄一年間、精神病院に通っておりました。私が行くと、病院の白い壁に一所懸命自分のウンコで名前を書いている患者さんがいました。私も当時は、患者さんは理解しなきゃいけないという気持ちをもっていましたから、先輩に「こういう患者がいるんだけど」というと、先輩は、「ああ、そういうのいるよ」のひと言です。本を調べても理由は書いていない。結局、私は、わからないままで精神科をやめました。わからなくてよかったんで、わかっていれば私も入院してた(笑)。そのとき以来、私は心の個性というものを信用しません。

どうしてこんなことになったかというと、明治になって、「不滅の霊魂」という西洋人の概念からくる「変わらない人格」というものを持ち込んだからですよ。こんなのは日本の伝統にはなかったんです。『方丈記』は「ゆく河の流れは絶えずして、しかももとの水にあらず」といっている。河はそこにありますよ、でも水は入れ替わってますよっていっている、人は河だと。日本はこれでやってきた。

仏教では時間は循環しますが、聖書では一直線に進む。だから初めがあれば終わりがないといけない。大天使がラッパを吹いて「最後の審判」のとき、自分のやったことを全部背負った不滅の霊魂がないとこれは成り立たないのです。私は中学、高校とカソリックの学校でしたから、この話を聞いたときすぐに思った、私が完全にボケて死んだとする。すると「審判」に墓から呼び出されるのは、ボケる前の私なのか、後の私なのか。仏教世界ではこういうことは成立しないんです、人は変わるんだから。

西洋でも近代になればさすがに「不滅の霊魂」は表に出てきませんが、しかし昔からの枠組みは簡単には変わらない。かわりに出てきたのが「不変の個性をもった人格」というもので、個人を公の単位としてフランス革命以後「市民社会」を作った。その公の個人をすえて、それに権力というものはここまでは干渉してはいけない、というのが人権です。

日本では、首相が靖国へ行ってお参りしたら、新聞記者は、「公人としてですか、私人としてですか」と聞きます。私が首相なら「個人ですよ」と答えます。なぜなら、個人には憲法で思想・信教の自由が保障されてるんですから。ではどうして新聞記者は「個人」と聞かないのか。日本の世間では個は公じゃありません。あくまでも私だからです。

では、「公の私」とは何か。公の私というものを保障していた空間は日本に、戦前まではありました。それが「家」でありました。家の中は私的空間です。ですから、お嫁さんはよその私的空間から別な私的空間に入りますから、その家の規則、私的なルールを学ばなければいけなかった。外へ出ると世間のルールにあわせなければ、「世間に迷惑をかける」となるんです。門から一旦外に出ると「七人の敵あり」、つまりそこは公ですよというわけです。

その私であった空間をよく表しているのは、日本人の好んでつくる塀だと思います。「この中は私的空間だよ」といっているんです。

「変わらない私」とはなに？

その「家」を消したのが、戦後の民法でした。家という封建的な制度を壊したと思ってるかもしれませんが、それによって壊れたものがもうひとつあります。それは「公の私」というものが日本から消えてしまったことです。

したがって、今、小泉首相にはまったくプライバシーはありません。週刊誌は朝から晩まであゝしたこうしたと書いてます。少なくともある程度以上の公の職に就きますと、日本ではプライバシーは認められません。

「タレントにはプライバシーはない」と芸能リポーターはいってます。

私はいまそれをどうこういうつもりはないんです。我々がそれを許容してきたというのは、私的な空間と公の空間というものをずっと考えずに来たということをいいたかったのです。

その「私」問題はたくさんあるんです。先ほど申し上げた、「自分にあった仕事が見つかるかもしれない」というのも私の問題の一つで、「そんな自分はないよ」ということです。仕事というのは世界にあいた穴で、その穴を誰が埋めるかというのがニーズです。そしてニーズがあるところにはさまざまな動きが発生します。

ここ何十年か、日本で次から次へと出てきたものの一つに新興宗教があります。これもニーズがあったから発生したんです。「変わらない私」というものが社会の中に引き起こしていった現象から発生したニーズだったわけです。

「変わらない私」というものに価値があるのだったら、そこで成り立たなくなった仕事があります。私が三十年やっていた職業、つまり教師ということなんです。いちばんだいじなことは変わらないと思っている人間を教育することはできません。おかげで教育は「学歴をつける」ためだけの飾りつけになったんですよ。私は教師であるよりは、じつは飾り職人だったんです。それで今の状況ができている。「日本人と私」というのは、司馬さんもじつは書こうとして書き残した問題だと思います。そのなかには、公の社会的な私があると思います。

では「変わらない私」はいったい本当にあるのか。私にいわせれば、そんなものありませんよ、少なくとも頭の中には。なぜなら、知識とか言葉はあとから大脳皮質に入りますから。あらかじめスペイン語や中国語が入った子どもが生まれてきたら厄介(やっかい)でしょうがありません。あとはご自分でお考えください。

（二〇〇五年二月十二日に開催された第九回菜の花忌・講演会より）

第二章

司馬作品の輝く女性たち

田辺聖子
出久根達郎
岸本葉子
司会・古屋和雄

田辺聖子　78ページ参照

出久根達郎（でくね・たつろう）
一九四四年生まれ。作家。『佃島ふたり書房』で第百八回直木三十五賞、『短篇集半分コ』で第六十五回芸術選奨文部科学大臣賞を受賞。『庭に一本なつめの金ちゃん』『漱石センセと私』『花のなごり―奈良奉行・川路聖謨―』など。

岸本葉子（きしもと・ようこ）
一九六一年生まれ。エッセイスト。『楽しみ上手は老い上手』『わたしの心を強くする「ひとり時間」のつくり方』など著書多数。句集に『つちふる』がある。

（二〇〇七年二月十二日開催・第十一回）

可愛げのない男はダメ

古屋　作家司馬遼太郎さんが旅立たれて十一年になります。今年は「司馬作品の輝く女性たち」をテーマにシンポジウムを行います。昨年（二〇〇六）は大河ドラマ「功名が辻」が評判になりました。山内一豊と妻千代を中心に描いた作品です。千代という女性をどうごらんになりましたか。

岸本　山内一豊の妻が賢夫人というのは少女時代から聞いていましたが、取っつきにくくて、自分とは距離感のある女性と思っていました。しかし、司馬さんの小説を読んで、印象が変わりました。とても親しみやすくて、ちゃめっ気のある女性に描かれていました。都合が悪くなると、泣いて切り抜けようとする憎めない女性のずるさも持ち合わせていて、私たちに似た女性だなと思いました。

内助の功というよりは、山内家のパートナーという印象に変わりました。戦国時代は男と女が手をたずさえていた時代です。まだ幕藩体制や儒教的な枠組みがしっかりできあがっておらず、個性を発揮しやすい時代だったと思います。

田辺　賢い子があれだけ尽くすのですから、男によっぽど可愛げがあったのだと思います。男性に必要なのは、才能とか、機知とかじゃなくて、女の人がそばにいて、「この人のためやったらしょうがないわ、もうほんとに」と思わせることが大事なんです（笑）。そういう気を女に起こさせる男でないとダメ。何か言うに言えん男の可愛げで、男性の一生は決まると思います。

イヌだって可愛げのあるイヌとないイヌとありますから（笑）。わたし、二通り飼いましたから、よーくわかりますが、帰ってきてほんとに飛び跳ねてうれしそうに、もうよだれを垂らすのとちがうかしらんというぐらいよろこぶイヌと、「あ、帰ってきたん、あ、そう」（笑）という感じのイヌとおりますから、むつかしいもんでございます。

岸本　一豊は千代の言うことによく耳を傾けています。パートナーの話をよく聞いている。それが可愛げのひとつの秘訣と思いました。

出久根　千代は司馬作品の特色が全部出ている女性です。可愛げがあって、子どもっぽくて、しかも男を立てる。へそくりをして、いざという時に馬を買う金をくれる。千代の手のひらの上で亭主が一生踊っている。こういう奥さんは、男にとっては愛すべき女性ですが、一面たまらないところがある。なんか自由がきかない。千代も立派ですが、私は一豊のほうが立派だったと思います。操（あやつ）られて、男としてのメンツをある程度つぶしたわけですから。

私は司馬さんが『功名が辻』を書こうと思ったのは、小袖のエピソードだと思います。史料の中で、千代が小袖を作る話を見つけて、司馬さんは「しめた」と（笑）。司馬さんが小説をつくる発想の原点は、そういうささやかなエピソードでしょう。

田辺　「神は細部に宿りたまう」と言いますけれども、千代は細かいことに気を使って、自分の気持ちを紛らすことが上手な人ですよ。話をしても話題があちこち飛んで、退屈させなかったと思います。男を退屈させないのは、大変な難事業です。思いつきが豊富だったんでしょうね。

岸本　秀吉の奥さん、寧々さまも、ぜんぜん奥にいませんでした。連れ合いというか、共同経営者のようでした。日本は江戸時代が長かったので、ずっと男尊女卑で、戦後になって突然男女が同じになったように思うけれど、実はそうではない。日本の男と女というのはいろんな時代があったんだと司馬さんの戦国時代を舞台にした小説を読むと感じます。

古屋　司馬作品の中から好きな女性を挙げるとしたらどなたですか。

岸本　自分にいちばん近いと感じるのは『竜馬がゆく』の千葉さな子です。何か他人とは思えないものを感じました。千葉道場の娘で、剣術に熱中する、男勝りでとても負けん気が強い女性です。竜馬に恋心を抱くのですが、いざ口をきくと憎まれ口しか言えない。でも、「この人のお嫁さんになりたい」と思ったら、自分から「お嫁にしてください」と言いにゆく。すごく好感をもちました。

私は戦後の男女平等という制度のもとで生まれ育って、それが当然のように思っていて、昔の女性とは取りまく環境も与えられる環境も社会の位置づけもちがいます。それでもなお、さな子のような女性にとても共感できるんですね。司馬さんは戦後の女性像を積極的に時代小説のなかに取り込んでいったのではないかと思ってしまうくらい、現代の私にとっても親しみやすい。

田辺　私は『韃靼疾風録』のアビアです。韃靼の王女ですが、あの人ぐらい目鼻だちのくっきり書かれた女性は、司馬作品の中でも少ないと思います。ただのはねっ返りではなく、自分の考えをもち、洞察力もある。悲惨な目にあっても、自分がいちばんしたいように生きる。「やりたい放題やる」という感じですね。女性解放の第一歩です。相手のサムライも「うーん、可愛いじゃないか」と思ってしまう。

男と女がもっと衝突しないといけない。衝突してこそ文化がある。今まで女が「私さえ我慢してたら」という文化でしたね。こんなところから本当の男女関係の文化は生まれるはずない。司馬さんはそれを先取りしておられました。それを読者からも好感をもたれるように書かれました。日本の教育が悪くて、女の子を黙って元気のない子にしていた。司馬さんは「こんなのイヤだよなあ」と思っているときに、みどり夫人が現れられて、「これや」となったんじゃないんですかね（笑）。みどりさん、ごめんなさい。

男女関係のすてきな見本を司馬さんは示してくださった。それが『韃靼疾風録』です。司馬さんの一番の傑作だし、近年日本文学の傑作のひとつだと思います。

司馬作品の女性の二タイプ

古屋　先ほどみどりさんの挨拶で、司馬さんがお好きだった女性のタイプは、二つあったと言われました。「二つとはどういうタイプですか」と控室で取材しましたら、一つは『梟（ふくろう）の城』の小萩（こはぎ）のように色っぽくて、野性味のある女性。もう一つは木さるのようにボーイッシュな女性と話されました。秘書の女性は「もうひとつ加えるならみどり夫人のように、頭がよくて、はんなりした女性」と付け加えていましたが（笑）。

田辺　まず頭がよいことでしょう。でも、頭がよい女性はなかなか頭のいい男とぶちあたらないの。

出久根　私は司馬遼太郎さんの小説は、女性がうまく描かれているから男が逆照射されて、いきいきと輝いていると思います。『竜馬がゆく』を、何度も読んでいるうちに、登場人物が何人いるのか勘定（かんじょう）したことがあるんです。文庫本八冊で、総登場人物が一一四六人。まあ、上下五人の誤差があると思ってください。その中に、女性は何人いるか。おりょうが登場する三巻目の真ん中までに四十四人、つまりおりょうは四十四人目の女性でした。

司馬遼太郎さんのすごいところは、四十四人登場している女性に、全部名前があるんです。すぐに退場してしまう女性でも、こういう生涯を送ったと書いています。歴史に名前の現れなかった人でも、記録する。それが司馬さんの小説の最大の特徴。つまり人間愛です。

私の好きな女性は、おりょうではなく、岸本さんがすでにおっしゃった千葉さな子です。私は『竜馬がゆく』を、あれは昭和三十七（一九六二）年に産経新聞に連載されたときに床屋さんで読みまして熱狂しました。

私はまだ十八で、竜馬に憧れて剣道をやろうと思ったんです。越中島に北辰一刀流の六代目の先生がいまして、そこに弟子入りしました。竜馬になろうとしたんです（笑）。

司馬さんは、千葉さな子さんのその後をエッセーに書いてます。これによると千葉さな子さんは生涯独身で、東京の足立区でお灸（きゅう）をすえる治療院を開いていました。甲府で自由民権運動をした小田切謙明という人が中風（ちゅうぶう）になりまして、さな子さんの治療院に通い、さな子さんの身の上を聞いて、引き取ったらしいのです。晩年まで面倒を見て、現在甲府にお墓がつくられています。「千葉佐那子墓」と書いてあって、その隣に「坂本龍馬室」と刻まれています。室というのは内室、妻ですね。

岸本　出久根さんの通っていた道場にさな子さんはいらしたんですか。

出久根　北辰一刀流六代目の娘さんがいまして、千葉さな子と同じ免許皆伝でした。ただ四十代でしたか、私は十八ですから、恋には……（笑）。

田辺　ちょっと個人的な話ですが、司馬さんは、お兄ちゃんみたいなところがあって、いつも私に「元気でやってますか」とやさしく言ってくださった。昭和四十年ごろに私は結婚したんですが、黙ってました。そうしたら司馬さんから電話がかかってきて「あんた、結婚したんやて」と聞かれるんです。司馬さんには嘘は言えないと思って、「はい」と答えると、「なんで黙ってんねん、そんなことしてたらあることないこと書かれるで」と。「いや、このあいだ取材に来ましたけど、そんなことありませんと追い返しました」「何をやってんのや、アホやなあ」と言われまして、ボロクソに怒られました。その大阪弁がとてもなつかしかった。ほんとのお兄ちゃんに叱られたような気がしました。

　私はその少し前に芥川賞をいただいたんですね。同じころに直木賞の候補になっていた川野彰子さんが神戸におりました。私が尼崎で「近くにいいお友達ができてよかった」と思っていたら、川野さんが突然三十いくつかの若さで亡くなられた。私は、新聞に惜しむ言葉を書いたんです。それを見て相手のご主人がやってきまして、「おやさしい言葉をいただきまして」と礼を言われた。そのおじさん、子どもが四人なんです。「芋たこなんきん」では五人にしてますけど。そのおじさんが私の顔を見て、「あんたかて、今に逝きますよ、そんな顔してたら」と。「ええ天気やからドライブでもしませんか」と誘われました。

いまとちがいまして、そのころはクルマはあまり走ってません。クルマを持っている人はお医者さんぐらいしかいませんでした。彼は医者でした（笑）。私はいつもドライブできたらええなあと思って、結婚申し込まれて「ウイ」と言ったのです（笑）。私は断ったんですよ。仕事も芽が出かけたばかり。子ども四人の世話や家のことをしてたら、中途半端になってしまう。そうしたらおっちゃんが、「中途半端と中途半端がふたつ寄ったら、満タンになるやないか」と。それを司馬さんに言いましたら、「世紀の名文句やな」とほめてもらいました。

どこまでが創作か

古屋　あるアンケートでは、司馬作品の中で、好きな女性の一位がおりょう、次が乙女、三位が千葉さな子、四位に千代がきて、五番目に『梟の城』の小萩でした。
出久根　おりょうは、司馬さんのつくった魅力で読者はまいっているんです。実際のおりょうは、変わり者だったようです。坂本竜馬も一風変わった人ですから、好みですね。
司馬さんの小説は、どこまでが本当でどこまでが創作かがわかりません。『竜馬がゆく』の中に、おりょうが竜馬に菊の枕を作るエピソードがあります。伏見の寺田屋の女将のお登勢が丹精していた菊の花を、おりょうが「あの花をいただけませんか」と言うのです。お登勢は一本かと思って「いいですよ」と言ったら、おりょうは全部摘んでしまった。それを詰めて、菊の枕を作り、竜馬に贈るという話です。贈られた竜馬は、「なんて残忍なことをする」という。しかし、司馬さんを三十年以上担当した和田宏さんという編集者が書いた『司馬遼太郎という人』（文春新書）によると、この話は、司馬さんの創作だというのです。ある演劇作家が、このエピソードを脚色したときに、司馬さんが「あれは私の創作です」と、和田さんに話したそうです。『竜馬がゆく』の中には、そういう司馬さんが創り上げたエピソードがいっぱいあると和田さんは言うのです。じつに巧みで、そう言われなければ、本当だと思っちゃいますよ。

　私は古本屋をしてましたからよく知っていますが、司馬さんは徹底的に史料を集めます。いまその蔵書を見せていただきますと、一級史料はもちろん揃っているのですけれども、古本屋の店頭で百円均一で売るような本もある。これはすごいことだと思いませんか。司馬さんは一級史料だけではなく、漫画本のようなものにまで目を通している。

　司馬さんの文学は歴史そのものを書いているんじゃなしに、まさに司馬さんの頭のなかで再構築された歴史を私どもは読んでいるわけです。伏見寺田屋で、敵に襲われたときに、おりょうが風呂場から裸（はだか）で階段を上がって竜馬に知らせるシーンがありました。ところが、坂本竜馬が兄にあてた手紙ですと、「勝手より馳（は）せ来（きた）り云様（いうよう）御用心なさるべし（台所から駆けてきて『気をつけて』と言った）」と書いてあります。実際は謎なのですが、司馬さんがすごいと思うのはディテールです。おりょうがお風呂へ入ろうとして湯船のふたを開けたら、その湯気（ゆげ）がスーッと流れた。はてなと思うと、浴室の窓が細めに開いていた。その細めの窓から外を覗いたら、御用提灯（ちょうちん）をつけた役人どもが密集していたというわけ。湯気がスーッと流れたという描写がいいじゃないですか。

岸本　短編集にも女心が前面に出ていると思う作品が多くあります。長編小説だと歴史上の人物が主人公で、ともすれば歴史の副読本みたいな読み方をしがちです。短編は、歴史の歯車とは離れたところの情景を切り取っているので、女心を味わうにはとてもおすすめです。私が好きなのは、『一夜官女』という短編集です。女が主人公の短編が多くて、読んでいて胸が切なくなります。

出久根　私は、司馬さんという方は、濡れ場を描く名人だったと思いますね。いやらしくなく、ごく自然に書くんです。『竜馬がゆく』のなかで、たしかこんなシーンがあるんです。竜馬は非常に行儀の悪い男でして、やたら鼻をほじくる。ほじくると取れるものがありますね。黒いやつ。これを女性の手にパッと押しつけるんですよ。「いやだッ」っていって女の人ははねのけるでしょ。そうするとその手をパッとつかんで、押さえちゃう。そこから男女のシーンになるわけです。遊びのように描いていき、自然に男と女の状態になる。司馬さんは子どもっぽいところのある人で、少年のような大人ですから、こういった書き方の名人です。

田辺　司馬さんは人たらしだったと思います。司馬さんとおしゃべりすると、その人の顔が、紐がほどけるように緩んでいきます。相手の気持ちを、皮膚感覚でわかる方でした。

人間が、いちばん何に飢えているかというと、愛ですね。相手がこっちを向いてくれて、こっちの考えてることを知りたがっている。そういう気持ちが感じられたときに、うれしい気持ちになります。そして、人と人との輪が結ばれます。司馬さんのそういう人間愛に皆が感動するのだと思います。それは人の心から心へ感染していきます。たいへんな病原菌ですね。私だけでなくて、司馬さんと接しられた方がみんな感じられると思います。相手の肌が気持ちよくなってほてってくる。ほてりを与えられる人というのはそうめったにありません。

女性の読者が増えたわけ

古屋　最近、司馬作品を読む女性が増えています。どう感じますか。

岸本　歴史の好きな女性だけでなく、歴史にあまり関心のない女性も読む、しかも若い世代が読むようになってきたのは、おもしろいと思います。『功名が辻』を読むときに、一豊と千代と、どちらに自分を置いてるかというと、女性読者でもじつは一豊だったりするのかなと思ったりします。女性も社会で働くようになって、同期が出世したり、自分を評価してくれない上司がいたりすると、「凡庸でも律義であれば、いつか報われるかもしれない」と、なぐさめと明日への活力を得ているのかなと推測したりします。ひと昔前だったら、司馬作品を読む女性は、登場人物の女性に自分を重ね合わせていたけれど、今は女性も登場人物の男性に自分を重ね合わせているのかなっていう気がします。

出久根　いまや、司馬さんの小説は男の小説ではなしに女性の小説なんです。人間の魅力には変わりありませんし、それは男、女という区別ではないと思いますね。司馬さんの全集に収録されてない作品ですが、「魔女の時間」という現代小説があります。昭和三十六年から「主婦の友」に一年間連載された作品で、ビジネスガールが主人公です。父親の遺産五千万円が突然ころがり込んできて、恋人と新しい事業を企てる。怪しい画商とか、怪しい陶芸家とか異様な人物がたくさん集まってきて、とてもおもしろい小説です。司馬さんの、女性を主人公にした現代小説は、読んでみたいと思うでしょ。もう一つ。『竜馬がゆく』の初版単行本がいくらするかという話です。初版で、第一巻の定価は四二〇円。古本で、帯が付いていて、極美、五冊そろって、バブルのころに五十万円でした。現在は二十万円ぐらいだそうです。

田辺　司馬さんは座談がうまかったですね。世間の話をお聞きになるときに、反応とか、相づちの打ち方とかが上手で、思わず語り手が体を乗り出してしゃべってしまいます。私自身も体験しましたが、人の告白衝動を誘い出すようなものが司馬さんのなかにあって、それが司馬さんの小説をお書きになる原動力でもあるのかなと思ったりします。

私たちが飲んでるときの座談では司馬さん、口誦芸術のようでした。落語家になっても、絶対ウケたと思います。「僕の遠い親類やけど」と話をされて、何やっても商売うまいことといかへん男がおんね。みんな困って、ちょっとずつお金出しおうて、なんか商売さしたろかていうてたんやけど、はたとそのうちの一人が思いついて、「今暑い盛りやから、アイスクリン売りにでもさしたらどないやろ」て。小遣いぐらいになるやろというのでやらしたんですね。そしたら、そのおじさんがぶきっちょなんで、アイスクリームを盛り上げるときにポタッと垂れてしまう。ついそれを本人が口で舐める。舐められたアイスクリームを買う人はいません。これもだめでした、て。話術がうまい。司馬さんの文章がうまいのは話術からきてるんだと思いました。

司馬さんとおしゃべりをするときは、早いこと行って、またおもしろい話を聞かしてもらおと、みんなグラスを持って、司馬さんのそばへ行くという調子でした。

おてんばの女性が好き

古屋　あるアンケートでは、司馬作品の女性のイメージは、一位が凜々しい。二位が強い。三位聡明。四位愛嬌がある。五位おてんば、と並んでいます。凜とした強さと、時代を見通す聡明さを兼ね備えている女性だと思ったりします。いかがでしょう。

出久根　司馬さんの作品に出てくる女性はみんなおてんばです。読んでいて懐かしい。女性を描くときに、大人っぽい女性は描きやすいんですが、天衣無縫な、子どもっぽい部分を描くのは難しい。それで成功したのは、時代小説では山本周五郎と司馬遼太郎だと思います。

司馬さんは、むしろ女性を描く名手ですよ。映画で黒澤明が、女性が描けない、描けないって、批評家が言いますよね。でも、黒澤明の映画に出てくる女性は、実に魅力的です。魅力的な男を支える女性を魅力的に描いてるから、黒澤明も司馬遼太郎も、成り立っていると思います。今日のシンポジウムは、非常にいいテーマをやりましたね。

田辺　わかりやすいのはおてんばね。男と同じ目線ですから。言いたいこと言うし、したいこととする。男並みに会話が交わせるから、小説が進展するのでしょうね。

司馬小説の女性はみんなおてんばだと言われて、魅力の一端がわかりました。たしかにわれわれ女もおてんばの小説を読みたい。なんでここで男の人がポカッといかれるのかなと、その秘密を知りたい。小説として生気を与えるからでしょうね。

古屋　最後に、男、女を超えて、司馬作品の人間像から、今に生きる私たちはどういうメッセージを受け取ったらいいか。お感じになるところを、一言ずつ、伺えたらと思います。

出久根　司馬さんがデビュー作の『梟の城』からずっと書いてらっしゃるように、人間は志をもって生きなければだめなんだと。夢をもち、志をもって生きる。それは男でも女でも、この姿勢はいつの時代も変わらないメッセージだろうと思います。有名人だとか、大きな事業を成したとかではなく、歴史に名を残さなくても誠実に志をもって生きた。これが司馬文学のバックボーンですね。

田辺　私、いつも司馬さんの小説から感じ取るのは、「くにを愛する」という司馬さんの気持ちと、それから「日本ってていいところあるんだよ。ちゃんとして生きろよ」という励ましのことばです。日本民族ってていいところあるんだよ。日本ってとってもとってもすてきなとこ。それを子どもたちに教えてください、それを心に抱いて生きていってくださいというメッセージです。いま、日本は危機といっていいところだから、司馬さんは切歯扼腕（せっしやくわん）していられると思います。

岸本　司馬さんの作品を読むたびに感じるのは、人の価値ってさまざまだということです。私たちは一律のものさしで測りがちですが、それぞれのよさを引き立て合って生きていく社会が本当だと思います。「なんの役に立つの？」という問いをつい発しがちですが、そういう有用性というものさしで測ってしまうとぼろぼろと、大切なものが落ちてしまう。それこそ、司馬さんが描かれた、愛情であるとか、愛すべきしぐさとか、癖とか、登場人物たちの生き方だと思います。司馬さんの小説から「人の価値ってそんな一つのものさしで測れないんだよ」と読み取れる気がします。

『街道をゆく』——この国の原景

井上ひさし
諸田玲子
佐野眞一
司会・古屋和雄

井上ひさし　14ページ参照

諸田玲子（もろた・れいこ）
一九五四年生まれ。作家。『奸婦にあらず』で第二十五回新田次郎文学賞、『今ひとたびの、和泉式部』で第十回親鸞賞を受賞。『元禄お犬姫』『しのぶ恋 浮世七景』『女だてら』『ちよぼ 加賀百万石を照らす月』『麻阿と豪』など。

佐野眞一（さの・しんいち）
一九四七〜二〇二二。ジャーナリスト・ノンフィクション作家。『宮本常一と渋沢敬三　旅する巨人』で第二十八回大宅壮一ノンフィクション賞を受賞。『東電ＯＬ殺人事件』『沖縄戦いまだ終わらず』『唐牛伝　敗者の戦後漂流』など。

（二〇〇八年二月十二日開催・第十二回）

人と自然と歴史と

古屋　作家・司馬遼太郎さんが二十五年にわたって七十二街道を歩かれた『街道をゆく』。その魅力はどこにあるのか伺っていきたいと思います。

井上　私は『街道をゆく』に何回か出たことがあるんです。たとえば、「秋田県散歩」の「東北の一印象」。そのとき感じたのは司馬さんはどこで調べているのか。とても不思議でした。豊富な資料を読み込んで司馬さんのことばに直して、まったく違うかたちで原稿にしています。同業者としては、いつも舌を巻いていました。

諸田　私は歴史小説を書いていますので、資料を調べたり城址とか寺などによく行きますが、小説はそれだけでは書けません。司馬さんは「近江散歩」で「行春を近江の人とおしみける」という芭蕉の俳句を紹介しています。春と近江と人情とが渾然一体となって、駘蕩たる春の気分を歌った句だと書いています。人と自然と、その土地からしみだしてきた歴史。それが一体となった空気感みたいなものが歴史を書くときに必要なのです。なかなか摑みにくいものですが、私はそれを『街道をゆく』で教えてもらいました。ですから、旅に行く前には必ず『街道をゆく』を読んでいます。

佐野　僕は三年くらい前に朝日ビジュアルシリーズ「週刊街道をゆく」の仕事で、佐渡と十津川と、本所深川界隈を歩きました。十津川街道は、いまでも不便なところですが、じっさいに歩くと、幕末、明治維新の歴史が、道に立ち上がってきます。「あ、この道はあの人が歩いたんだ」という陽炎のようなものです。僕はその瞬間を体験しました。

司馬さんは、佐渡では何カ所か寄り道をしています。能舞台を訪ねたり、あちこち行っている。僕は佐渡に行ったときに、司馬さんの『街道をゆく』で運転手をした人にたまたま出会いました。その人が驚いていましたが、佐渡で長く住んでる人間でも知らないお社を司馬さんは見つけたという。猛烈に鼻がきくんですね。同じ作家として羨ましいと思いました。働く目といいますか、歴史を遡っていきながら、あんがい道草をくっている。そこも読み物として優れているところだと思います。

井上　一九七六年ですから、司馬さんが五十二歳のときに、四十一歳の私はオーストラリアにいました。ある日、向こうの新聞に日本の偉大な作家がオーストラリアに来るという囲み記事が出ました。その新聞を読んで、司馬さんに手紙を書きました。三月のはじめのころでした。オーストラリアは日本と気候が反対で、その頃は秋になりますからセーター一枚くらい必要ですよと書いた。すぐに返事がきました。司馬さんはシソンズという教授に会いたいと言うのです。大学で調べましたら、シソンズ教授は世界的な貝の権威でした。オーストラリア大陸とニューギニアの間のトレス海峡に木曜島という小さな島があります。そこには日本のダイバーが明治の時代にたくさん行っていました。いろいろな海流がぶつかるところで貝殻が大きくて分厚く、白い蝶（ちょう）のようでした。その白蝶貝はヨーロッパの婦人ドレスのボタンに使われていた。シソンズ教授は白蝶貝の唯一の研究者でした。

なぜ日本人だけがその潮流の激しい海に潜るのか、司馬さんは興味を持っていました。文春文庫に『木曜島の夜会』という中編小説がありますから、機会があったらお読みいただくといいと思います。司馬さんはシソンズ教授の本を読んで、会って確かめて、すっと書かれた。私は立ちあったので、不思議なほどに鼻がきくお方（かた）だと思いました。

諸田　私は佐野さんが話された「十津川街道」が印象に残ってます。十津川は歴史のいろんなところに出てきます。たとえば『太平記』で護良親王（もりながしんのう）が逃げていくとか、『吾妻（あづま）鏡』では義経が逃げていくとか、幕末の天誅組とのかかわりとか。それに秀吉の甥（おい）も十津川で不審死をしています。十津川は不思議な場所だと思っていました。それが『街道をゆく』を読むと、ふつふつと浮き上がってくるようにわかる。そこで三十年駐在記者をしていた人とか、村の人への司馬さんの人間洞察が鋭いからです。

もう一つ印象に残っているのが「甲賀と伊賀のみち」です。私は忍者も書いているので、興味がありました。小さなシーンですが、御斎峠で炭焼きの老人に出会います。その老人を司馬さんが、「顔が峠の自然の中で風化して、目もとなども細くなり、天のようなものが体のなかに入りこんでしまっているような感じ」と書いています。その表現を、私は、すごいと思いました。この一文だけで老人がふーっと峠に立っているところが浮かんできます。老人の「こんな世の中はいやや」ということばに、司馬さんは胸を棒で突かれたような思いをする。ドラマのワンシーンを見るような感じです。

可憐な日本人たち

佐野　十津川街道は人家が少ない、今流でいえば限界集落のようなところです。人口密度はきわめてまばらです。そこで夜に村に灯りがともる。司馬さんは、「よく守ってきたものだ」というせりふを書いています。その万感の思いが『街道をゆく』の魅力の一つです。切なさが身につまされるようにわかります。

司馬さんは引き出しが膨大にある人です。それでも、「本所深川散歩」では苦労したようです。たしか、江戸は火事が多かったっていう書き出しなんです。関西生まれの司馬さんは、東京の下町を相手にしたときに困ったんだと思うんですよ。隅田川をいっしょに司馬さんと歩いた方に聞きましたけども、司馬さんは、方向感覚がゼロの人で、上流も下流もわからなかった。それは僕にとっては印象的でした。結局は落語に転換しながら、本所深川を見事に描ききった。大きな風景を抱きしめる力と細かなディテールを両方もっておられた作家だと思います。

古屋　旅に行かれるときどういう思いで行かれたかという司馬さんの文章があります。『ガイド　街道をゆく　西日本編』では、「私の旅は、いつも卒然としている。まず、書斎で、古ぼけてぼろぼろになった分県地図をひっくりかえしてみる。ここへゆきたいと思いたつと、その部分のこまかい地図をとりだしてきて、拡大鏡で見つめる。地図も見なれてくると、むこうが、演技をしてくれる。渓流は音をたてて流れ、山の稜線も、その下の野に立って仰ぐ場合のように、ながながと横たわってみせてくれる」。このあと、島根県の地図を眺めて、横たわる中国山脈を見て、八岐大蛇の伝説を思って、砂鉄業者のことを考え、古代の製鉄のことを思う。最後に、「そう思いたつと、出雲へ行ってしまう。そんなのが、私の旅である」と結ばれています。地図を見ながら思いをひろげたという感じがします。

井上　日本という歴史も空間も含めたものを、司馬遼太郎が『街道をゆく』というかたちで語りだすと、小さな弓なりの列島で一生懸命生きてる人たちがとてもよく、あざやかに現れてくる。なにかかわいそうな、よくがんばってる、可憐な人たちが。その際に司馬さんがどこに立ってるかが問題なんです。ごく低いところと、じつに高いところに同時に立っておいでです。

　司馬さんの文章の魔力で読者が街道の中へ入っていったときに、日本列島自体が、西洋列強とかいろんなものに揉まれながらも、よくここまできたなぁ、と感じさせてくれる。その司馬節がたまらないわけです。しかし、いつか行き方を間違えた。『街道をゆく』を読むと、そこに入る前の日本人の営みが身にしみて感じられる。それを感じたくて読んでいる気がします。

　やがて百年たって誰かが見たときに、厳しい状況をよく生きぬいたものだと感じてもらうことを、司馬さんは願ったのではないかという気もします。司馬さんがこれを書いた時期は、日本がかなり悪くなりつつあるときです。その力関係で絶妙な文章ができたと思います。

宮本常一との共通と相違

佐野　僕が十津川や佐渡へ行ったのは、テーマがありました。民俗学者の宮本常一も、佐渡は二十回くらい行った人で、十津川も裏庭みたいなもんですから何度も行った。宮本常一と司馬遼太郎の風景、あるいはものの見方が、どこが共通してて、どこが違うのかが僕なりの関心でした。これはあまり知られてませんが、司馬さんが宮本常一を評して、「あの人は、日本人の中でいちばん恐ろしい人だ」と書いたせりふがあります。大村益次郎の『花神』を書いたときに、司馬さんは、いちばん参考にしたのは宮本常一だと言っています。大村益次郎が豆腐好きだということは歴史好きだったら誰でも知ってる。ただし小説家は、大村益次郎がどういう箸で、豆腐にどんな薬味をのせて、どういう茶碗で食べたかを書かなければならない。それを日本人の中でもっとも知ってるのが、宮本常一だという文章があるのです。

そういう目で見ていくと、司馬さんはきわめて歴史的で、それにたいして宮本常一は、人文地理学的だと僕は思います。

たとえば奥三河に入りますと食べ物の習慣が、ある峠で変わります。それを宮本常一は鋭敏に感じとっています。少し文学的にいえば、あの人は生涯に十六万キロ、地球を四周した。日本の村という村、あるいは島という島を足を棒にして歩いた人です。足の裏に等高線を刻みつけたような人です。司馬さんは、『街道をゆく』でいろんなとこに行っても、特産物には目もくれず、カツ丼とカレーライスですね。宮本常一も貧乏ですから、美食家ではないのですが、風景に対する角度、アングルは、司馬さんと違うと感じます。

諸田 日本人がこつこつとがんばっている。その哀れな、いじらしい姿を司馬さんは書かれたかったんじゃないかと私も感じます。もう一つは、変わってしまうことに対する司馬さんの怒りだと思います。私は「奈良散歩」で、東大寺の二月堂のお水取りを見に行かれたところが印象に残っています。ある人が、「やってきた、というのは意味がないんだ。いまから何をやるかだ」と言われたときに司馬さんがふっと考えて、首を傾げ(かし)ます。司馬さんはこう書いています。様変わりすることが常の世の中で千年以上も変わらないものが一つくらいあってもいいんじゃないか。保守的な意味ではなくて、なにか長く続いていくものがないと、世の中に重しのようなものがなくなり、人がみんなわけもなく不安になってしまうと書いています。最後の「濃尾(のうび)参州記」でも、随所に怒りのことばが出てきます。司馬さんの頭の中にある清らかな日本の景色がどんどんなくなって、これから生きていく若者に同情するという文章まであります。『街道をゆく』で、司馬さんは、なにが継承され、なにが失われたかを一つひとつ検証していきたかったのだと私は思います。

佐野　佐渡はたくさんの人々が流人として流された。異人の漂流の記録もずいぶんあります。司馬さんの『韃靼(だったん)疾風録』にしても、佐渡を見たことで発火点になったと思う。宮本常一の旅も、日本人が本来継承していかなければならない美質が消えてく中で、歩き続けていくという一種の使命感でした。淡々と歩いていましたが、精神的には過酷な旅だったと最近思うようになりました。

古屋　「佐渡のみち」には司馬さんの戦争の体験ですとか、権力というものに対する嫌悪感も書かれています。

佐野　たいへん印象深い話です。司馬さんは「ノモンハン」を十分取材しながら、結局は作品として書かなかった。司馬さん自身の兵隊の経験は、「佐渡のみち」にかなり濃厚に漂っています。佐渡にはこんなところもあるというガイドブック的な読み方もできれば、司馬さんの戦争体験も色濃く反映している。さまざまな角度から読めることが、『街道をゆく』のもう一つの魅力だと思います。

井上　日本が経済大国になって、ジャパン・アズ・ナンバーワンという時代がありました。懐かしい時代ですね。司馬さんが亡くなる十年ほど前です。そのころから、日本はものすごく変わった。日本人はどうも貧乏なときに力を出します。誰かが困っている、親や兄弟も困っている。そうすると、自分が稼がなきゃ。そういうときには、すごく働きます。しかし、自分で変な金を持つと使い方を知らないかわいそうな人たちで、変な方向に行ってしまう。

二十年前を考えると、今みたいなコンパクトな携帯なんてない。パソコンは限られた人だけで、みんなワープロ。公衆電話もたばこの灰皿もあちこちにありました。司馬さんは、最後はものすごく怒りました。土地バブルで日本人が社会も含めて、違うほうにいってるというのが直感としてわかっていた。いま、もう一度日本は貧しくなっていますので、これからがんばりどきです（笑）。

古屋　視点を変えまして、「芸術新潮」一九八七年六月号の「残したい〝日本〟」アンケ

ートに司馬さんが答えています。備中・倉敷の旧町域とか宿、市、街道。竹ノ内街道とか、

檮原街道とかありますが、多いのは、峠です。「山城・花背峠とその付近の草ぶきの家々／河内・大和の境いの高貴寺（南河内郡）と平石峠／紀州・根来街道と風吹峠および根来寺／北海道登別北方のオロフレ峠とその原生林」と峠の風景を大切にしていました。

人は多様だからこそ楽しい

井上　司馬さんのエッセーに「原形について」（『この国のかたち　六』）があります。私が写してきたので読みます。「他国については、自国の尺度で見ればすべてまちがう」と。つまり、ほかの国について、自分たちの尺度を押しつけたら全部間違う。「国、あるいは社会または民族というものに二つのものなど存在しないのである」。「そういう多様さがありつつ、後には『人間』という大きな均質性で締め括られるところが、この世のたのしさといっていい」。つまりこの峠は、国と国の境目です。文化とか食べ物などは峠で変わります。そこに立って、両方を見てどちらが正しいというのではなくて、ものさしを変えて見る時期だといっているのです。司馬作品で峠はいつもいい描写です。眺めもいいですけれども、違うものさしを持って生きている人たちのちょうど間にいて、多様性が世の中にはあるんだと感じさせてくれる。これは司馬遼太郎の、基本的な

目の位置です。日本を「美しい国」なんて主観化しないことですね。

諸田　『街道をゆく』はたんなる紀行文ではなく、小説というと変ですけど、小説家である司馬さんでなければ書けない文学的な作品だと思います。司馬さんが峠にこだわったのも、風のにおいとか、四方の景色の微妙な違いが、峠に立つとわかるからだと思います。

　私たちは最近、無駄をしなくなってしまった。私も昔は違う仕事をしていて、小説を書きはじめたときには、歴史を知らなかったんです。外国によく行っていましたが、海外に行ってはじめて、日本についてなにも知らないことがよくわかった。司馬さんの『街道をゆく』も、そのころから読みはじめ、忘れてきたもの、置いてきてしまったものがわかりました。私たちが捨ててきてしまったものは、「意味のある無駄」ではないでしょうか。五分早く目的地に着くよりも、まわりの景色を見たり、街道を歩いて、峠に立ってみたほうがいいのではないかという、司馬さんからの警鐘だと思います。

井上　新幹線や飛行機が発達して、昔人々が見ていたことを、見てないわけです。新幹線で稼いだ時間、なんにもやっていない（笑）。会社は便利でしょうね。いままで大阪で一泊が日帰りになったのですから。誰かの都合で、私たちはこんなに忙しくしている。『街道をゆく』を読むと、わかるような気がします。

深みがなくなった日本

佐野　僕はネパールにいたときのことを思い出します。カトマンズからインド国境まで、たいへんな悪路を一昼夜走った。道路はデコボコ道ですが、疲れたころにバザールがある。僕も宮本常一に倣って日本列島をずいぶん歩いてますが、だらしがない風景になったと思う。日本はほとんどバイパスの風景で、音楽でいえば、休止符があるのにアクセントがない。のんべんだらりと広がったままという感じです。

古屋　つるつるとした風景です。風景だけではなく、人の生き方も同じでしょうか。

佐野　そうだと思います。それにはさまざまな要因があります。僕は携帯電話やインターネットの便利さを、かならずしも否定しません。いまここにいて、地球の裏側の情報を取ることはできます。しかし人間は困った存在で、インターネットの情報を取ろうとしたときに、じつは自分が欲してる情報でないものを、自分が欲してる情報と錯覚ししまう。僕はインターネットは、できの悪い北朝鮮のミサイルと同じだから注意うがいいと言います。いきなり着弾しちゃうのは、恐ろしいことなんですよ

井上　昭和二十年に戦争に負けて、アメリカの戦略調査団がきました。結論は、戦前の日本、つまり大日本帝国は、保守系の大資本家と、急進派の軍部の合名会社であった、というものでした。正しいかどうかわかりません。でも一面の真理はあります。では、

いまはどうか。大企業プラス、アメリカの合名会社かもしれません。アメリカ式が全部悪いとはいいませんけど、なんか利便性ばかり優先させて、ひいて見ると国土もことばも、人の心も全部つるつるになって、深みがなくなってしまった、というのが現状です。

古屋　さきほど、福田みどり夫人から、司馬さんの最後に行きたかった街道は、『竜馬がゆく』のモデルとなったスティーブン・トロクという人のいたハンガリーと、終戦をむかえた栃木県佐野と聞きました。最後に、『街道をゆく』を連載した二十五年の日本と日本人の歩みを、私たちがどんなふうに受けとめて、これからどういうふうに『街道をゆく』を読み込んでいったらいいのか話を伺っていきたいと思います。

佐野　井上さんが話された大企業とアメリカですか。もう一つ付け足せば、メディアだと思います。つるつるの風景に仕上げたのは、僕はメディアだったと思います。僕が使い走りの仕事をやってたころに、いろいろなところに取材に行きました。たとえば団子屋さんに取材に行けば団子屋さんのことばを持ってました。染物屋さんは染物屋さんのことばを持っていた。ところが、いまは新聞の見出しのことばが出てきちゃう。アクセントがなくなったという意味ではすごく大きなことだと思うんですね。

一つの大きな構想力を持って、いまの日本の世の中を見ていくということが、僕はいちばん重要なことだと思っておりますね。それが、やっぱり司馬さんから学んだ最大のことだったかもしれません。

文化と郷里を守るべき

諸田　韓国で南大門が焼失したというニュースがありました。日本でも文化遺産を大切にしようという心が失われつつある。私は『街道をゆく』を読みながら、もし司馬さんがいま生きてらしたらこの時代をどう思われるのかな、とつねに考えながら読んでました。

司馬さんは、意味のない町おこしに対しては、自治体の正義のために全国を俗化しようとする妖怪のようだといわれたことがあります。その一面もあったと思いますが、一生懸命、町おこしをしている地方の人たちをみると、いじらしい感じさえします。いま地方に行くと人がいなくて、閑散として活気がありません。私も東京に出てきたわけですし、土地に縛るわけにはいきませんが、振り返ったときに帰りたくなるような郷里が残っていること、司馬さんが嘆かないような社会をつくるには、やっぱり、国家の力だと思うんですね。大きな力で守って変わらないようにしていくことが大事なのではないかなと思います。誰の中にも、司馬さんの『街道をゆく』を読みたい、味わいたいっていう気持ちがあると思うんです。もう新幹線を速くしなくていいから、郷里の風景を残すためにお金をつかってもらいたいと切実に感じます。

井上　このシンポジウムに出てきた大事なことばの一つに、峠があります。同じ人間ですが、でもみんな違う。峠を境にして、それで前後左右を見渡しながら生きていくのです。いま両親の片方が外国人の赤ちゃんが急増しています。新宿区では一〇パーセントという人もいますし、浜松ではもっと増えていると聞いています。

日本人が働かなくなったのか、金持ちなのかわかりませんが、たくさんの外[illegible]働者の方がいらっしゃって、日本でお子さんができると、出生届を出します。いま[illegible]ごい勢いで増えています。あと五年後、その赤ちゃんが小学校に入る。さらに中学校[illegible]入ってくると、景色は一変します。私たちは外国人と一緒に生きていかなければならない時代が完全にきます。

ですから、峠に立って、向こう側も見ながら、こっち側も見ながら、ものさしをうまくつくっていく。そして日々楽しくいくしかないです。あと二百年、三百年たったら、昔の日本を懐かしむ人たちがたくさんいるだろうと思います。『街道をゆく』はそれくらい大きな仕事だろうと思います。

古屋　今日はたくさんキーワードがありました。諸田さんの様変わりする中での「重し」というお話もありましたし、佐野さんの「切なく抱きしめる」ということばも印象的でした。井上さんの、「私たちはいまどこに立っているんだろうか」というお話もありました。街道を旅しながら司馬さんは風景や人や日本の将来を見てきました。そこには怒りとか嘆きもあったかと思いますが、希望をさがす旅もしておられたようにも思います。

『坂の上の雲』
――正岡子規とその時代の明るさ

中村稔
篠田正浩
安藤忠雄
関川夏央
司会・古屋和雄

中村稔（なかむら・みのる）
一九二七年生まれ。弁護士・弁理士・詩人・評論家。中村合同特許法律事務所パートナー。詩集『鵜原抄』で高村光太郎賞、『言葉について』で現代詩人賞を受賞。宮沢賢治・中原中也・高村光太郎の作家・作品論も多い。

篠田正浩（しのだ・まさひろ）
一九三一年生まれ。映画監督。『少年時代』で第十四回日本アカデミー賞作品賞・監督賞を受賞。『はなれ瞽女おりん』『夜叉ヶ池』『写楽』など。二〇〇三年の『スパイ・ゾルゲ』を最後に、映画監督を引退した。

安藤忠雄　64ページ参照

関川夏央（せきかわ・なつお）
一九四九年生まれ。作家。『海峡を越えたホームラン』で第七回講談社ノンフィクション賞を受賞。『「坂の上の雲」と日本人』『人間晩年図巻』など。「人間と時代を捉えた幅広い創作活動」により、第四回司馬遼太郎賞を受賞。

（二〇〇九年二月二十二日開催・第十三回）

漱石でなく子規を選んだ理由

古屋　『坂の上の雲』は、その舞台の多くが日露戦争ですが、いわゆる戦争小説ではなく、明治の時代と近代化を目指した人々の物語です。この大作を一回のシンポジウムで語り尽くすことは難しいので、何回か角度を変えて開催したいと思います。まず『坂の上の雲』の魅力を語っていただきたいと思います。

関川　私が読み始めたのは遅くて、作品の完結十年後ぐらいでした。原稿の締め切りは苦しいので、私は逃避をします。寝ころがって読みはじめたのですが、ページを繰る手が止まらない。起き直って読み続けました。衝撃でしたね。

私はそれまで、自分の悩みを語りながら卑下(ひげ)自慢しているという印象を、日本文学に対して持っていました。『坂の上の雲』はまるで違った。政治、外交、軍事、経済、あるいは人間関係など、すべてを「青春」で包み込んでいる。それ自体が歴史なのだといっている。つまり全体小説です。私は、文学とはこれほど容量の大きいものなのかと、本当にびっくりしました。

安藤　私と司馬さんとのかかわりは、やはり建築を通してです。私は一九八六年に、和辻哲郎文学館（姫路文学館）を設計することになりました。和辻哲郎文化賞は陳舜臣さんと司馬さんと梅原猛さんの三人が選考委員でした。私はこの文学館をつくるのに、『坂の上の雲』を読みながら考えました。明治のこのころの人たちは、もちろん難しく苦しいこともあったでしょうが、それを乗り越えていく青春の力が気持ちよく、心に響いてきました。

　司馬さんが亡くなられて九七年に司馬記念館の設計を依頼されました。司馬さんの自宅に行き、周囲の樹木のなかに、ひっそりと記念館を建てられればいいなと思いました。書斎を見て、あまりの本の多さに驚きました。ときどき、外国人と一緒に行きますが、皆ただ絶句します。書かれたもの、読まれたもの、司馬さんの心がすべてここの棚にあります。

　少したって松山の「坂の上の雲ミュージアム」を設計することになりました。正岡子規、秋山兄弟が切磋琢磨しながら、自分たちの青春を見つけあった場所です。助けあうという意味もこめて、建物は三角形がいいと考えました。建築会社の人は、「安藤さんは図面を作るだけだからいいけれど、造るとなると三角は難しい」と言いましたが、彼らが難しい時代を切り抜けてきた精神を表すのだから、情けないことを言うなと、三角形をモチーフにつくりました。

篠田　僕が司馬原作の映画を初めて作ったのは『暗殺』でした。司馬さんはまだ大阪のマンモスアパートに住んでいました。原作をいただきに行ったとき、司馬さんは僕を窓のほうへ連れていき、「この下、土佐堀なんだよ。坂本竜馬、そこ歩いてたんだよ」と話をされた。司馬さんにとって歴史は、自分の時間とまったく隣り合わせだと実感しました。『竜馬がゆく』を連載中で、僕は「奇妙なり八郎」という新選組の前身である浪士組を組織した清河八郎という策謀家の短編を映画にしたのです。

司馬さんは日本の敗戦を戦車隊長として栃木の佐野で迎えました。自分の乗ったタンクはブリキ板みたいだったと司馬さんは話します。貧しい日本陸軍は、日露戦争以後、なにも手当てをしないで、戦争をやってしまった。それに引き換え、日露戦争当時の日本人たちは、多様な人格、そして多様な頭脳が寄り集まって戦争を組み立てたと。「日本とはいったいなにか」「近代の日本とはなにか」を必死で考え、司馬さんは『坂の上の雲』を書かれたと思います。

中村　私は『梟の城』で直木賞を取られて以来の司馬さんの愛読者です。『竜馬がゆく』も『坂の上の雲』も新聞連載で読みました。単行本になれば読み、文庫本でも繰り返し読んでいます。恥ずかしい感想を申しますと、私どもはみじめな負け方をした戦争を体験しましたので、『坂の上の雲』の日本海海戦で日本海軍が完勝した事実が、私のナショナリスティックな気分を高揚させたのは間違いないと思います。『坂の上の雲』

は秋山好古（よしふる）・真之（さねゆき）という兄弟を主人公に、正岡子規を副主人公に配し、明治という時代と戦争を見ています。その視点の新しさが非常に卓抜です。多数の登場人物の個性の違いもくっきりと描かれて、長州閥と薩州閥で日本の軍隊の人事が行われ、その藩閥軍政が日露戦争にどれだけの弊害をもたらしたかというダークサイドまできちっと書いている名作です。ただ、二点不満があります。『坂の上の雲』は、日清、日露の二つの戦争が中心になるわけですが、朝鮮の人々、満州の人々、戦場になった地の人々がどういう思いをしたかは書かれていません。もう一つは、この小説は、実質的に日本海海戦で終わります。実際は、ポーツマス条約でようやく日露戦争は終わるわけです。その日露戦争の結末をふまえて日本の朝鮮を含めた中国大陸への侵略につながるわけです。そこが『坂の上の雲』では書かれてません。これほどの名作はないと思うのですが、あらゆる作品に欠点があるように、この小説にも欠点はあると思うのです。

古屋　正岡子規は、日露戦争の始まる前に亡くなります。なぜ司馬さんは正岡子規を選んだのでしょうか。

関川　明るかったからでしょう。明日をも知れない病状なのに、死を恐れていない。天地を恨んでいない。ただ、書けなくなること、表現できなくなることのみを恐れている。病床からの徹底した観察、「写生」がもたらした文体は、結果として現代日本語の書き言葉の根幹をなしています。私たちはみな、子規の影響下にあるのだといえます。

時代的には夏目漱石のほうがぴったり合っています。子規は日露戦争の一年半前に亡くなっている。漱石は日英同盟のときにもロンドンにいました。が、漱石は、暗いというのではなくて、ものごとを非常に複雑に考える人です。二十世紀的進歩に懐疑を思う人、「坂の上」に一朶の白い雲ではなく、雨雲を見とおしてしまう人です。

子規が発見した「写生」

古屋 子規は、「写生」という概念を唱えて、俳句の革新、中興の祖になった人です。中村さん、実際に作品の中でどう表れているのですか。

中村 結論的に申しますと、近代俳句は、正岡子規が現れなければ成立しなかったと私は思うのです。近代短歌は子規がいなくても成立したかもしれませんが、近代俳句は子規なくしてはありえなかったのです。正岡子規がどういう人であったか。まず短歌を見てください。明治三十一（一八九八）年、三十二歳のときの作品です。

吉原の太鼓聞えて更くる夜に
ひとり俳句を分類すわれは

子規は、根岸に住んでいました。吉原と比較的近い。吉原の太鼓が聞こえ、人が歓楽に耽(ふけ)っているのに、子規は俳句分類に打ち込んでいる。まず「われ」という近代的自我の自覚から、この短歌は生まれているのです。次に俳句分類とは芭蕉以前の俳句から江戸末期までの俳句を全部集めて、言葉ごとに分類していく作業です。気が遠くなるほど膨大な計画をやった人です。こういう分析的な精神が子規の特徴です。子規は芭蕉がすごく偉い人だと発見し、次いで蕪村(ぶそん)を発見する。で、芭蕉よりも蕪村のほうが偉いんじゃないかと考えて「写生」という方法を発見します。「写生」の発見とは、いわば近代的なリアリズムの発見なのです。

漱石が結婚したときに子規が贈った句があります。

蓁蓁(しんしん)たる桃の若葉や君娶(めと)る

大学予備門時代の子規と漱石は深い親交がありました。「蓁蓁たる」は、緑がゆたかに繁ってくる意味で、「桃の若葉」。桃は、ちょっとエロティックな果物ですね。結婚するときにこういう句を贈られると嬉しいでしょうね。まったく古びていません。平成二十一年の句だといっても通る句です。

椅子を置くや薔薇(そうび)に膝の触るゝ処

子規は病気ですから、庭に出ても立っていられない。当然、椅子に腰掛ける。椅子を置いたらバラが触れた、という写実的な句です。写実なのですが、バラに触れてバラを散らしはしないかという優しさが込められているのです。この句を堀辰雄というフランス的で、繊細な感性を持っていた作家が色紙に書いています。

篠田　僕は、『坂の上の雲』を本当は漱石で書いてもらいたかった。何回か『坂の上の雲』を読むとわかるのですが、いちばん大事なことが「あとがき」に書いてある。司馬さんが『坂の上の雲』の資料を調べていたら、日本の参謀本部の資料は自慢話ばかり書いてあった。奉天でどういうふうに戦ったかなど具体的なことは敵方の文書しかなかった。もちろん新聞記事もありますけど、日本の新聞記事は一度だって正確に政治の現実を書いたことはない。今もそうですけどね。客観的に自分たちの現実を見る力、それは正岡子規のもっている写生の力に僕は通じていると思います。でも、その形而上的な世界は、じつは漱石がもっているわけで、司馬さんは、漱石より子規が好きだったのでしょうね。

先ほど中村さんが、この原作に二つ注文があると言われましたが、司馬さんは昭和を書く気持ちにはなれなかったのでしょう。満州事変以後、自己を絶対化した陸軍について語るのはいやだと思われた。司馬さんにとって自己絶対化を否定することが、この

『坂の上の雲』を書く重要なテーマだったと思います。

古屋　司馬さんはあとがきで、「社会のどういう階層のどういう家の子でも、ある一定の資格をとるために必要な記憶力と根気さえあれば、博士にも官吏にも軍人にも教師にもなりえた」と書かれています。なに者にでもなれるという感覚は、明るさに通じるのでしょうか。

関川　平民出身の将校が多数いたのは日本とアメリカだけです。ロシアの将校はみな貴族です。同じ城下の武士と平民の子が将校になって、本来ならとても「俺」「おまえ」の付き合いができなかったはずなのにそれができた、この時代を守るためなら命を惜しまぬ、と語って旅順で死んだ将校がいました。それが「国民国家」のひとつの側面でした。

安藤　明治という時代は、司馬さんも書いておられますけれども、西洋の近代化をものすごく貪欲に取り入れています。近代建築でいうと、明治になってイギリスからジョサイア・コンドルという若い建築家を呼ぶのです。東京大学に建築造形学科を作って、辰野金吾という第一回の卒業生がまた教授になりました。その間、今まで見たことのないような鹿鳴館のような西洋建築をたくさんつくっていくわけです。大正時代になると、現在の東京駅をつくるなかで、西洋を受け入れたくないという自分たちの日本古来の気持ちと、やはり西洋を学び、まねた近代化であるべきという気持ちが葛藤します。そのなかで新しいものを組み上げていく。建築に限らずこの葛藤が青春なんです。今、日本の若い人たちは、葛藤があまりないように見えます。もう少し自分と闘う、社会と闘う、あらゆることと闘ったほうがいいと思います。

病床で作った子規作品

古屋　子規は明治三十五（一九〇二）年に三十五歳で亡くなります。作品は病床でつむぎ出した言葉が多いですね。

中村　子規の妹は律さんで、律さんの養子になったのが、正岡忠三郎さんです。この人を主人公にした『ひとびとの跫音（あしおと）』という小説も司馬さんは書いています。

イモウトノ帰リ遅サヨ五日月

これは亡くなる明治三十五年の句です。面倒をみてもらっている妹の帰りが待ち切れないじれったさを句にしたわけです。『仰臥漫録（ぎょうがまんろく）』という子規の日記があります。散文作家としても子規は、日本の宝ともいうべき人です。その『仰臥漫録』に、「律は強情なり。人間に向つて冷淡なり」と始まる文章があります。これだけ律さんを頼りにし、帰りがちょっと遅いからといってじりじりしながら、「あの妹は強情で冷淡で、だけどもそうはいっても彼女がいなければ俺は生きていられない。そうなった彼女には、配偶者となる資格がなくて、自分の看病人となる運命になったんだ」という文章です。自分の心の動きを冷酷なまでに厳密に書いていますね。このリアリズムがすごいですね。

病床の我に露ちる思ひあり

これは明治三十五年、亡くなる何カ月か前の句です。露が散るがごとく、間もなくこの世から去っていく思いです。この句を読んだだけで、しーんと心にしみてきます。

若松の芽だちの緑長き日を
夕かたまけて熱いでにけり

私は、こういう歌を読むと、涙ぐみたくなります。松の若芽がうっすら緑に萌え立っている。その緑萌え立つ、春の長い日、なかなか日が暮れない。子規も一日中熱があるのではなくて、夕方になると熱が出ることが多かったようです。脊椎カリエスですから、非常につらくて、痛い。そういう病気ですが「若松の芽だちの緑長き日を」と非常に明るい。歌っている作者の心情はつらいのに調べはまことに平静です。いまだに私たちの心を打ってやまない歌です。

古屋 関川さんは子規の明るさはどのへんにお感じになりますか。

関川 端的にいいますと、子規の食いしん坊ぶりにです。病気は進み、すでに腸も侵されていますから、いくら食べても栄養にはならないんですよ。亡くなる一年前、明治三十四年九月のある日の献立を栄養士といっしょにカロリー計算したことがあるんです。そうしたら三千八百キロカロリー。重病人なのにね。近接した日にも、イワシを十八尾食べたとか、おやつにスイカを十五切れ食べ、桃の缶詰を三個あけたとか、そういう記述があります。表現意欲が食欲に転じたといいましょうか。

中村 補足して『仰臥漫録』の一節を紹介しましょう。ある日の献立。

朝飯、ぬく飯三椀、佃煮、梅干、牛乳五勺紅茶入り、ねじパン形菓子パン一つ(一つ一銭)。

昼飯は、芋粥三碗、松魚(かつお)の刺身、芋、梨一つ、林檎(りんご)一つ、煎餅(せんべい)三枚。間食が、枝豆、牛乳五勺紅茶入り、ねじパン形菓子一つ。便通あり。

夕食、飯一碗半、鰻(うなぎ)の蒲焼(かばやき)七串、酢牡蠣(すがき)、キャベツ、梨一つ、林檎一切れ。

こういう調子なんです。

古屋 明治という時代は女工哀史があったり、税金が重かったり苦しい面もありました。司馬さんの「開明期をむかえて上昇しつつある国家を信じ」ということが、時代の気分としてあるのでしょうか。

篠田　日露戦争のいちばん大きな原因は、帝政ロシアの南下だったと思います。北の海は氷が張って、港が閉鎖されてしまう帝政ロシアが、南方に不凍港を求めて下がってきて、中国の清王朝と戦争をやって、そのまま朝鮮半島を南下してきそうな勢いだったわけです。日本がそのまま放っておくと、北海道と対馬やなんかはぜんぶロシアにもっていかれるという緊張感があった。

　僕は、『坂の上の雲』を再読して気づいたんですけど、ロシアはツァー（皇帝）の気分に支配された側近政治で戦争に入った。日本の軍隊は、国会で作った予算で戦争をしなきゃならないという現実があった。ロシアの艦隊は、官僚に率いられていて、艦砲射撃の練習もあまりしていないが、東郷平八郎率いる日本連合艦隊は猛烈に波の高いところで砲術訓練をしていた。八千メートル隔てると、着弾距離は十分あっても標的に当たる確率はほとんどないと、東郷は気づくわけですね。ものすごくリアリストの戦争だったと思います。

　これらが昭和になると天皇の軍隊になっていくわけですね。中村先生が言われたように、日露戦争は、中国大陸と朝鮮半島で戦争をしたという現実を、われわれはしばしば忘れてしまっているわけですけど、東アジア、東北アジアの危機が、日本国民を危機に追い込んで、それで必死に戦ったと思います。

安藤　子規が生きた時代と、この四十年間、平和ボケをしてきた日本と比べますと、同じ日本人とは思えない。もう一回日本人も目を覚まして、『坂の上の雲』を読みなおして、生涯青春を生きるようにするといいなと思ったりします。

古屋　松山から太政大臣になろうと思って上京した正岡子規を新聞「日本」の主筆であった陸羯南（くがかつなん）が迎え入れます。地方から出てきた青年を東京のジャーナリストが支える構図はどう思われますか。

中村　陸羯南は子規のおじの加藤拓川（たくせん）がフランスに行くことになって、松山から出てきたばかりの正岡子規を託された方です。たいへん開明的なナショナリストでしたから、子規のやろうとしていた路線と、陸羯南の思想が偶然合致していたのです。子規にとっては本当に幸運でした。

篠田　日本は、この戦争をめいっぱい戦って、もう国庫にはお金は一銭もなかった。僕がこの作品がすごいと思うのは、日本が早く戦争をおさめなきゃいけないと終戦のための努力と布石をした点だと思います。そこがとてもよくわかる。僕らの知っている昭和の戦争は、いつ終わらせるというメドはなかった。僕の少年時代、日本は宣戦布告なしに中国に軍隊を送り込んだのです。蔣介石（しょうかいせき）の国民政府の首都だった南京が陥落したといったとき、僕ら小学生は提灯行列をやった。ここで戦争が終わると思ったんです。ブッシュがイラクを攻めて、バグダッドを陥落させたとき、自分は戦争を終えたぞと大スピーチをやった。しかし、戦争はそこから始まったわけですね。

『坂の上の雲』の読み方

古屋　ポーツマス条約があり、戦争を終えようとしたときに、民衆の暴動で日比谷焼き打ちが起こりました。

関川　とてもデリケートな問題です。じつは日本海海戦の明治三十八（一九〇五）年五月二十七日が国民国家の完成した一瞬なんです。一瞬のピークです。現実には、戦争はまだ続くわけですけれども、日本はもはや耐えがたい状態なのに、情報漏洩（ろうえい）を恐れて国力の実情を国民に知らせることもできない。戦争をやめたいのは政府と軍。徹底的に勝てと言ったのが普通の人々です。煽（あお）ったのが新聞だった。

ただ、やむをえないところもあると思います。大衆社会とはそういうものなのです。やがて日本は、軍の一党独裁下におかれる時代を迎えますが、それも大衆化の流れの必然の結果のひとつだったとも言い得るのです。

古屋　最後に『坂の上の雲』を今、どう読めばいいのかヒントを伺いたいと思うんですが。

中村　私は、いちばん学ぶべきことはリアリズムだと思いますね。今の世界的な恐慌状態にある経済をきちっとした目で見る、希望的に見ない。そういうところからすべてがはじまる。あるいは日米関係にしても何にしても、みんな同じだと思うんですよ。夢のようなことばかり考えて生きているのでは、今後の日本、今後の人類はないと思っております。

篠田 『坂の上の雲』で、海戦がはじまるときに、日本の水兵が、下着を新品に着替えた。艦内も消毒して衛生状態をよくしてないと、負傷したときに破傷風になったりするから。下着を着替えて戦争をやったことが、ものすごく印象に残っている。しかし、その時代のジャーナリズムはそこにはぜんぜん触れてない。それから何十年もたって、司馬さんがそこに目をつけた。これからの日本は、ジャーナリズムのネットワークによってわれわれは危機センサーを早く予知して、戦争をやめるようにしなきゃならない。ジャーナリズムには冷酷なぐらいのリアリスティックなものを、私は求めたい。

安藤 司馬さんが、「二十一世紀に生きる君たちへ」に書いておられますけども、歴史というのは、それはたいへん大きい世界で、かつて存在したという何億という人たちの人生が詰め込まれていると書いています。『坂の上の雲』の当時はまだ多様性の時代だったんだろうと考えると、司馬さんが心配しておられたように、教育についても、偏差値教育をやめて、もっと多様性のある時代をつくらねばならない。真剣にわれわれは、もう一度教育ということを考えねばならないと思います。

この歴史小説を読みながら、歴史は大きな世界だと再認識しました。もう一度しっかり読んで、次の時代の教育を考えないと、日本の未来はないと、私は思いました。

関川　先ほど司馬賞を受賞された原武史さんが、東大の大学院時代、歴史の先生に「司馬遼太郎なんか読んじゃいかん」と言われたと話されましたが、ちょっとびっくりしました。

一九七二年ですから、『坂の上の雲』の連載を終わったときです。東大の教養学部で芳賀徹、平川祐弘、木村尚三郎、鳥海靖など、すごい先生方が座談会をして、「これで日本の暗い歴史観、進歩史観はぬぐわれたね。すごいね」「司馬さんは一人で日文研（国際日本文化研究センター）やったようなもんだね」というふうな発言をしておられます。なのに、九〇年頃になっても、まだそういう、古風というか、不用意な人がおられたんですね。

桑原武夫先生は、こう言われました。大学院でこつこつ勉強される方は、歴史学者にはなれるかもしれないけれども、全体像の把握力と表現力がなければ、司馬遼太郎のような歴史家にはなれない。

この言葉は私の心にしみますけれども、皆さんも心に刻んでいただければと思います。

『坂の上の雲』と日露戦争

篠田正浩
黒鉄ヒロシ
松本健一
加藤陽子
司会・古屋和雄

篠田正浩　142ページ参照

黒鉄ヒロシ（くろがね・ひろし）
一九四五年生まれ。漫画家・コメンテーター。『山賊の唄が聞こえる』でデビュー。『新選組』で第四十三回文藝春秋漫画賞、『坂本龍馬』で第二回文化庁メディア芸術祭マンガ部門で大賞を受賞。

松本健一　36ページ参照

加藤陽子（かとう・ようこ）
一九六〇年生まれ。歴史学者・東京大学教授。二〇一〇年に『それでも、日本人は「戦争」を選んだ』で第九回小林秀雄賞、一七年に『戦争まで　歴史を決めた交渉と日本の失敗』で第七回紀伊國屋じんぶん大賞を受賞。

（二〇一〇年二月十三日開催・第十四回）

小説でも歴史書でもない不思議本

古屋　『坂の上の雲』との出会いを最初に伺いたいと思います。黒鉄さんは、幕末や明治の作品も多いのですが、どう読まれましたか。

黒鉄　競馬とかマージャンが忙しくて、二十三か二十四歳で学生をやめました。行く末が心配になったときに『坂の上の雲』を読んで、冒頭の「まことに小さな国が、開化期をむかえようとしている」という言葉に引き込まれました。それまでに読んだ小説とは違うと感じた。昭和二十年代生まれは、太平洋戦争が終わったばかりで、日清・日露戦争について話す人は少なかったし、教科書でも薄かった。すべてが反戦一色でタブーの領域の存在だったものが、司馬作品で、はっきりと骨格が見えました。

繰り返し読んで、読むたびに印象が違います。最初に読んだとき、坂の上の雲の色は白だと思いませんでした。戦争というイメージもあって、グレーか黒雲に感じました。しかし、あとがきに、司馬さん本人が「白い雲」とお書きになっていて、やっぱり白でよかったんだと思った記憶があります。ただ、司馬さんは意識的に白とおっしゃったので、読む側は気分的にグレーに見立ててもかまわない。今の日本のあり方をみたときに、とても雲が白には思えない。僕は時代に影響を受けやすいので(笑)。僕にとって、精神のリトマス試験紙ともいえますね。二、三年に一回読むと、新たな発見があり、自分自身の点検にもなる。今や『坂の上の雲』は僕の「一人だけの宗教の書」になっています。

古屋 篠田さんは「暗殺」ですとか、「梟の城」など、司馬作品の映像化にも取り組んでこられました。

篠田 僕は司馬さんの初期の短編「奇妙なり八郎」という幕末の暗殺史の一部を映画にしたのがきっかけで、長いお付き合いをさせていただきました。『坂の上の雲』は敬遠してきたんです。巨大な司馬作品に手を出すのは、プロダクションの危機を招くと。ただ、『殉死』で乃木希典(まれすけ)を愚将として突き放していた司馬さんが、日露戦争全体をどのように描いたか、という興味から『坂の上の雲』を読みました。びっくり仰天しました。これは小説じゃない。歴史書でもない。司馬遼太郎という不思議な人物によってつくられた読みものだとしか、思えなかった。

私も『坂の上の雲』の書き出しでやられました。何が始まるのかとドキドキさせられたんですね。私は、森鷗外を思いました。森鷗外の『舞姫』は「石炭をば早や積み果てつ」という書き出しです。いよいよドイツから日本に帰る森鷗外が、港で停泊した場面。ドイツに恋人を残してきたが、自分の乗る船が、石炭を積んで、もうすぐ出る。この書き出しが似ていると思ったのです。もう一つ、「木曽路(きそじ)はすべて山の中である」。これは島崎藤村の『夜明け前』です。司馬さんがなぜ『坂の上の雲』を書いたのか、島崎藤村がなぜ『夜明け前』を書いたのかという、明治維新をはさんだ二つの命題を考えながら『坂の上の雲』を読みました。

古屋　加藤陽子さんは日本の近現代史がご専門です。『坂の上の雲』との出会いは、いかがでしょうか。

加藤　私は、二十六歳の時に司馬さんにけんかを売った女です。司馬さんは文藝春秋で『この国のかたち』の連載をしていました。一九八六年のことです。私は当時、大学院生で日本の近現代史を専攻していました。『この国のかたち』の中で司馬さんは昭和期は明治期と断絶している、おそらく統帥権(とうすいけん)というものが魔法の杖(つえ)であって、自分の戦中期などを振り返ると、灰皿を投げつけたくなるほど憤りを感じると書かれていました。司馬さんにしては珍しく激しい言葉で驚きました。

　司馬さんは一九二三年生まれで、戦争が終わる一年前に満州の牡丹江(ぼたんこう)というところで戦車第一連隊の小隊長をしていた。本土決戦があるとのことで、栃木に戻されます。じつは、私の父も同じ年の生まれで、牡丹江の近くの虎頭(ことう)とか東寧(とうねい)にあった要塞を守る砲兵でした。司馬さんや父親の世代はソ連軍の第一線と対峙するための現役兵でした。父親は、酔って昔話になりますと、満州の話をするわけですね。そういう父を見て、灰皿を投げつけたいという司馬さんの像とが重なりました。統帥権はそんなに昭和期を狂わせたものなのかと思い、明治の戦争と昭和の戦争を比べなきゃいけないと考えて「統帥権再考」という、非常に短い論文を「外交時報」という雑誌に載せたのです。

明治十一年に参謀本部が独立してから、日露戦争のときと太平洋戦争のときとで、統帥権独立の制度的な差はあまりなかったのではないかというトーンで書き始めました。まあ司馬さん批判にはなっていないのですが、冒頭に、司馬さんの灰皿を投げつけたいという言葉を引用し、ちょっとこれは明治期を書かれた作家としては言葉がきつかったのかな、という文章を書きました。あとで司馬ファンの方から怒られました。『坂の上の雲』はその直後、二十七歳になってから読みました。「こういう大変なものを書かれた方にけんかを売ってしまった」と思い、冷や汗が出ましたね。

神話をくつがえした衝撃

古屋　松本健一さんは、『司馬遼太郎を読む』などもお書きです。『坂の上の雲』はいかがでしょう。

松本　司馬さんが『坂の上の雲』を連載したのが一九六八年から七二年。私が、ものを書きはじめたのが一九六九年でした。そのころはこの作品は読んでいません。私は北一輝とか、三島由紀夫といったロマンチストの系譜が好きでした。

私のなかでは『坂の上の雲』よりも前に小学五年生で観た『明治天皇と日露大戦争』という映画のイメージが強く残っていました。日露戦争の、乃木絶賛の映画でした。明治天皇が出てくる場面が二つか三つあって、嵐寛寿郎（かんじゅうろう）が扮していました。日露戦争に出ていった人が当時七十歳ぐらい。映画館で観ていたら、嵐寛寿郎がサーベルを片手に御前会議をする場面が出てくると、五、六十人が立ち上がって、画面に敬礼しました。

ところが七〇年代半ばすぎに読んだ司馬さんの『坂の上の雲』では、乃木将軍は戦の下手な愚将となっていて、『明治天皇と日露大戦争』という映画を観た人にとっては、革命だと思いました。それまでの日露戦争観とか、明治天皇崇拝とか、乃木将軍神話とかがぜんぶひっくり返された。大きなショックでした。

明治天皇を中心として御前会議が、日露戦争で五回開かれました。開戦を決めたのが一回。あと四回は戦争中でした。この四回の御前会議の場面が『坂の上の雲』には一度もなかった。日露戦争に行った私の祖父によると、日露戦争のときは勲章や恩賜の時計、ピストルをもらったそうです。ところが太平洋戦争の最中にそういう金物はぜんぶ国家が献納しろと持っていった。この戦争は勝てなかったと祖父が言っていました。日露戦争と太平洋戦争を比較するという私の視点もそのあたりから芽生えてきたと思います。それから日露戦争の御前会議の場面が一度も出てこないというのはどういうことか考えましたね。

黒鉄　『坂の上の雲』を読んでいると、独特の酩酊感を感じます。この酩酊感は何だろうと思うんです。

余談ですが、銀座で飲んでいると司馬さんが編集者と入ってきたことがありました。偶然に司馬さんが僕の前に座られた。あがりました。大ファンですし。会釈すると司馬さんが「あ、黒鉄さん」と。名前を知っていただいただけでも感激でした。さらに「土佐ですね」とおっしゃって、「坂本龍馬さんと同じで」とはじまって、出身地まで申し上げたら、司馬さんが、「あの四つ角を曲がって、まっすぐ下りていくと大正軒といううなぎ屋があって」とぜんぶご存じでした。僕は多幸感に浸りきった。この酩酊感は『坂の上の雲』を読んだときに似ていました。

篠田　司馬さんが書いた日清・日露戦争のときには、異国と戦争した大物軍人というのはほとんどいなかった。西南の役に参戦した乃木希典と児玉源太郎だけがベテランで、あとはいってみれば、ニューフェースだったと思いますね。政治家は、伊藤博文はじめ、ベテランがバックアップしていました。秋山好古・真之の兄弟は新人。強豪ロシアを前に不安の中でこの日本軍人たちは戦った。

私は、中学三年の時に敗戦を迎えました。敗戦直前に学徒動員があって、学校教練の軍事訓練を受けました。三八式銃という鉄砲をもちました。三八式とは明治三十八年にでき、日露戦争のときの鉄砲がまだ現役として使われていたのです。司馬さんは、陸軍の戦車隊の少尉で、栃木県佐野で敗戦を迎えられた。司馬さんは、どうして合理性のない昭和の戦争をやったのか、ということが小説を書く動機になったといいます。

僕はあるとき司馬さんに酒席に呼ばれたことがあります。京都の祇園でした。奈良本辰也先生はじめ、京都の大学者がいました。芸者さんが来て三味線が鳴ると、大学者もただのおっさんになって唄をうたう。私はカラオケは大嫌いだし、宴会で歌や手拍子をするのも嫌い。僕が一人で酒を飲んでると、司馬さんが「篠田くん、君、うたいたまえ」と言うんです。司馬さんは、日本陸軍の精神主義を批判していたじゃないか、私にうたえというのはおかしいと内心で反発していると、私の耳元で「篠田くん、君の映画は暗いよ」と言うのです。

司馬さんの『坂の上の雲』にも、暗い部分はあると思います。乃木希典は明治天皇を追い、殉死します。真之だって日本海海戦が終わったあとに虚脱する。そこには「坂の上へ登りました。バンザーイ」ではなく、私は坂の上から坂の下に昭和の阿鼻叫喚の地獄が見えたと思う。坂の上の雲をめざした男たちは、どうして勝つことができたのか。それは彼らが徹底的に合理的であったからだと司馬さんは言っています。

松本　司馬さんの『坂の上の雲』の背景には、新しい変革をしつつあった明治があります。明治二十三年に憲法が施行され、議会ができて、憲法によって政治を行い、限定ではあっても国民の投票で衆議院議員が選ばれた。そういう日本の青春を描いた作品だろうと思うのです。キーポイントは秋山兄弟と子規の育った松山藩（愛媛）です。松山は賊軍でした。

明治政府の偉いところは、月謝がタダの学校、つまり軍人になる士官学校と、先生になる師範学校をつくったことです。秋山好古は侍の息子でしたが、職業がなく風呂焚（た）きをしながら本を読んでいる。月謝がタダの学校ができたと知る。好古は、最初は師範学校に行って十八歳で小学校の先生になり、その後士官学校に入り陸軍に進んだ。

南部藩（岩手）の原敬（はらたかし）は士官学校を落ちました。原敬は他にタダの学校はないかと探して司法省法学校に受かった。法律を勉強して官僚になり、外務次官までになっていくわけですね。原敬と同じころに司法省法学校に行ってたのが、正岡子規のおじさんの加藤恒忠（拓川）です。彼はフランス留学後、ベルギー公使になります。明治政府は青年に夢を与えた。一度失敗しても、また別の道があるという可能性を用意してくれた。

昨年十二月に松山東高校の講演でいまの話をしました。松山東高校は、昔の松山中学です。秋山好古、真之、正岡子規も出ています。まあ、好古さんは徳川時代からの明教館という藩校ですけどね。ただ有名な政治家は出ていない。松山からは、南部藩とちがい首相は一人も出てないのですね。講演が終わったあと、帰りに学校のなかにある明教館に案内されました。明教館、松山中学出身者は正岡子規、高浜虚子、河東碧梧桐（へきごとう）、それから漱石の友達だった松根東洋城、「降る雪や明治は遠くなりにけり」の中村草田男。ぜんぶ文学者です。最近の松山東高校出身は、大江健三郎さんと伊丹十三さん。文学や芸術が風土的特徴なんだなと思いました。

司馬さんが注目した参謀の責任

加藤　司馬作品でおもしろかったのは、参謀というところに目がいっている点です。第三軍の司令官は乃木希典ですが、その参謀長が伊地知幸介です。遺族はつらいと思いますが、参謀の彼が悪かったから日本兵は六万人の犠牲者を出したと書かれています。参謀に注目するのは、統帥権の独立ということにつながります。参謀が直接、作戦計画を立てて、大本営の命令をやる。だから責任が重い。

東京裁判では、意外にも参謀は裁かれていません。たとえば、満州事変を計画した石原莞爾です。彼は東京裁判の分廷で「自分が計画者だから自分を裁け」と言いますが、やはり裁かれなかった。参謀と司令官は役割が違う。計画者ではなく命令を出した者のほうが責任があるというアメリカ流の考え方で、司令官を裁いたのです。

また、時代性ということで興味深いのは、『坂の上の雲』の連載とほぼ同時期の一九六七年に大岡昇平さんが、『レイテ戦記』を「中央公論」に連載し始めたことです。大岡さんはフランス文学者でして、三十五歳で戦場に引かれていく。この年では戦う気は起きませんよね。老兵です。その老兵がミンドロ島に連れていかれて戦争をやらされた。本当にアリの目というべき緻密さで、兵士が歩いた地形を再現しながら書く。これが『レイテ戦記』だったわけです。

　太平洋戦争がいかにひどい戦争だったかを描くには、一つには大岡さんのような、アリの目の方法がある。それとは別に、明治にはこういう戦争があったんだよと、その理想型を見せたのが司馬さんの作品でした。

　国際環境でいえば、日英同盟は一九〇二年に結ばれますが、これは日本がロシアと戦うときに、他の国がロシアに加勢して参戦した場合、イギリスは日本側に立って参戦するという同盟です。ドイツとフランスがロシア側に立つのを抑止する狙いがある。ロシア一国の場合、イギリスの援助義務は限定される。なかなかうまい同盟関係です。イギリスは裏面で、軍艦を日本が買うのを援助したり、無線電信の技術を供与したりします。アメリカも、ドイツなど他国がロシアに加担しないように動きます。イギリス、アメリカは直接援助というよりは、裏で二国が、「じゃあやってみなさい」と戦争に導いていたと思います。

古屋　司馬さんは全体状況を知りつつ、バルチック艦隊が日本に来る前に、石炭をどうやって積んでくるか詳しく書かれています。

松本　バルチック艦隊がロシアを出て日本に到達するまで、長い時間がかかりました。

連載のときも、かなりそこが長かった。まだバルチック艦隊は到達しないのか、日本海海戦はまだかと新聞社にも問い合わせがあったようです。一方で二〇三高地に行かれた方はわかると思いますけど、「国の恥を忘れるな」と書かれた中国政府の看板がいま立っています。日清戦争で、二〇三高地のある旅順は一日で陥ちています。だから乃木将軍は、日露戦争でも簡単に落ちると考えた。しかし、半年以上かかった。看板の「国の恥」が何か考えると眠れなくなってしまう。

凜とした日本精神を

加藤　帝国主義戦争の時代でしたから、中国や朝鮮が自分たちの独立を守るためには大変な葛藤があったと思います。中国の袁世凱などは、日本とロシアを眺めて、ロシアが勝つより弱国である日本が勝つほうが自国に有利だと考える。だから乃木の第三軍が旅順を落としたときに、何万元分もの銀を日本に寄付する。満州の戦場でも日本側に有利なように援助したと考えられています。

松本　今の話を聞くと日本が勝つべくして勝ったという印象も受けますが、その当時のロシアと日本の財政力をみると、五対一。ロシアのほうが五倍ですよ。兵力もロシアは三百万。日本は百万あるかないかです。力量の差は圧倒的でした。開戦を決めたときでも、明治天皇は、「今次の戦争は、朕が志にあらず」と言っています。それぐらいきわどい戦争だった。司馬さんもそこは強調したかったと思います。

黒鉄　司馬さんの『坂の上の雲』は日露戦争を舞台にはしているけれども、僕は精神のユートピアみたいなものを切り取って提示してくれたのだと思います。ある意味で「覚悟のすすめ」というか、ヒトとしての凜とした生き方のすすめをお書きになりたかったのではないかと感じます。

松本　凜とした精神と言われましたが、日露戦争は、勝ったから世界から称賛されたと思ってはいけない。ロシア海軍のマカロフ提督が戦艦とともに爆沈されて死亡したときに、日本人は日比谷で白提灯の追悼式をやった。石川啄木も追悼の詩を書いた。敵将の死をこれだけ悼む民族が日本以外にあるだろうか、と外国で報道された。敗者に対しても手厚い扱いをする。日本海海戦で沈没した船の死者が対馬や隠岐島、佐渡島まで流れ着いた。佐渡島では合同法要して祠を建てた。今でもロシア大使は赴任すると隠岐島や佐渡島に挨拶に行きます。この誇りを、司馬さんはよく書いています。

篠田　僕も日露戦争で、日本の軍人が凜としたと思います。この伝統は、じつは昭和の戦争でもつづいた。戦争末期、アメリカのルーズベルト大統領が死にました。日本海海戦に参戦していた鈴木貫太郎首相は、敵国であるアメリカに追悼の電文を送った。アメリカに亡命していたトーマス・マンは、「なんと日本は武士道の国であろう。敵将に対して弔意を払う。それに比べてわがドイツのヒトラーはそんな気はなかった」といった。日露戦争の乃木・ステッセルの、水師営の対面以来、日本の武士道というもののあらわれだったと思いますね。

古屋　司馬さんが国民に対して苦言を呈しているところが何カ所かあります。ポーツマス条約で日本側の代表の小村寿太郎がギリギリの条件で講和を結んだ。ここで大群衆が「講和条約を破棄せよ。戦争を継続せよ」と叫んで、日比谷公園では暴動が起きた。司馬さんは「この暴動こそ、むこう四十年の魔の季節への出発点ではなかったかと考えている」というふうに書かれています。

松本　講和条約反対の国民大会は、この（菜の花忌の会場がある）日比谷で行われました。焼き打ちされたのは松本楼です。この大会を企画したのは正岡子規の俳句の弟子である五百木良三でした。松山中学の後輩ですが、『坂の上の雲』には一度も出てきません。そこを扱わなかったのは司馬さんの逃げだという批判はいくらでもできると思います。しかし、司馬さんは、それまでの明治天皇の戦争とか、乃木・東郷の軍神で勝った戦争という視点で固まっていたものを変えた。国民、一人ひとりが小さな歯車をまわし歴史の大きな歯車をまわしていったと書きたかったのです。

加藤　太平洋戦争の場合、日本側の戦死者の九割が最後の一年半に集中します。学徒出陣を含め若い人たちがたくさん亡くなった。そして、生き残って戦後に壮年期を迎えた人は『坂の上の雲』を読んで、「ああ、こんな秋山好古のようなトップに自分たちも率いられたかった」と夢想する。『坂の上の雲』は、太平洋戦争に対する鎮魂歌、レクイエムとして読まれたのだと思います。

古屋　これからの世代は『坂の上の雲』をどう読んでいったらいいでしょうか。

松本　日露戦争のときには、国民それぞれが「一身独立して」自分の役割を果たし、歴史の歯車をまわしていたと思います。『坂の上の雲』が書かれた一九六〇年代から七〇年代の高度成長の時期は、みんなが坂の上の雲を思い描いて一所懸命のぼっていった。今の若者たちにはそれがない、とよく言われます。しかし、そんなことはない。高度成長のときにまちがったこともたくさんあった。司馬さんが『街道をゆく』で書きましたが、日本国中をコンクリートで固めて高速道路とダムばかりつくってしまったのです。ではこれから国の誇りというものをどう取り戻していくか。それはあなた方がやってくれるはずだ、と司馬さんは見守ってくれていると思います。

品格を手に入れる地図

加藤　この本の中で正岡子規に向かっておかあさんが「のぼさん」と呼びます。亡くなったときも「のぼさん、もう一回痛いっていってごらん」と言う。日本の各地域に残されたことば、愛する人から発せられたことばの多様性が身にしみますね。秋山好古・真之兄弟も、おとうさんから、「貧乏がいやなら勉強をおし」と言われます。愛される人から発せられる多様なことばの力の大きさに動かされます。これを残したい。

あとは、若い人を前に出す仕組みを作っていかなければならないということです。ベテランが力を貸しつつ、若い人にバトンを渡していく。ここがポイントかと思います。

篠田　僕は、阿久悠さんと「瀬戸内少年野球団」を作ったんです。あれは司馬さんが「君、暗いよ」と言われたのが耳に残っていたからです。日露戦争で勝てたのは、ロシアが自分で負けてくれたんだ。それを正確に日本の新聞は報道しなかったと。日本はいつも情報が国民のもとに届けられてないと司馬さんは書いています。参謀本部編纂(へんさん)の日露戦争正史だって自慢話ばかりで、日本の兵士がどうやって戦って、どのぐらい死んだかということは書いてない。ましてやロシアはどういうふうに戦ったなんて書いてない。これからはジャーナリストは腹をくくって、権力に負けない情報開示をやってもらいたいと思います。

黒鉄　いま若い方は本を読まないそうですね。そこをなおしたい。福沢諭吉の『学問のすゝめ』ではありませんが、人は言語によって品格が手に入る。品格が手に入ったら、こんどは覚悟が手に入る。この『坂の上の雲』はその上で参考になる、見えない地図だと思います。

3・11後の『この国のかたち』

佐野眞一
高橋克彦
赤坂憲雄
玄侑宗久

司会・古屋和雄

佐野眞一　124ページ参照

高橋克彦（たかはし・かつひこ）
一九四七年生まれ。作家。デビュー作『写楽殺人事件』で第二十九回江戸川乱歩賞、『緋い記憶』で第百六回直木三十五賞、『火怨』で第三十四回吉川英治文学賞を受賞。浮世絵に関する著作も多い。

赤坂憲雄（あかさか・のりお）
一九五三年生まれ。民俗学者・学習院大学教授。東北学を提唱。『岡本太郎の見た日本』で第十七回Bunkamuraドゥマゴ文学賞、第五十八回芸術選奨文部科学大臣賞を受賞。東日本大震災復興構想会議委員。

玄侑宗久（げんゆう・そうきゅう）
一九五六年生まれ。作家・臨済宗妙心寺派福聚寺（福島県三春町）住職。『中陰の花』で第百二十五回芥川龍之介賞、『光の山』で第六十四回芸術選奨文部科学大臣賞を受賞。東日本大震災復興構想会議委員。

（二〇一二年二月十八日開催・第十六回）

古屋　司馬遼太郎さんは、東北に深い関心を寄せていました。東日本大震災の傷跡に苦悩する東北に、司馬さんがいたらどんな言葉をかけたでしょうか。最初に、3・11の瞬間、どんなことを感じたかお聞きします。

玄侑　プレハブ小屋のようなところで私は整体にかかっていました。小屋ごと揺れて、思わず外に出たら止めてある車同士が揺れてぶつかって音がしていた。寺に戻りましたら、六地蔵が一地蔵だけになっていました。山門の横の塀も倒れて、墓地を見るのが怖い感じでした。これまで経験したことがなかった揺れで、なにかが終わる感じがありました。

高橋　私は盛岡の自宅で仕事をしていました。グラーッときたときに、二日前の震度4の影響かなと油断して、いすに座ったまま周りを見ていました。揺れは終わるどころか激しくなって、積んであった資料や額、カメラなんかが机からころがり落ちて、身動きができなくなった。すくんでしまってね。僕がいた仕事場は二階でした。家内は車いすなものですから、たまたま来ていた家内の姉と二人で、一階の部屋で固まっているだろうと思いつつ、揺れで家がつぶれると思いました。柱が斜めに見えました。どうせ死ぬなら家内のところで死のうと思った。その瞬間に腰がスッと上がった。家内のところに着いて姉と三人で肩を組んで、死を覚悟したときに収まった。
　盛岡は、停電は一日半ぐらいで済みましたが、ロウソクを囲んで三人で一夜を明かしました。ラジオを聞きながら、結局は眠ることはできなかった。翌朝はきれいな朝焼け。大変なことが三陸のほうで起きているのに、自然というのは何と残酷だろうと思いました。

赤坂　東京・国分寺の駅ビルの喫茶店で新聞記者の取材を受けていました。揺れた瞬間、店内のお客さんはみんな立ち上がって、僕のコーヒーカップも揺れてこぼれました。非常口の階段をみんな無言で下りた。駅の前に出てみると、車やバスは何もなかったように動いている。不思議な感覚でした。僕は東北をフィールドにして歩いてますから、地震が多いのはわかってるし、東京はこの程度だが、北のほうでは途方もないことが起こっているんじゃないかという予感がありました。しばらくして、駅の改札口の上にあったテレビで、仙台のあの海辺の住宅街が黒い津波にのみ込まれている映像を見て、「あ、本当に始まってしまった」と、もう体が震えました。

佐野　僕は今、ホットスポットで有名になってしまった千葉・流山の仕事場にいました。石原慎太郎都知事が三期で降りるか、四選に出るかマスコミの依頼もあって都議会最終日をテレビで見ていたのです。四選出馬を表明して僕は嫌な予感がしました。それから二十分後ぐらいにグラッときた。数日後に、石原都知事が、被災者の神経をさかなですするような、とんでもない発言をした。

　僕の家は大事には至りませんでしたが、電話が回復した真夜中に、ある出版社から、これは大災害だから現地に行ってくれないかと依頼された。前年に僕は天皇陛下と同じ冠動脈のバイパス手術をやって、体力に自信がないし、被災地で迷惑をかけてはいけないと思いながら、踏ん切りがつかなかった。逡巡（しゅんじゅん）のシーンを思い出します。

効率最優先システムの危うさ

古屋　3・11以降、この国の何が浮き彫りになって、何が問われているのでしょうか。
玄侑　巨大で集約的なシステムが作られていって、GDP（国内総生産）そのものを電力総量が牽引（けんいん）しているという思い込みが強くあった気がします。しかし、その大きな集積回路の一カ所がだめになると全部だめになるというあり方がはっきりしました。今回の被災者を区別して税金の取り方を変えるために全員に番号をつけて、それを見れば税金額など個人情報が分かるようにする。巨大集約システムはいかんと思ったはずなのに、その後も進んでいる。
赤坂　小さな地域の市場には近隣からたくさん物が集まって、普通に暮らすことができた。ところが全国一律の流通ネットワークが寸断されると立ち直ることができなかった。中央集権的な経済効率だけですべてを組織するということの危うさが象徴的に表れたと思います。自然エネルギーとか再生可能エネルギー、まだ未熟な技術だと思いますけれども、これを地域分散型のシステムとして育てていくことが、絶対に必要なテーマだと感じました。

佐野　僕が三陸地方に入ったのはすごく早くて、当時は太平洋側から入れずに、庄内側から南三陸、陸前高田、田老まで行きました。一言でいえば、言葉を失うことの連続でした。まだ瓦礫の下には遺体がいっぱいある。瓦礫の下の人の末期の目に映った風景はこれだと、僕は思った。その瞬間、ある震えがきたと同時に、こういう言葉でしか伝えられないと思った。日本のメディアは、あるいは日本の言語というのは、たぶん3・11以後、大きく変わらなくちゃいけないけれども、たぶんこういう体験を通過しないかぎり、言語は鍛錬されていかないなと、強く思いました。

高橋　大震災を機にして、僕はやっぱり日本人が結局は、悲しいぐらいに戦後民主主義に毒されてしまっていると思いました。そこに「自分」がない。今回の大震災のときに、みんなが助け合って、本当にすごく早い復興を示せば、「日本ってすばらしい国だな」と、世界に示せる絶好の機会だと思っているのに、結局あとまわしにされてしまう。日本というかたちがあると思い込んでいたのが、そもそも間違いだった。

玄侑　国はヘボですが、国民は立派です。今、合意形成が非常に下手になっています。

言い分です。福島県で、その点をいちばん感じるのは、低線量の被曝の影響についての各学者さんの言い分です。校庭の線量の制限値を、計画的避難区域と同じ年間20ミリシーベルトにしたことに憤慨した市民がデモなど運動をして、年間1ミリシーベルト以下を目標とすることになった。年間1ミリシーベルトというのは、ほとんど夢物語ですね。低線量被曝について学者さん同士の合意ができないで、「非常に危険だ」と言う人々と、それどころか体にいいと言う人々もいる。なんで同じテーブルについて話してくれないのでしょうか。

古屋　司馬さんは『風塵抄』で「日本国は戦後に電池を入れかえたのだが、私は組織電池の寿命は三、四十年だと思っている」と書いていています。戦後民主主義が、これで本当にいいんだろうか？　という深い問いかけでもある気がします。

佐野　極端に言えば二十キロ圏内に入ったら逮捕すると決まった三日後に、僕はある方法で福島原発から一キロの地点まで入りました。ガイガーカウンターは鳴りっぱなし。大手メディアはぜんぶ撤退していた。牛舎に行くと牧場主が入れなくなって食料が与えられないので、牛はガリガリにやせて、間もなく死んでいく。柔和な目で僕を見る。地獄だと思いました。豚はもっと悲惨で、雑食ですから死んだ豚の共食いが始まっている。こういうことを日本の新聞、テレビが報道しないのはどういうことなんだと思いました。

もう一つ、衝撃を受けたのは、ある牧場でこういう話を聞いたときです。その牧場の農場長は牛が放射能を浴びていても、生かしていくと餌をやりつづけた。三月十二日に餌をやりにいったときに、福島県警のパトカーが来て、「ここを一時貸してくれませんか」と言う。どうぞと言うとパラボラアンテナを立てだしたそうです。水素爆発が起きた日です。アンテナから人工衛星で水素爆発の直後に動画を送って、県警本部で解析が済んだんでしょうね。その瞬間に戻ってきたおまわりさんは、顔色が真っ青で、「われわれもここから撤収します、あなたたちも早く逃げなさい」と。おまわりさんは「この国は嘘をつきますからね」とも言ったそうです。バラバラな国になってしまったという思いを痛感しました。

高橋　政治と人民の心がこんなに乖離していたら、普通は、なんかとんでもない方向に行ってしまう。そうならないだけ日本人は立派だと思います。たぶん、底辺に和の心がDNAとして受け継がれてきているせいなんだと思います。僕の自説ですが、たとえば和服だとか、和室だとか、和食だとか日本古来のものに平和の和の字を当てるんです。日本人は、互いを思い合う。そうして共存していく魂というかね、もちつづけてきた民族だったと思います。僕は大震災を契機として、負の方向にいっていた和の心が上に向かっていくのではないかな、という気はします。江戸時代のように小さな国に分かれていたときだったら、三陸でいうと南部藩ですが、三陸があれだけの壊滅状態になったら、三陸を回復させないかぎり自分たちの藩がつぶれるという自覚をもって、藩全体で救おうとすると思います。結局は、藩のように小さくなったときにはじめて見えると思います。

赤坂　司馬さんが「この国のかたち」の連載を始めるときに、最初、「国」ではなくて「土」という漢字をつかって「くに」と振ったようです。大震災を契機として、二つの「くに」が相剋（そうこく）を始めている。そういう時代に差しかかっているのかもしれないと思います。

震災以後、行政が何をやってきたかというと、住宅をつくって、避難所から移るときに、コミュニティーごと移れればずいぶん状況は変わったと思うんですが、くじ引きにした。民主主義とか平等が、避難所で人々の和を保つのに圧倒的な力を発揮していた人の絆とか、和の精神みたいなものを、わざわざ解体して送り込む。地域のコミュニティーみたいなものを復興の過程でもだいじにしていくと人は落ち着くし、復興しやすいんだとわかっているのに。くじ引きが平等だというのは、責任を取らないための言い訳でしかない。

被災地を歩いているとはっきり見えるのは、国を信じていない。しかし、「批判ばっかりしていると関係がうまくつくれないから俺は抑えているんだ」と、はっきり言われる市長さんもたくさんいます。県が何をやっているか。残念ながら、お国と交渉して、お金を引っ張ってくるのがずっと仕事だったので、今回もそれをやっています。でも、復興のビジョンがない。かつては、国家の優秀な官僚が教えてくれた。今はそれを放棄している。すると、お金は戦後の日本を支えてきた公共事業型の経済復興に注ぎ込まれていく。その資金を、東北は次の世代のための新しい産業とか雇用をきちんと生み出すために使うべきなのに、また誰も使わない道路や施設をつくって終わってしまうという思いがしています。

玄侑 江戸時代が終わったときに三百二藩あって、それぞれが自給自足をしていたわけです。そういう少し小さなレベルの自治を取り戻すということが必要だと思います。TPP（環太平洋経済連携協定）に乗り出すって聞いたときに、もう「福島の復興なくして日本の復興はない」という言葉は嘘だったと思いました。福島の農業、漁業にも、この状態でリングに上がれと言われることですから。

県議会が全国で最初にできたのが福島県で、会場が寺でした。今回の原発事故を受けて、赤坂先生が中心になって「ふくしま会議」を興して、やはり自由民権の故郷だったという気がしました。

赤坂 今の「ふくしま会議」は福島の声を日本全国に、あるいは世界に発信しようということで始まりました。ずっと沈黙されていた福島の人たちがマイクに向かって震える声で自分の思いを訴えた。これは自由民権運動だなという感触はありますね。

この国のかたちは制度疲労を起こしている。でも、もう一度その廃虚から、土に「くに」と振るような、そういう動きが間違いなく始まっていると、僕は思います。福島だけではなく、三陸の被災地でもようやく落ち着いてきた。誰に身をゆだねても何もやってくれないと見切った人たちが、小さな力を合わせて、一生懸命自分たちを支援してくれる人たちの知恵とかワザを取り込みながら、ここでわれわれは生きていくという覚悟を固めた人の姿が、間違いなく見えはじめている。

原発のお葬式をしましょう

佐野　最近、僕は、『詩の礫（つぶて）』の作者で福島在住の詩人・和合（わごう）亮一くんと3・11以降、「言葉にいったい何ができるのか」という言葉の問題をずっと討議しています。福島の悲惨さの一つの例をあげます。小さなお子さんを抱えたおかあさんが、たとえば北海道に避難している。一方、同じような立場の方が福島に残っている。すると、おかあさん同士が、メールですさまじい言葉の応酬をやるそうです。「なんで福島を捨てたんだ」と一方が言えば、もう一方が「自分の子どもがかわいくないのか」と。本当に引き裂かれちゃっている。しかし、いま原発議論をきちっとやっておかないと、日本人の悪いくせで、電気料金が上がる、今年の夏も暑いぞということで、なし崩し的にまた原発が旧に復してしまう。このことを、僕はものすごく恐れます。

高橋　団塊の世代の責任は大きいですよ。自分も含めてですが、僕らは大学の入試が大変でしたよね。そのときに自分たちが身をもって、「学歴なんかなんだ」みたいなことを言っておきながら、子どもが生まれると一流大学を目指させる。自由民権の問題にしても、実際はぜんぜん自由民権じゃないということをわかっていながら、片方で、「いや、自由民権を謳っているところで自由民権をまたやるの?」みたいなね。僕らの世代ってずるいんですよ。そのずるさを見限ったのが今の若い人たちなんでしょうけどもね。すでになにか闘う気持ちを喪失している。その責任をつくった僕ら団塊の世代はどうすればいいのか。

玄侑　瓦礫の中間貯蔵施設の決まり方を見ていただくとわかると思います。どこでも自分の村に、町に、もってきたくはない。普通は国家が憎まれ役をやるものです。団塊の世代が盛んにやった成田闘争でも反対運動の小屋が最後になくなったのは昨年です。それだけの反対を押し切っても、必要であれば権力を行使するのが国家です。それを放棄して「八町村で話し合ってください」というのでは決まるはずがありません。やはり区切りをつけるために、原発にお世話になったわけですし、お通夜をやりましょう。「もう私たちはあなたのお世話にならずに今後元気でやります」という儀式は、お通夜とお葬式しかないと思います。

赤坂　チェルノブイリの事故が起こってから五年か六年で、ソ連邦は解体しました。ウクライナとベラルーシという、事故の汚染を受けた二つの地域が独立した。独立してもいいことがあるわけじゃなくて、二十年以上たって、経済的な厳しさから、もう一度原発をつくろうという議論が始まっています。残酷だと思います。もしかしたら、福島が見放されて救いがない状態に落ち込んだときに、もう一度原発を動かして、そのお金を使って復興しようよっていう、そういう悪魔のささやきが、僕には聞こえました。国のレベルの議論とはかかわりなく、福島はきちんと、「もう原発にお世話にならずに生きていく」という意思表示をするべきだと思ってきました。

実際にもう普通の人たちのレベルから県知事さんのレベルまで、福島はもう原発に依存しない社会へ転換していくという宣言をしました。ところが、ほとんど伝わっていない。あいまいなままになにかを、シナリオを動かしている、そういう気配を感じてしまうんですね。おそらくこの国のかたちに対して決定的に厳しい局面を生み出すだろうと感じます。

新しい東北の芸術・文化を

古屋　司馬さんは、『街道をゆく』の「白河・会津のみち」で東北に対して畏敬（いけい）の念を持って「東北は偉大なのである」と書いています。

高橋　東北は本当にがんばっていると思います。僕は、震災の直後、半月ほど、盛岡の書店や映画館が扉を閉ざしていた状況を見て、ライフラインのほうが重要だから当然だと思っていた。芸術は、結局ライフラインに負けちゃう。僕らは子どものころ、文学が戦争中にいかにたくさんの人々の心を救ったことかという神話を植えつけられた。文学は最後のよりどころみたいに思い込んで仕事に取り組んできただけに、最初は僕は世の中の推移を恨みました。ところが仮にかつての文豪たち、宮沢賢治が、あるいはドストエフスキーがもし今生きていたら、たくさんの人がむさぼり読むような小説を今こそ書くと思います。芸術の責任ではなくて僕ら芸術に携(たずさ)わる者たちの責任だと気づいたんですね。大震災を経て、東北から新しい芸術、新しい文化というのがきっと生まれていくと信じています。

玄侑　あの津波で、海の底の堆積物まで浮かんできました。海も、小説も、まだ上澄(うわず)みが澄んでないんで、なかなか書きにくい状態です。私も、ようやく、こんど三月に二つ、短篇ですが、小説を出します。

赤坂　被災地で必要とされた芸術の力はまず音楽だった。次の段階で美術とかアートが表現を始める。言葉が熟成するためにはどうしても時間がかかるので遅れます。僕も昨年の3・11以降は、自分の言葉に日付をくっつけることなしには発言できなくなった。一週間前の言葉が古くなってしまう。そういう体験をしました。僕も東北の作家たちのなかから、間違いなく新しい東北文学が生まれると信じています。

佐野　僕はソフトバンクの孫正義社長の評伝を連載していて、ちょうどその最中に3・11がぶつかった。意見をいちばん聞きたかったのが孫正義だった。彼は東京・汐留の本社ビルで大きな揺れにあって、茫然自失したそうです。テレビの映像を見ていたら、赤いアノラックを着た少女が海に向かって、両親を亡くされたんでしょうか、「おとうさん。おかあさん」と泣き叫んでたというんです。彼は、「自分はなんと非力だった」ということを三回言った。日本でたぶんいちばん非力じゃないのは孫正義ですよ。いちばん大金持ちで、百億円寄付した男です。僕はそれを聞いたときに、「ああ、この国は」と思った。

　孫正義は、冷たく突き放した言い方をすれば、一介の携帯電話屋のおやじです。一介の携帯電話屋のおやじが「非力だった」と言う。この言葉は政治家が言わなくちゃいけないと思います。しかし、政治家は、こういう人の心をわしづかみにする言葉を一つも発していない。日本の中央がもう完璧に陥没して、永田町を中心に官僚システムも百五十年の制度疲労を起こした。そのときに民族学的に言うと、在日三世の孫正義が出てきたことは、かなり象徴的なことだと思います。

　たとえば『「フクシマ」論』を書いた社会学者・開沼博くんとか、学問の世界では若い人も出てきてます。福島になぜ原発が導入されてきたのか。長者原という土地に原発は立っていますが、あそこは昔、陸軍の飛行場だったのが、戦後、塩田になります。その塩田を西武の創業者・堤康次郎が三万円で買う。それを東京電力に三億円で売るという、巨大な土地ころがしをやった。原発問題というと、なかなか素人（しろうと）には入れない領域の世界に論議が集中しちゃうわけだけれども、なぜあそこに原発がつくられたのかと詳細に検討していくと、日本のなにかが見えてきます。

かけがえのないものを見つめ直す

古屋　最後に皆さんに、3・11後の一人ひとりの心の構え方についてメッセージをいただければと思います。

佐野　福島でわれわれが失ったものは、たとえば家族であったり、ふるさとの山であったり、川であったり。かけがえのないものをもう一度われわれは見つめ直すところから出発しなくちゃいけないと、僕は思っています。

赤坂　福島に、原発によって落ちたお金が三十年間で二千八百億円とか、三千五百億円と計算されているようです。途方もないお金ですが、今となってみれば、「たったそれっぽっちのために……」という思いが起こる。僕自身は東北学の仲間たちと被災地に入って聞き書きの仕事を始めています。一年目にまず一冊目の聞き書きの本が出ます。そして、われわれはそういう仕事を、3・11に、あるいは3・11以降に、東北の人たちがどういう体験をしたのか、どういう記憶を抱えて生きているのかといったことを一つひとつ記録にしていく。それを五年、十年とつづけようと思っています。東京が忘れても東北は忘れるわけにはいかない。そこに二十年間かかわってきた人間として、これからもかかわりつづける覚悟は決めたいなと思っています。

高橋　3・11の被害を目の当たりにして、「人間というのは小さなものなんだな」と思いました。自分は少し思い上がっていたのかもしれんと、いちばん先に感じました。

家内の介護にきてくれる女性のおかあさんが石巻に住んでいて、大津波に巻き込まれた。気がついたら木の上にしがみついていて助かって。そして、自分のうちに戻ろうとしたときに、泥水のなかで何百もの遺骸を踏みつけないとたどり着けなかったそうです。泣きながら、謝りながらたどり着いたら、うちはなかった。この話を聞いて、恨んでもしょうがないんですけど天を恨みました。人間って大したことないから、みんなで手をつないでいくしかないんじゃないのっていうふうなことを実感して、それで、みんなと共にがんばっていこうという気にはなりましたね。

玄侑　毎日のように新しい事実がわかって、昨日こう思ったはずなのに、それがそのままでは通用せず、ゆがみつづけていくというような日々だったと思います。そう考えると、マニフェストっていったい何なんだろうなって。現実を目の当たりにすれば、ずっと使える主義主張なんていうのはあるはずない。

中間貯蔵施設というのが決まらないと、仮置き場も決まらない。仮置き場が決まらなければ除染は進みません。中間貯蔵施設は、われわれは夢を見ておりませんので、半永久的貯蔵施設と覚悟して、どこかにつくるしかないんだと思います。これがどうなるかにすべてがかかっているという気がします。毎日揺らぎつづけて、揺らぎながら今日の重心をとっていくという、そういう生き方が、まあ風流だなと思うようになりました。

混沌の時代に──『竜馬がゆく』出版五十年

芳賀徹
安藤忠雄
内田樹
真野響子
司会・古屋和雄

芳賀徹（はが・とおる）
一九三一〜二〇二〇。文学者・東京大学名誉教授。一九八一年に『平賀源内』でサントリー学芸賞、二〇一一年に『藝術の国日本 画文交響』で蓮如賞を受賞。ほかに『文明としての徳川日本』「詩歌の森へ―日本詩へのいざない」など。

安藤忠雄　64ページ参照

内田樹（うちだ・たつる）
一九五〇年生まれ。フランス文学者・武道家・翻訳家・思想家。神戸女学院大学名誉教授。『私家版・ユダヤ文化論』で第六回小林秀雄賞を受賞。ほかに『サル化する世界』『コロナ後の世界』『複雑化の教育論』など。

真野響子（まや・きょうこ）
一九五二年生まれ。俳優。ドラマ『風と雲と虹と』『御宿かわせみ』『篤姫』『麒麟がくる』『ちゅらさん』『とと姉ちゃん』ほか。『坂の上の雲』で乃木静子役を演じた。神戸市立森林植物園の名誉園長も務める。

（二〇一三年二月九日開催・第十七回）

古屋　今年（二〇一三）は『竜馬がゆく』出版五十年です。みなさんはいつごろこの本を読まれましたか。

安藤　みんなが『竜馬』が面白いとさかんに言うので、一九八〇年代に読んだのが最初です。いちばん感じたことは、あの情報のない時代に、竜馬がどうして世界に目を向けていたのかでした。外国のことがなぜわかったか、不思議でした。司馬さんの願望が坂本竜馬になって、青年はこうあってほしいという気持ちがよく出ていると思いました。

真野　私の竜馬との出会いは六八年の大河ドラマで、北大路欣也さんの竜馬。浅丘ルリ子さんがおりょうで、お風呂のシーンが色っぽくてすてきで。すぐ原作を読んで、ドラマにはありませんでしたが竜馬の背中にはたてがみみたいな毛がほんとはあったんだなとか、強烈な印象を持ちました。短い生涯で、あれだけ女性に出会って、女性が全員心酔した。私も自分の竜馬像ができて、どなたが演じても、なんか違うんじゃないかなと思い、いちばん近いのは桂浜の銅像だと思っています。

芳賀　私も原作の前にテレビで見ました。北大路欣也さんの髪の毛がバサッとなって、顔も相当ひねくれていてよかったと思います。「龍馬伝」の福山雅治さんはきれいすぎた。お化粧している感じでした。

六八年は大学紛争が始まりかけていたころです。私は東大にいましたが、大学紛争の深刻化とともにテレビドラマが進んでいった。全共闘の学生がメガホンで「おれたちはァ、何々でェ」とやっている感じが竜馬と重なった。実際に司馬さんの小説を読んだのは、いつか覚えていません。でも、自宅の単行本には、赤線がたくさん引いてありました。

アメリカのプリンストン大学のマリウス・ジャンセンが『坂本龍馬と明治維新』を六一年に出しています。見事な研究書で、これを熟読していたので、司馬さんの『竜馬』は甘いなと思っておりました。しかし、今回読みなおしてみたら、司馬さんはやはり実にうまく書いています。時代の波に竜馬がサーフィンするように乗り、潜り、突破していく。ドラマより原作はいいと思った次第です。

内田　僕もテレビからです。第一回から最終回までたぶん全部見たんじゃないかな。高校中退して、半年ほど家出してたんですけど、六八年の一月に尾羽打ち枯らして家に戻り、そのまま座敷牢幽閉状態でいたんです。することがないから毎日テレビばかり見てました。「竜馬」は面白かったですね。途中で演出家が和田勉さんに代わって、トーンが一変しましたね。襖(ふすま)が倒れると海が拡(ひろ)がるラストシーンも覚えています。でも、原作を読んだのは遅くて、さっき文庫の奥付を見たら九六年でした。

僕は司馬遼太郎を「食わず嫌い」だったんです。政治家とか財界人がみんな好きな作家は「司馬遼太郎」と答えるでしょう。そういうおじさんたちが読むもので、俺には関係ないやとずっと思っていた。たしか入院したときに思い立って『竜馬がゆく』を読み始めて、それから二年間ぐらい司馬遼太郎ばかり読んでいました。『竜馬がゆく』は二回読みました。今日のシンポジウムのために今三回目、二日半で五巻まで読んできました。でも一日に七百頁読める本て、なかなかないですよね。

一人で革命をやった天才

古屋　原作は一九六二年六月二十一日から産経新聞で連載開始。翌年に第一巻が文藝春秋から出版されました。連載直前に掲載された予告で、三十八歳の司馬さんは書いています。「わたくしは、日本史の人物のなかで、坂本竜馬ほど、男としての魅力にとんだ存在はないとおもうのだが、どうだろう。この底ぬけに明るい、しかも、行くとして可ならざることのなかった、カンのいいひとりの天才をかきたい。（中略）その魅力が、なにであるかを、わたくしはこの小説をかきながら、読者とともに考えてゆきたい。きっと楽しい読み物になるだろうという自信はある」

芳賀　この連載が始まった六二年当時、私はまだ大学の定職がなく、非常勤講師でした。安保闘争が終わったあとで、その反米感情のざわめきがまわりに強く残っていた。

ペリーが来航して日本中が動きだす。竜馬もやがて身をのりだしますが、数年の間に単純な攘夷派の剣士から志士、国士へと転身していく。その過程とあの六〇年代は、どこか重なっていた気がします。

一九六八年は明治維新から百年で、それにむかっての動きもありました。左翼系の歴史家は、維新の革命はまだ完成していないと反対していた。しかし、司馬さんは当時の頑迷な歴史家たちに対し、「竜馬を見てみろ。こういう男が出てきた時代はそれはもう革命なんだ」と。竜馬は一人で革命をやった。まわりに竜馬と志を同じくする人たちが集まって、土佐を動かした。薩長も、幕府をも動かした。あれは革命だ、という主張を潜ませていたと思います。『坂の上の雲』も、それまでの日露戦争への学界の解釈をこわした。幕末維新の変動の歴史に対して否定的ではなく肯定的な見方を、司馬さんは一九六〇年代を通して示していった。自分自身に見えていた近代日本の誕生の歴史を書かれたんじゃないかと思います。歴史がいよいよ面白くなりました。

内田　司馬さんが直接、念頭に置いていたのはやはり六〇年安保闘争だと思います。安保闘争もその後のベトナム反戦闘争も本質は「反米攘夷」です。外見は左翼的ですが、中身は幕末戊辰で横死した志士たちや予科練、特攻隊のマインドに通じている。意匠は変わっても、根源の心情は変わっていない。たぶん司馬さんはこの若者たちの過激な心情に、ある種の警戒心を感じたと思います。同じ種類の政治的情念が、幕末に維新を起こし、軍国主義期に戦争に導き、安保闘争をドライブしている。司馬さんはそれを直接的に断罪するのではなく、狂信的な勤皇イデオロギーが深い禍根を近代日本に残したことを、竜馬というその種のファナティシズムの対極にある近代的知性を通して批判したんじゃないでしょうか。

古屋　『竜馬』は六二年から六六年。『燃えよ剣』が六二年から六四年、『国盗り物語』が六三年から六六年と、新聞小説が二紙、月刊誌が四誌、週刊誌が五誌と司馬さんは多忙な時期を過ごしておられた。

安藤　私は建築の専門学校も大学教育も受けずに、建築をやりたいと思った。まわりの人から「それは無理」と反対された。ならばやってやると思って必死になった。先は真っ暗でしたけども、自分の心のなかに希望をもっていました。六〇年安保を遠くから見て、すごいエネルギーがあると思いました。後に『竜馬がゆく』を読んで、やぶれかぶれでも、ひたすら走ることに共感しました。今でも仕事をやっていてうまくいかないとき、二十代はじめの希望を改めて思い出す。そのときに『竜馬がゆく』は非常に参考になります。

真野　私は六二年、十歳でした。帰国子女のはしりでサンフランシスコにいました。ケネディの時代で、大型車に、電気冷蔵庫、アメリカのいい時代です。日本に帰ってカルチャーショックと闘いました。アメリカに追いつき追い越せというのが私のなかのテーマでした。子どもで、まだ安保闘争もわからない。もう少したってくると学生運動を先輩たちが始めますけども、日本を何とかしなきゃって子ども心に思っていました。

芳賀　ジャンセンの本を読んだ後で司馬さんの本を読むと、司馬さんのほうがさらに一種の教養小説みたいに書いていることがわかってきました。一人の青年が成長して、人生に、世の中に、そして日本と世界に目を開いていく。その過程を語る自己形成の小説。『竜馬がゆく』にはその面が非常にある。

　司馬さんは幕末の志士たちが当初もっていた一種の狂信的な、今でいう国粋原理主義から、竜馬は抜け出ていった、昭和の二・二六の青年将校たちとは違うと指摘していますね。竜馬が殺される半年前に作った「船中八策」は、その翌年の明治天皇のあの開明的な「五箇条の御誓文」に生かされています。そのことも最終巻のあとがきでジャンセンの本を引いてちゃんと触れていますね。

内田　今回は主催者側から「武道家、剣術家としての坂本竜馬」という切り口で論じてくださいというお願いがありましたので、僕はその面から読み返してみました。読んで面白いなと思ったのは、司馬さんは「修行」というプロセスにぜんぜん興味がないんです。主人公たちは何の努力もしないで、いきなり剣の天才なんです。これは『北斗の人』でも『燃えよ剣』でも同じで、剣客たちの修行時代については司馬さんはあまり書かないんです。竜馬はご存じのとおり、寝小便たれの「愚童」であったという記述のあと、剣術を始めたらいきなり顔つきが変わり、城下にその人ありと知られるようになった、と。十九歳で江戸に剣術修行に出るわけですけれど、天下の桶町の千葉道場でも、若先生の重太郎から鮮やかな突きを取るという天才デビュー。

芳賀　剣術稽古を三日三晩もやると長たらしく、書いてられないよ。

内田　十四歳で入門して、江戸に出る頃には相当の腕になっているんですけど、修行の過程についてはほとんど書かれていない。江戸の幕末三大道場というと、鏡心明智流桃井春蔵の士学館、神道無念流斎藤弥九郎の練兵館、北辰一刀流千葉周作の玄武館です。桶町の千葉道場は分家ですけれど、三流の塾頭がそれぞれ武市半平太、桂小五郎、坂本竜馬と並んでいるわけです。幕末三大流派の塾頭が、維新回天の志士で占められている。これについて司馬さんはこう書いている。

「それぞれ当時の剣壇を三分する勢力であったが、このそれぞれの名門の塾頭を、のちの維新の立役者が占めたのは奇妙な偶然といっていい」

　これが「奇妙な偶然」であるわけがないでしょう（笑）。剣の修行と彼らの政治的知見の高さには相関関係があるに決まっている。でも、司馬さんはそれを認めない。これは戦中の個人的な経験の反映だと僕は思います。司馬さんは軍国主義の非合理性が大嫌いだった。剣術は多分に非合理的な修行を要求します。立ち切り稽古三日間とか、深山にこもって飲まず食わずで天啓を得るとか。そういう話を司馬さんは生理的に受け付けないんです。

芳賀　素人が読むと、剣道場での試合のやり取りは非常に面白くて、わかりやすいですよ。

内田　剣道の試合の場面はすごく面白く仕上げています。でも、司馬さんは竜馬の政治的資質が剣術の修行の成果だというふうには考えていない。僕は竜馬の知性の最良の部分は剣術修行を経て形成されたと思っています。

芳賀　自分にいま与えられている状況の把握力が非常に早くて、確実だということですね。日本のなかで、世界のなかで自分たちはどこに置かれていて、何をしなきゃいけないか。剣道の修行を通してその一種の洞察力を竜馬は把握していった。

内田　竜馬はイデオロギー嫌いですけれど、それは自然な生命力の発現をイデオロギーが妨(さまた)げるということを知っていたからだと思います。竜馬にはある種の生物学的な洞察力、直感力があった。でも、武道家がめざすのは「いるべきときに、いるべきところにいて、なすべきことをなす」ということに尽くされるわけです。その点では竜馬の美質は武道家としての達成と僕はみています。

絵や方言で心がつながる手紙

古屋　司馬遼太郎記念館で『竜馬がゆく』展が開かれて、竜馬の手紙が三点展示されています。慶応二年の十二月四日、おりょうとの新婚旅行について、乙女姉さんに宛てて書いた手紙の真ん中にイラストが描いてあります。

安藤　方言が入ったり、すごい気持ちが入っています。私も、ときどき手紙を書きますが、文字で心が伝えきれないときに絵を描きそえます。絵を描くと少し心がつながる感じがする。竜馬の手紙はぜんぶ心がつながっているうまい手紙です。

真野　乙女姉さんがぜんぶ残しておいたのよね、捨てないで。

安藤　竜馬にとって、乙女が自分にとっては理想の女性という感じがします。女性は強くあらねばならない。引っ張っていくリーダーはこうあらねばならないというようなイメージを、強くもってる感じがします。

芳賀　もう一つ、乙女姉さん宛ての面白い手紙があります。文久三年三月二十日。竜馬がはじめて勝海舟に会った時の手紙です。本当は殺しにいったんですが、勝は平気で「入れ」といった。勝の話が面白くなって、その席で「弟子にしてください」といった、と司馬さんは書いてますけど、その時の手紙です。勝海舟という日本一の人に会えて私は弟子になった、俺はなんと運のいい男だ。その手紙を司馬さんは引用しています。

内田　海舟も島田虎之助門下の剣術使いですから、海舟と竜馬の「立ち合い」は実はきわめて武道的な性質のものだったと僕は思います。司馬さんは竜馬については合理的な思考と理財のセンスのほうを高く買っています。

芳賀　そういう点では、桂小五郎（木戸孝允）。あれはもっとうるさかった、理詰めで。ただ、司馬さんは、あんまり好きじゃないようです。

真野　司馬さんは、ほんとに女性を書きませんね。私、『竜馬』ですごく書いてらっしゃるから、どうかと思って、ほかのも読んだら、つい最近ドラマ化された『坂の上の雲』なんて、ほとんど女性を書いてなくて。

古屋　乃木静子さんはどうでした。

真野　乃木将軍の奥さんをやらせていただいたんですが、本当に台本では数行で。役を埋めていくためには彼女の全人生を、いちおう調べなくてはならないので大変でした。女性の謎は司馬さんは小説を女性の観点で書いていらっしゃる。もう一つ、司馬さんの女性観で面白かったのは、美しい人っていうのは美しオーラを出している。司馬先生は、美しオーラを出してない人のほうが好きなんです。

安藤　私は竜馬のように生きられればいいなというのが一つと、自分のできる範囲で、社会に対してできることは全力でやりたいと思います。今は政治も難しい。経済も難しい。司馬さんが描こうとした竜馬のような判断力を持った前向きなリーダーはなかなか現れません。そろそろ我々も、もう一回、『竜馬』を読み直してみればよい。若者一人一人が自分への責任感を持っていた江戸末期のような時代があったことを、もう一回認識しなければ。世界のなかで日本だけが取り残されていくんじゃないかということを思っています。

真野　私は、つい最近まで『坂の上の雲』で頭の中がいっぱいでした。また『竜馬』を読みなおしたら、陸羯南（くがかつなん）と子規の関係と、勝海舟と竜馬の関係って、似てるんです。その二人の思想がなかったら、二人の天才は花開かなかったと思います。

明治に受け継がれた竜馬の合理性の精神は大事だと思います。竜馬は最終的には短銃をもっていました。

私は、幕末の五人の女性を演じているんです。最初が沖田総司の恋人。すぐ殺されちゃう。ですから新選組の側で見ているわけです。次が大久保利通のおかあさん。その次が乃木将軍の奥さん。武田鉄矢さんが竜馬をやったときには、（次姉の）お栄さんをやりました。そのあとに、フィクションですけども、「御宿（おんやど）かわせみ」をやらせていただいた。女性は大変な人生なのです。それも控えの人生ですから。

芳賀　でも、少なくともこの『竜馬がゆく』のなかに出てくる女性たちはずいぶんしっかりしていて、手応えがありますよ。ただ乙女姉さんが結婚したのは冴えない蘭方医でした。乙女姉さんは、誰かもっといい人の、佐久間象山か、あるいは西郷隆盛かの奥さんにしたかった。相撲取っても強かったでしょう。

真の武道家ゆえに剣を捨てた

内田　結局、竜馬の最大の合理性というのは、「使えるものは何でも使う」ということですね。手元にある資源がそれだけなら、その資源の蔵している潜在可能性を最大限まで引き出す。それは本来、侍の思考法なんです。戦場で、「武器が足りない」とか「弱兵しかいない」という理由で「これでは戦えない。精兵を連れてこい」という言い分は通らない。そんな暇があったら、手元にいる戦闘資源はどうすれば最大化するかを考える。だから、人を見るときにも、「この人物は、どういう機会に、どういう役に立つか」を考える。どんな人間の中にも、余人にはない「輝くもの」がある。それをいち早く見いだし、活用の方途を探すのが武人の合理性だと僕は思っています。

僕の合気道の師である多田宏先生は「もし戦国時代の侍がいまに生きていたら剣術なんかやってない」と言われたことがあります。「なにやってますか」とお聞きしたら、「そりゃ、最先端の科学技術研究をしているよ」と。たしかに戦技が本職であれば、当然そうなるはずです。宇宙物理学とかロボット工学とか分子生物学とかを研究しているはずだって。

竜馬はまさにその通りですね。途中から剣術に対する興味を失って、「剣術はつまらん」と言い始めますけれど、これは歴史的事実なんだろうと思います。ただ、僕はこれを武道家としての自然過程だと思っています。竜馬が自己開発した能力というのは、歴史の文脈を適切に把握し、いるべき場所、いるべきとき、なすべきことを直感できる力でした。その重要性は、現代日本においても変わらないと思います。

芳賀　『竜馬がゆく』のなかで、最初は土佐の郷士で、なんか薄汚くて、暴れん坊といわれている。ああいう土佐の毛むくじゃらの野性のなかに、彼は実にすぐれたインテリジェンスを秘めていた。知性と動物的判断能力の合体が竜馬の魅力で、こういう人はいまいなくなりました。いま我々が学ぶべきは、つまり日本だけで固まっていてはだめで、中国も韓国も、アフリカも、アメリカも、ロシアも、みんなごちゃごちゃに入れなきゃいけない。そして不純日本人になってこそ強くなる。かなり努力がいります。ぼやーっとした純粋人は悪い意味で愚鈍だと思います。

古屋　司馬さんは、この作品で事を成す人間の条件を考えてみたかったと書かれています。最近は名前を残すことを考えている方が多い。事を成す人間の条件とは何でしょうか。

真野　本気になって生きないと事は成せない。竜馬はしゃべるときはしゃべるけど、相手から聞くときには本当に聞いていた。聞くとか、考えることは今の携帯やパソコン時代にほとんどできないと思います。

安藤　今は子どもが子ども心を宿すべき時間に学習塾へ行って、ひたすら勉強させられる。本当は子どもの時間に、例えば命あるものに対する愛情とか、親に対する愛情を育み、子ども同士が全力でぶつかり合いながら、様々なことを学び成長していくべきなのです。子どもの頃に真剣に子どもらしいことをして、野性を宿しておかないと、事を成す人間はできないのです。命懸けで身を張らなければならないときに、野性が必要になると思います。

内田　武士が寡黙なのは、環境入力に対するセンサーの感度を高めているからです。目を見開き、耳を傾け、わずかな入力変化に即時対応できるように備えている。かっちりした枠組みを作ると、一見すると安定的ですけれど、前代未聞の危機には対応できません。激動の時代というのは、見たこともないような事態に遭遇する確率が高い。そういう時代に踏み込んでいると思います。

古屋　私たち、竜馬のお話をしているんですが、司馬さんは、逆説的に「あまり竜馬、竜馬と言うな」と話されています。平成の竜馬を自称する人もいますが、司馬さんのことばでいうと、「自分に自信がなくなったのか、それとも自分の甘い部分を竜馬という人物に自己同一化させるのはどうだろうか」というふうに釘をさしています。

内田　竜馬はオリジナルな人でしたから、自分のことを「他の誰かに似ている」と言って誇るはずがない。だから、「竜馬」をブランド化して、それで自分を飾るようなタイプの人間は、最も竜馬的ではないと言っていいと思います。

安藤　竜馬、竜馬と言う人がいるかどうか、私、知らないんですが、自分なりに真剣に生きて自分のなかで心を燃やしていけば、別に竜馬の名にあやからずとも、志高く生きていくことができると思います。

抒情的な表現も大きな魅力

古屋　最後に、これからの時代、ここまで五十年、この作品が生きつづけ、これからを生きる人たちにどう読んでほしいですか。

内田　何度も繰り返しドラマ化される作品というのがありますね。『坊っちゃん』とか『青い山脈』とか。『竜馬がゆく』も繰り返し映画化、ドラマ化されてきています。でも時代が下るごとに、竜馬役者の顔が変わる。自分たちの時代が選んだ竜馬像を見ると、そこに自分たちの時代そのものが投影されているのがわかるんじゃないでしょうか。

芳賀　読みだすとやめられなくなる。最後の悲劇にむかって駆けていく竜馬。その姿にこちらがハラハラドキドキする。それが大事であって、ここから何を学ぶかなんて、そんなことは二の次の問題です。

真野　私はね、司馬さんの教養小説的な部分も好きなんですけども、リリカルな部分が大好き。三岡八郎という武士が竜馬から写真をもらうんです。そのあとすぐ竜馬は亡くなる。

「竜馬はいつになくふかぶかと沁みとおるような微笑をその目もとに刻んでいた。三岡はふとめまいを覚え、なにやら別世界の人間と対座しているような、えたいの知れぬ感情に襲われた」

マイナーな部分で、映像にはなってません。この司馬さんの表現のすごさ。俳優だったら演じたい（笑）。

安藤　人生、九十歳、百歳まで生きる時代です。青春は心のなかの世界ですから、目標をもって、自分が世界に何ができるか。自分に何ができるかを真剣に考え生きつづけると、心が輝いて、いいのではないかと思いました。

少年と少女になって

福田みどり

腰をいためているところに、足までくじいてしまって、こんな見苦しい姿でごめんなさい。

今日は、「司馬遼太郎と大阪」について考えたいと思っています。

このＮＨＫホールの建物は、上町（うえまち）台地にあります。上町台地は大阪の文化の発祥の地といわれています。今日、私は、難波宮（なにわのみや）の跡にできた公園の前を通ってきました。広々とした公園で、なんとなく感慨無量になりました。私に詳しく説明してくれたのが、音澤正彦さんという運転手さんです。根っからの大阪っ子で、あじわいのある大阪弁をつかいます。音澤さんがあまり詳しいので、私は「どうしてそんなに詳しいの？」と聞いたら、彼は「これ、みんな（司馬）先生におせてもらいましてん」といったので、私は夢から覚めたような気分になりました。

司馬さんは大阪が心の底から好きであったかどうか、それは本当のところ、わかりませんけれども、大阪を愛していたことは間違いないと思います。ものごとの価値判断の基準はいつも大阪でした。

昔むかし、私が二十代半ばでした。司馬さんは、三十歳になったばかり。大阪の産経新聞の文化部に二人とも在籍していて、もちろんまだ恋人ではありませんでした。その司馬さんが、あるとき私に「僕は大阪一の新聞記者になりたいんだ」といったんです。

私は、司馬さんの才能は並外れていると思っていました。自慢しているみたいで、ごめんなさい（笑）。文化部の前に京都支局にいたんですけれども、そのころには特ダネをたくさん書いて、そのなかの一つに、「老いらくの恋」ということばがありました。そのことばは流行しましたけれど、それは司馬さんが新聞の見出しにつかったことからだと、私は聞いています。司馬さんが、大阪一の新聞記者になりたいとなぜいったのか、よくわかりません。私はそのころ、新聞記者にとどめておくには惜しい人だと思っていました。

こんなこともありました。

サントスという喫茶店が、ちょうど桜橋から梅田にむかう途中にありました。風の強い日でした。私と司馬さんは、そのサントスでコーヒーを飲んで、表に出ようとしたときに、その風がより強くなって、並んで歩くこともできなくて、ころがるようにして桜橋の交差点まで着いたときです。

司馬さんが真っ正面をむいたまま、私の顔など見ないで、「僕は大阪中（じゅう）の人が攻めてきても君を守るよ」といったんです。私も、司馬さんが何をいっているのかよくわからなくて、びっくりしました。私と司馬さんは風に運ばれるようにして、新聞社に帰りました。

このことについては、司馬さんに一言もいったことはありませんが、私のなかでは、どうして大阪じゅうなんだろう、同じいってくれるなら日本じゅうでも世界じゅうでもいいのにと。ずーっとそう思っていました。

司馬さんが亡くなってから、文芸評論家の向井敏（さとし）先生にそのことを話したら、向井先生が、私の顔を見ながらお笑いになって、「どっちもどっちですねえ」といわれました。そのあと「だからご夫婦はきっと仲がよかったんでしょう」ともおっしゃったの。もちろん私は、そのことばにうなずいていません。ずーっと「どうして大阪じゅうの人なんだろう」と、今でも思っています。そう思いません？　もし思われたら手を叩いてください。（大きな拍手）

あるときに、どうしてそんな状況になったのか、忘れちゃいましたけれども、司馬さんから電話がかかってきました。司馬さんは電話が大っきらいなんです。よっぽどさびしかったんでしょうね。

「僕、ここに一人いんねん。何していいかわかれへんねん。どうしたらええやろ」
という電話だったんです。で、とりあえずその電話を聞いて、これは大人という
よりも、少年だなと思いました。私は少年が大好きなの。なんか恥じらいがあっ
て、プライドが強くて、そのくせ孤独です。いっぱい少年独特の特徴がありますけ
れども、その特徴を司馬さんはぜんぶ備えてました。まあ、私はそんな司馬さんが
好きで、いつまでも少年であってほしいなと思っていました。
だから、司馬さんが少年でいてくれる間は私も少女でいたいと思いました。私の
大好きな少年の司馬さんがいて、私は、どういったらいいかなあ、私は思いきりセ
ンチメンタルな少女になって、司馬さんと話したい。そんなことを考えています。
私、八十三歳なんです。よくそんな夢みたいなことをいうとお笑いになると思い
ますけれども、だからこそこんな夢みたいなことを考えるのだろうと思って、お許
しいただきたいと思います。
そして私、夢のまたつづきですけれども、半世紀昔、桜橋の交差点で「君を守っ
てあげる」といったのは、あれは司馬さんじゃなくて、フィンランドの森のなかか
ら飛び出してきた妖精がささやいてくれたことばじゃないかしらと思って、夢を託
してよろこんでいます。
司馬さんが亡くなって何年にもなりますけれども、少年の司馬さんのことをいつ

までも思いつづけて、思いきりセンチメンタルな少女になって、いつまでも仲良く歩いていきたいと思っています。

（二〇一三年二月九日に開催された第十七回菜の花忌・理事長挨拶より）

福田みどり（ふくだ・みどり）
一九二九〜二〇一四。一九四九年に産経新聞社に入社し、文化部などで活躍。五九年に福田定一（後の司馬遼太郎）と結婚、六四年に退社した。司馬さんの死後、司馬遼太郎記念財団を創設し、理事長を務めた。

第三章

この時代の軍師
――『播磨灘物語』から考える

磯田道史
松本健一
諸田玲子
和田竜
司会・古屋和雄

磯田道史（いそだ・みちふみ）
一九七〇年生まれ。歴史学者・国際日本文化研究センター教授。『武士の家計簿「加賀藩御算用者」の幕末維新』で第二回新潮ドキュメント賞を受賞。ほかに『龍馬史』『無私の日本人』『天災から日本史を読みなおす』など。

松本健一　36ページ参照

諸田玲子　124ページ参照

和田竜（わだ・りょう）
一九六九年生まれ。脚本家・作家。デビュー作『のぼうの城』が大きな話題となり、映画化の際は脚本を担当した。『村上海賊の娘』で第三十五回吉川英治文学新人賞、第十一回本屋大賞を受賞。ほかに『忍びの国』など。

（二〇一四年二月一日開催・第十八回）

磯田　私、『播磨灘物語』は学生時代に銭湯のおじさんからもらいました。受験勉強のために下宿していたのに、読み始めたら止まらない。二日で全部読みました。戦国武将の中で、司馬遼太郎さんにいちばん似た人は、黒田官兵衛でしょう。黒田官兵衛がいたことは、日本人にとって、戦国人にとって幸福でした。もし官兵衛が秀吉に助言しなければ、戦がいかに残虐になったか。官兵衛は必ず、戦で逃げ道を残しました。水攻めでは責任者が切腹したらほかの人は助けた。敵を追撃するときは「寒いから途中で引き返せ」と、信じられないことを言う。何万もの人が官兵衛のために助かりました。司馬さんは太平洋戦争を見て帰ってきて、どうしても書きたかった物語の一つが『播磨灘物語』だったと思います。

諸田　司馬さんがあとがきに、「友人にもつなら、こういう男を持ちたい」と官兵衛について書いています。私も、夫とか恋人には官兵衛がいいと思いながら読みました。私が戦国を書こうと思ったのは、司馬さんの『関ケ原』を読んだのがきっかけです。それまで戦国ものというのはどちらがどう攻めるとか、戦のことしか頭になかったんですけれども、『関ケ原』は追い詰められた人間がどうやって生き延びていくか、人間の本性が鮮やかに描かれています。『播磨灘物語』でも、荒木村重（むらしげ）に有岡城の牢獄にとらえられた官兵衛が生死の境で、命の大切さとか、人間は人間との関係性でしか生きられないということを悟る場面に、とても感動しました。

和田　『播磨灘物語』で僕が感じたのは、黒田官兵衛は現代人だなということです。破天荒で強欲な乱世の人たちとは違って、現代人のように、人の心を察して行動にあらわすこともできるし、目上にそれなりの態度で接することができるし、目下にもやさしい。そういう人が乱世に放り込まれて悪戦苦闘する物語だと思いました。荒木村重に城に閉じ込められた場面はドラマチックで、それがあるから官兵衛は他の荒くれ者たちからも一目置かれた。閉じ込められて音をあげていたら、これほど語られる人物ではなかったと思います。

松本　司馬遼太郎さんの傑作小説は、だいたい主人公がナンバー2です。『燃えよ剣』では新選組局長の近藤勇ではなく副長の土方歳三。『坂の上の雲』でも東郷平八郎ではなく参謀の秋山真之をヒーローにした。黒田官兵衛もナンバー1になろうと思ったらなれる覇気（はき）が見える。『播磨灘物語』で、秀吉が天下人になったとき、「わしが死んだら、天下をとる者はたれか」と家臣に聞く。家康とか、毛利だとかいう声があがる。すると秀吉は、「官兵衛が取るわい」という。その話を官兵衛が聞いて、「これは危ない」と思うわけです。それで隠居し、野望は持っていませんよ、と号を「如水」にした。その後、徳川家康が関ケ原で戦いますが、そのとき如水は、九州を全部平定してから駆け上がって、家康の代わりに天下を取ろうと思った。ところが一日ほどで関ケ原の戦いは終わってしまう。今から駆け上がってもだめだと思って、如水は九州を家康にバッと譲ってしまうんです。司馬さんは、もし自分が戦国時代にいたらこういう人物として活躍したかったという絵を描いたと思います。

磯田　秀吉は官兵衛に「おまえは兄弟同然」「直接に物事をさばいてよし」という書状を出している。ものすごい権限委譲をされていましたし、九州攻めでは軍奉行です。重要なのが調略という外交交渉です。官兵衛は巧みでした。備中高松城の水攻めのあと、毛利側が「誰が官兵衛と秀吉側に寝返るかわからず、心配でしょうがなかった」と回想しています。それが軍師の役割だったと思います。

　さっき和田さんが、官兵衛は現代人みたいと話されたけれど、鋭い。僕もそう思っていたんです。普通の武将の子と違う育ちじゃないかと。それは官兵衛の父親より母親を調べるとよくわかる。「黒田家譜」によると官兵衛は十四歳まで母親と一緒に暮らしていて、母親の影響が強い。私の考えでは、母親はおそらく京都の桂女です。京都のはずれで、姿を美しくして、教養があって和歌を詠んだり、いろいろな人と交流していた。そういう女性が明石の豪族だった父親といっしょになった。官兵衛は人間を平等にとらえ、コミュニケーション能力が異様に深かった。これは母方の影響を考えざるをえない。調略や外交が非常に得意で、敵がどこの城を、どのぐらいの兵力で、いつ攻めるかといった情報収集能力があって相手を撃破できた。

古屋　黒田家は目薬を売って土台を築き、算術が得意でした。根っこには商品経済の合理主義があったのではないでしょうか。

スーパー私心のなさ

松本　秋山真之でも、坂本龍馬でも、計算ができる人でした。斎藤道三にしても、ものの値段がわかると、合理的な判断ができる。こういう人でないと戦争はできない。ただ単に勇敢に戦えばいいのでなくて、戦争するにはどれくらい兵隊やお米が必要かとか、現実的に計算する。司馬さんは、そういう意味で合理主義者であり、計算ができる人でないと戦争はできないと判断しました。これは昭和の日本軍に対する批判だろうとも思いますね。

諸田　商人の感覚をもっています。領土を持たないから金銀で人を雇う。そして部下を大事にして信頼される。若いころは和歌が好きで臆病だったと書かれていますが、官兵衛の父親は、臆病なほうが病弱な人のことを思いやれるし、強い人を尊敬できるから、よかったという。黒田家の合理性と誠実さは下克上とは違う新しい戦国の風です。時代の変遷を司馬さんは見事に書かれていると思います。

古屋　『播磨灘物語』に、「余談ながら、水攻めについては後年、石田三成による関東忍城攻めのときに、秀吉の備中高松城攻めにおける成功をそのまま模倣した例がある」とある。和田さんの『のぼうの城』ですね。

和田　そうですね。最初に読んだとき、このことが書いてあるのを覚えてなくて、改めて読んで、「書いてあったんだ」と思いました。「関八州古戦録」とかにある模倣説ですね。石田三成が秀吉の備中高松の水攻めを見て、自分もやりたいと埼玉の忍城でやったという説です。近年、実は秀吉が石田三成に、忍城を水攻めにしろと命令したという新たな書状が出てきた。石田三成がひどい目にあったといわれるようになってきています。

古屋　城代と農民が協力して城を守ったという共感がテーマですね。

和田　忍城もそうですね。『播磨灘物語』でも、官兵衛が登場するまでかなりのページを割いて、父親や祖父の流浪の時期を書いています。流浪していくと、他人に共感をもたなければその土地ではじかれてしまう。祖父、父とずっとそういう感覚が流れていて、ひとつの結晶として黒田官兵衛が出てきたと思いますね。

磯田　司馬作品は、共感性がテーマになっているのがいいと思います。司馬さんは小学生に、共感性のある子になりなさいという。「友達がころぶ。ああ痛かったろうな、と感じる気持ちを」といった。

それから、官兵衛の有岡城幽閉のときの、藤の花房の話はすばらしい。官兵衛が入れられた牢屋に、藤のつるが垂れてきて花が咲きます。藤の花と自分が一体になったように官兵衛は思う。実際に藤の木があったという資料はないのですが、あった可能性は高い。土牢があったといわれる場所の地名は「藤の木」だったんです。これを司馬さんは見つける。ここに古い時代、藤の木があった。そこから司馬さんの想像力が広がって名文が生まれたのだと思います。

松本　官兵衛がこの有岡城の土牢から生き返ったことで、黒田家の紋は藤巴になります。官兵衛が「あそこで私は生き残って、生き返ったから藤巴の紋にしました」という場面があります。

磯田　官兵衛はそこから人生観を得た。人間が知恵でやれる範囲には限界がある、雨が降って、それが地下水になって、自然に藤の花が咲く。このサイクルで生を見つめる、そういう人生観になった。官兵衛はおもしろいところがあって、人や動植物に共感性をもった人でした。しかし、人生の方向を決めるときには、親戚がどういう関係にあろうが、自分が土牢に閉じ込められようが変えません。ある種、恐ろしい男です。

和田　有岡城の牢屋のあと、官兵衛がどうなったかでいうと、「私心」という話がありました。牢屋から出てきたあとの官兵衛の感覚は、私心のなさが進化して「スーパー私心のなさ」になった。私心のない目で客観的に世の中を見ると戦術がありありと浮かんでくる。そういう目をもつことができた、という表現ではないかと思います。

「見えすぎ」て天下取れず

磯田　それと同じ歴史が幕末にもう一つあって、西郷さんです。奄美（あまみ）大島に行って帰ってきてからの西郷隆盛さんは、本当に無に近づいていきます。もう自分は一度死んだ人間だ。教養と学問を積んだ人間がその視点から考えはじめると、ほんとにすごいことを考えるようになる。

歴史学者にとって官兵衛で困るのは、「養生訓」を書いた貝原益軒（かいばらえきけん）という人が「黒田家譜」を書いていますから、われわれが見ている官兵衛は、三分の一は貝原益軒の思想が入っている。さらに『播磨灘物語』は貝原益軒と司馬さんと黒田如水の三人の考えの混じったものをわれわれは官兵衛像だと受け止めている。それをおいても、「黒田家譜」では、有岡城から帰ってきたら官兵衛が演説しなくなります。その前の官兵衛は、攻める前に「敵はこの方向からこういうふうに攻めてくる。兵力はいくらで、こういう状態だからどこかで破れる」と、全部しゃべる。これが幽閉後はしゃべらなくなる。たとえば秀吉に対して密談で、「殿、運の開きはじめですぞ」とかチラッとしゃべるようになる。知を外に見せない韜晦（とうかい）が始まり、自分を無にして、流れでやっている感じにしていく。私と同じ四十三歳には、彼はもう隠居です。早く隠れて、秀吉に殺されないようにと考えはじめます。

諸田　官兵衛は、自分が見えすぎたのです。信長や秀吉についても、読んでゆくうちに、官兵衛の見方が変わってくるのがわかります。あんなに「信長、信長」といっていたが、荒木村重の事件があり、比叡山の焼き打ちがあって、「信長の器量の悪さ」に気がつきます。官兵衛は次第に純粋な水のようになってゆき、すべてが見えすぎてしゃべらなくなった。見えすぎたからこそ、天下も取れなかったのでしょう。

磯田　官兵衛は、天下自体が目的ではなくて、自分の構想した計略を実験したらどこまでいけるかが知りたかったのでしょう。天下の主に本当になって、黒田家を生き残らせる執念で生きていない。家康と違う。官兵衛は自分の頭の中で、天下取り作戦を実行したらどうなるかという好奇心が強かったかもしれない。司馬さんが共感して書こうとした一つの理由じゃないかと思います。現代のオタクです。

諸田　山中伸弥教授とか、一つのことを究めるけれど私欲がない。そういう点で私たちが官兵衛に魅かれるんだと思います。

磯田　富士山に登ろうとして登った人じゃないんですよ。富士山の前を飛んでいた蝶を追いかけているうち自然に登っちゃった天才です。将棋指しとか碁打ちに似た人かもしれないと思います。ただ家族や家臣を守らねばならないので、それは最低限やりましたけれど。

和田　今の磯田先生の話を聞いて、官兵衛は数学者だなと思いました。発想があるとそれを証明したくなるじゃないですか。だから、まずバーンという発想があって、それが実際に証明できるかと手順を踏みながら一つひとつ処理していくと思いながら聞いてました。しゃべれなくなることで思ったのは、剣術の下手な人ってやたら振り回す。上手になってくると相手の動きを覚えて、ポンとわずかな動きで敵を制する。ポイントの一言をある時点で言えばこっちに流れていくとわかったのかなあ、と今考えてました。

諸田　物語の随所に「水」が出てきますね。水のような澄んだ気持ちでないと正しい判断はできないというふうに。この作品のキーワードは「水」だったのかなと思います。

松本　戦争も外交も含めて、国家的リーダーを補佐する知恵をもった人は、当時はあまりいない。とくに『播磨灘物語』は、黒田官兵衛が歴史や古典に詳しく、非常におもしろいんですね。そういう新しい人物が出てくる時代になった。信長と秀吉で歴史が動きつつあるという感覚を官兵衛がいち早くとらえるわけです。歴史の動きをわれわれは知らず知らずに、「この時代はこういうふうに動いたんだ」と司馬さんの作品によって刷り込まれているんです。

諸田　歴史は人間と切り離せない。司馬さんが人間を深い洞察で描くことで、歴史が浮かび上がる。歴史を克明に書くことで、人間が生き生きとよみがえる。すごいですね。

磯田　小説はうらやましいと思うところがあって、史料には書いてないんだけれども書けることがある。司馬さんも見たに違いないできごとがあるんです。黒田官兵衛は子どもの長政に、黒田家が天下を取るための作戦を授けていた可能性がある。黒田長政は遺言状を残しています。死ぬときに、「俺は関ケ原でこれこれの働きをしたら、これぐらいの大きな国をもらえたんだ」「徳川も、おれたち黒田家は粗略にしない」ということを書いている。そして、そのあとに恐るべきことを書いている。「このままここを領有していたら――」。博多です。中世最大の国際貿易港。「天下の富の大半はこの町に集まる。よく考えろ」と書いている。中国相手、朝鮮相手の貿易が制限されなかった場合、貿易の王者の博多黒田家ができあがる。貿易で得たカネで、徳川が弱ったときにとどめを刺しにいく。おそらく生前、二人で話していたと思う。黒田家に天下の野望は絶対にある、これはクロだと思いました。黒田だけにクロだと（笑）。

古屋　長政が関ケ原で功を立てたときに「家康が両手で私の右手を握った」と話す。それを聞いた官兵衛は「そちの左手は何をしていたのか」という言い方をしたというエピソードも書かれています。

松本　戦国時代の尾を引いている時代ですから、いかにして国を取るか、天下人になるか、そういう時代でした。これが終わりになり始める。『播磨灘物語』のあとに司馬さんが書いたベストセラーが『項羽(こうう)と劉邦(りゅうほう)』です。劉邦は後に漢帝国をつくる人ですが、「大いなる愚者」と書いてあります。家臣に「これはおまえ、考えてくれ」と意見を聞く。ですから、その「大いなる愚者」のもとで、軍師や武将や、民政官や、技術者が生きる。才能を生かして、このリーダーのために働くかたちで、結局、劉邦が覇者になったと司馬さんは書いている。日本での秀吉ですね。劉邦と対抗して、新しい帝国をつくろうと戦いつづけるのが項羽です。項羽は「勇悍なる武将」。信長です。項羽が突っ込むと、みんなが追いかけて、勢いで戦争を勝ちつづけるが、最後に劉邦に負けてしまう。

司馬さんが当時書いていた『関ケ原』や『城塞』では、次に家康が天下を取る時代。家康は「竹中半兵衛も黒田官兵衛もいらぬ」という。自分が調略も国家のかたちも決めて全部やる。彼のあとを武将が追いかけていく信長と、軍師を生かす秀吉と、軍師はいらないという家康。三人の性格が、司馬さんが当時書いている作品の中に対比的に出てきて、とてもおもしろい。

諸田　その三武将にもまれながらも、官兵衛は黒田家ならではの知恵や聡明さで時代をつくっていきました。司馬さんは官兵衛を時代の文化現象だと書かれています。今の時代にはいないですね。もっと俯瞰的にものを見る軍師が現れないと、世の中は変な方向にいってしまうのではないかと心配です。

和田　官兵衛みたいな存在が今の世で外交や交渉をしっかりやってほしいですね。黒田如水の逸話のなかには、ハードなネゴシエーションをしたり、ソフトにまるめ込むようなネゴシエーションをしながら、敵との関係をつくりあげていくとあります。そういう人物がほしいです。

「私」のためだけでない学問を

松本 今の時代、戦争は露骨に行われない。外交だってほとんどは官僚がやっていく。しかしリーダーがこういう方向だと指示したときに、官僚は国家デザインをつくれません。今必要なのは、そういう国家デザインをつくるような軍師だと思いますね。しかし、リーダー次第。

磯田 軍師になったことがあるのは、内閣官房で参与をなさった松本先生だけです。しかし、ある種の知恵を集めて、情報を並べて、上へあげるシステムは、これまで本当に日本にはなかった。私、昔、中曽根康弘さんの回想録をつくったことがあるんです。中曽根さんの前に座って、十五回で三十時間話を聞いたとき、心に残った話の一つに、「首相のときにフィリピンでたとえばマルコス政権が倒れたときに、どのように情報があがってきましたか」と聞くと、「拓殖大学の先生が英字新聞の切り抜きを個人的に作ってくれた」という。びっくりしました。衛星もある時代に。

当時は情報が官邸に入ってくるシステムが整っていなかった。江戸時代は存外うまくできていて、藩というのはやっぱり軍事集団ですから、明治も侍出身がやっていた時代は、情報活動は上手だった気がします。

松本　戦後の学問というのはみんな「私」のための学問なんです。新聞記者になるために新聞学科に入るとか、医者になるために医学部に進む。政治家になるにしても、ようするに「私」の学問になっちゃった。つまり国家統治というものはどうしてやったらいいか、国民をどう救っていくのかという学問はありません。これが江戸時代から明治の中ごろまでは、最終的には社会にどう奉仕するかということが日本の学問だったのです。官邸のなかにたくさん官僚がいても、政治家がいても、ネーションのため何をどう決定していったらいいか、わからない。とくに民主党政権の人々は、みんな有能ですけど、「私」の学問しかしてなかった。そうすると国家の危機にどう対応するかの判断がつきにくかった。これは反省ですね（笑）。

みっともなくない生き方

磯田　全体に対して責任をもつという教育がまず必要かもしれません。官兵衛のすごいところは、だんだん秀吉との仲が悪くなってくるところです。天下を取っちゃうと、秀吉という男への関心が急速に薄れて、つまらなくなったんだと思います。新しく台頭してきた参謀役が石田三成です。三成は官兵衛の知は尊敬していた。官兵衛が成功させた水攻めを自分は失敗している。嫌な感じも持っていたと思います。朝鮮を攻めるころには官兵衛は秀吉に面会もかなわなくなる。そうすると秀吉は無茶を始める。小西行長と加藤清正という血気にはやったのにどんどん攻めさせていく。官兵衛は、和をもって人をなずけ、朝鮮人が安堵して日本人に帰服するようにしないと失敗すると主張した。自分の主君を勝たせればいいという考え方以上の国家観、日本という国は隣国とどうつき合うと安定的になるかという視点を、官兵衛はもっていた。視点の非常に高い人だったと思います。

古屋　『播磨灘物語』を今の時代に読むときのアドバイスを一言ずつお願いします。

松本　戦国時代と、幕末維新の時代は日本が形を変えた。人々と国家との関係が変わり、自分たちの能力をどこで発揮できるかと考える、そういう動乱の時代だったと思うんですね。だから、そこに司馬作品がたくさん出てくるわけですけども、司馬さんが『播磨灘物語』を書いたのは、ちょうど日本が高度成長のとき。この先にどういう国家が現れてくるかまだわからない、そういうときに軍師を書きたかったんだろうなと思いました。どういう時代に司馬さんが書いたかということも踏まえながら作品を読むと、おもしろいと思っています。

和田　黒田官兵衛の部下で母里太兵衛(もりたへえ)という人物がいるんですけども、僕は、彼を主人公でなんか書けないかなと考えていた時期があるんです。ちっちゃいころあんまり暴れん坊だったんで、官兵衛が「母里太兵衛、おまえは栗山備後をお兄さんとして仕えなさい」と、誓紙を交わすエピソードがあります。家庭的なあったかい官兵衛の感じがよく出ていると思って、すごく好きなエピソードです。こういうやさしい人物だったんですよね。そうでありながら、有岡城のなかでみせた一貫して硬骨のシーンがあるという、そのあり方が、この人物のすさまじさであり、おもしろさだなというふうに思っています。

諸田　官兵衛が歴史のなかに現れたというのは、祖父がいて、父がいて、黒田家ならではの育てられ方をしたからでしょう。我欲には淡泊で、情が深い。人間が美しく生きるとはどういうことか、考えながら読んでいただけたらと思います。

磯田　「遼」の第五十号に宮崎駿さんが、「司馬さんが生きててくれたら」という文章を書かれています。そこで、司馬さんは、晩年、「日本はみっともなくなりました」と語っていた。いま、「司馬さん、ますますみっともなくなっています」と言いたいという切々たる宮崎さんのことばが載っています。震災があって、原発事故があって放射線が降ってきます。日本人は本当にたいへんな状態に追い込まれて、本能がむき出しになって、みっともないことをしはじめているかもしれない。だけど、私がこの『播磨灘物語』で思うのは、あの戦国のひどい戦いのなかでも黒田の家族は、みっともなくならないような生き方をしていた。それでちゃんと家族は生き残った。やっぱり今、読むべきじゃないかと、私は思います。

乱世から乱世へ
――『城塞』から考える

安藤忠雄
伊東潤
磯田道史
杏（あん）
司会・古屋和雄

安藤忠雄　64ページ参照

伊東潤（いとう・じゅん）
一九六〇年生まれ。歴史小説家。『黒南風の海』で第一回本屋が選ぶ時代小説大賞、『国を蹴った男』で第三十四回吉川英治文学新人賞、『巨鯨の海』で第四回山田風太郎賞、『峠越え』で第二十回中山義秀文学賞を受賞。

磯田道史　222ページ参照

杏（あん）
一九八六年生まれ。俳優。ドラマ『ごちそうさん』『花崎舞が黙ってない』『日本沈没―希望のひと―』『競争の番人』、映画『真夏の方程式』『オケ老人！』などに出演。

（二〇一五年二月七日開催・第十九回）

磯田　私は司馬作品の中で『城塞』は珍しいタイプの小説だと思って愛読しました。歴史小説の主人公は人物が多いのにタイトルも構造物だし、大坂城が主人公です。武田流軍学者の小幡（おばた）勘兵衛が狂言回しになって、大坂城に立てこもる人たちの生きざまを中心に、攻める家康も書いている。豊臣秀吉がこんな城を造ったために、日本の国のかたちさえ決まっていく物語です。記録文学としても、歴史学者がみても、よくぞ書いた作品だと思う。多くの資料を読み込んで比較しながら書いているから、司馬さん自身楽しかったと思います。来年の大河ドラマは「真田丸」。これも構造物です。構造物が歴史を動かすおもしろさを話したいと思います。

杏　司馬先生の作品で読んだのは、幕末ものが中心でした。『城塞』を初めて読みましたが圧巻のボリュームです。以前、ＮＨＫの番組でお城の専門家と一緒に大坂城を回りました。そのときに落城しないための三原則も教えていただきました。一つが、十分な食糧と弾薬。次に多くの兵力。最後は兵士たちの精神力。物理的に考えると絶対に崩すことができない城でも、結局は人次第で変わってしまうことを学びました。一回読むだけで精いっぱいでしたが、二、三回と読んで、さまざまな視点から見つめたい小説だと思いました。

安藤　大阪生まれの大阪育ちですから、大坂城は小学生のころから見て育ちました。子ども心に、その壮大なスケールには圧倒されたものです。『城塞』はお城の話ではありますが、人間の生きざまが描かれたものだと思います。信長から秀吉、家康に至る人間の考え方が伝わってきます。大坂城の魅力は、大きさだけじゃなく、さまざまなところに見られる工夫にある。秀吉は権力のシンボルとして造りましたが、今もって大阪のシンボルです。

伊東　司馬さんの作品との出会いは十五歳のときの『国盗り物語』でした。それから司馬さんの作品にはまって、小説の大半は読んでいます。約十五年ぶりに読んだ『城塞』は今回で五回目。『城塞』には三つ特徴があると思います。まず司馬さんの優れた人間洞察力ですね。次に、結果がわかっているという歴史小説のハンディを逆手にとって、後藤又兵衛なり真田幸村を輝かせている点。三つ目は、特定の人間が中心ではなく、大坂城を中心にして、そこに巻き込まれていく人々を群像劇として描いている点です。

大坂城の魅力とは?

古屋　司馬さんは小説の冒頭で書いています。

「城がある。西欧の城塞をはるかにしのぐ、と宣教師たちによって讃嘆されたその巨城は、生駒の山腹から十分に遠望することができる。家康はすでに天下人になった時期、自然の感情としてこの野と海と城市を、手づかみしたくなるほどにほしかったにちがいない」

　安藤さん、建築家からみた大坂城の魅力は、どこにありますか。

安藤　信長の安土城は圧倒的に創造的なお城でした。秀吉は運のいい男です。秀吉が大坂城を建て始めたころに、金とか銀が日本中でどんどん出た。当時は世界屈指の金の採掘量でした。その黄金を使って、これほどのシンボルはないというお城を造った。文献によると鯱どころか瓦もぜんぶ金で貼ってあった。金閣寺のような金ぴかな城でした。それに石垣です。「あの大きな石をどこから運んできたんやろう」と見るたび興奮します。入り口にある十二メートルの幅のすごい石。私が建築を勉強しようと思ったときに最初に見に行ったのが世界最古の木造建築である法隆寺と大坂城の石垣です。仕事がうまくいかないときに見に行きます。原点に立ち返ることができるからです。

古屋　杏さんの考える城の魅力は？

杏　戦国時代までのお城の形と江戸時代のお城の形は違うと聞きます。戦闘の要塞としての機能をもったお城が江戸の太平期には魅せるための城になった。軽い言い方をするとファッションみたいな感覚もあったのかなと思います。

伊東　秀吉は、大坂城を防御性と利便性が両立した城にしようとした。権威の象徴であり難攻不落、さらに商業国家の象徴として、大坂湾を守護する役割を担っていました。

磯田　私は今日、大坂城に困らされました。大坂城のことを考えていたら大阪城ホールへ行ってしまった。城の対角線にあるＮＨＫ大阪ホールなのに（笑）。中を歩いて突破するか、迂回してタクシーに乗るか。大坂城のあまりの大きさが恨めしくて、家康の気持ちになりました。私は軍事計算をしたんです。大坂城は総構えの総延長が二里あるから八キロ。つまり八千メートルです。八万人配置すると一メートルあたりに十人で守れる計算です。十万で立てこもれば二万の予備兵力が出る。空爆とかない時代ですから、三倍の兵力がないと攻めるのは難しい。徳川は一戦場に二十万人がせいぜいで、三十万人は集められない。さらに高い石垣がある。三の丸、二の丸、本丸と三重か四重の壁です。総構えの堀の幅は二十五メートル。中は格子（こうし）状の障子堀になっていて銃で猛射撃を受ける。深さも六メートルだから、土塁を入れれば高さ十数メートルの防護物になる。こんなの落とせるかとなります。

しかし、意思をもたぬお城という構造物は悲しい。外交交渉で外堀を埋められたりする。

古屋　司馬さんが書かれた「大坂城の時代」という文章を読むと、最初は「女の城」というタイトルを考えたそうです。

杏　淀殿というキャラクターが小説では、すごく女性的に、感情的に描かれています。

滅びの美学からすると秀頼は最後は出陣するべきだったという視点もあります。しかし、淀殿の気持ちになって考えると違ってきます。彼女の生い立ちは、何度も城が落ち家族がバラバラになった。最後の最後まで大切な息子と一緒にいたい。一緒に死ねるんだったらそれで嬉しいという、一人の女性の感情を優先したとみればうなずけます。

家康は完璧な仕事人、秀吉に感じる明るさ

古屋　好き嫌いも含めて、皆さんはこの小説でどの人物に惹かれますか。

伊東　私はなんといっても徳川家康です。最初に読んだときは、本当に憎たらしかった。秀頼を殺すために、そこまで謀略をめぐらすのかと義憤にかられました。しかしよく考えると、家康ほど完璧な仕事人はいない。仕事というのは万全を期して周到に考えねばならないと思い知らされました。

また家康は大坂方と戦っていただけでなく、年齢とも戦っていた。家康一個が死ねば、勝敗はどうなるかわからないと大坂方は思っていた。それゆえ、冬の陣が終わったあとに総堀を埋めるという条件ものんだのでしょう。本来、家康はもっと狡猾（こうかつ）に仕事を進めたかったはずですが、結局、年齢というものを考慮して、あからさまな謀略をめぐらすことになった。それが彼のために残念です。

安藤　私は大阪人なんで秀吉の城を通してみえる明るさがおもしろいと思います。淀殿

も女性ですから、子どもに対する愛情を中心に生きていくのも素直でいいなと。また一方で秀吉はお城に金の茶室も造るじゃないですか。あっけらかんとした明るさに秀吉のおもしろさを感じます。

家康は考えられることはすべて考えた。我慢するところは命をかけて我慢した。ただ、家康と秀頼との年齢差を考えると、先が思いやられる。人は不安を抱えると、想像力を発揮するんですよ。怖かったのでしょう。真田幸村を含む武将たちが家康と同じような想像力をもっていたからです。そこで彼は、どうしてもその人たちを引き込みたいと思った。私は、おもしろいという意味では家康。好きだという意味では秀吉かなと思っています。

杏　先ほどはウエットな視点で淀殿を述べたんですが、カラッとしたキャラクターでいうと塙団右衛門（ばんだんえもん）がすごく気になります。今まであまり知らなかった人物で、こういった気風の方がいたのかと。目の前にある脅威に心を動かされずに果敢に散った「かつての戦国人」と評されています。関ケ原合戦でもう戦国が終わり、当時すでに「あの時代」を知っている人と知らない人とのジェネレーションギャップが存在していたと思います。ある意味、古きよき時代の魅力をその当時もっていた方だったと思いました。

古屋　杏さんは新選組では二番隊組長の永倉新八が好きだと聞きました。渋いですね。

杏　永倉新八って、幹部のなかでも生粋（きっすい）の武士なんです。生まれたときから死ぬまで武士を貫き通した。塙団右衛門は逆に新選組のほかの人たちに近いというか。もともと猟師だとか農民だとか諸説あるけれども、一気に駆け上がって武将たちのなかに名前が入った。――磯田先生、私が変なこと言ってたら、援護射撃してください。お願いします。

古屋　お二人は友達なんですね。

磯田　杏さん、すごいんです。大阪での『ごちそうさん』の収録直前にきた本の礼状のメールが、「今、真田幸村討死の地にいます」でした。たぶん安居(やすい)神社だと思うのですが、こんなこと書いてくる女優さんは初めてです。

杏　歴女という言葉を使われることが多いのですが、歴史に詳しいというより歴史が好きという立場です。今日も皆さまの話を学びに来たので、私は本格的なことは言えません。『城塞』のいろんなキャラクターの中でも流されない自分をもっている人物が好きです。「七度牢人せざれば武士とは申せず」みたいな当時の台詞(せりふ)も書いてありました。すごく合理的で、人に仕えるのが当たり前でありながら、自分を曲げないのが難しいけど格好いい、と評していますが、そのとおりだと思います。

磯田　私は真田幸村と明石全登(たけのり)が好きです。この二人が作品の中では魅力的です。
　淀殿も、もう少しがんばって、講和なんかに応じなければよかったと思います。家康は結果からみると、大坂の陣から一年ちょっとで病死しています。砲弾が撃ち込まれようが、兵糧もあるわけで、立てこもりつづけると、家康は寒暑厳しい陣小屋にいなきゃいけない。一年以内にコロッといった可能性もある。家康が死んだら次のトップは開戦に乗り気でなかった息子の秀忠で、千姫の父親です。別な展開があったかもしれません。

真田幸村と明石全登は、家康個人を討ち取る策を立てます。ところがこの時代、無線がない。同時に攻撃を図るのは難しい。本来は幸村の真田軍団の後ろ側から秀頼自身が旗本勢を率いて家康の本陣を突き破る方法しかなかった。ところが外国人が書いている秀頼の様子をみると肥満して馬に乗れる状態ではなかったそうです。徳川側は千姫を入れて奥向きを押さえてますから、秀頼弱体化計画を進めていた。最後は幸村は死に、キリシタンの明石全登は自殺が禁じられているので九州へ落ち延びた。南蛮へ逃げた可能性も高い。私は子どものころからこれが気になっていました。今、ハポン（日本）という名字をつけたヨーロッパ人のDNAがひょっとして明石がいた岡山県人のDNAと一致するとかね。そういう新しい空想が広がってきます。

平和ボケが進む日本

古屋　今日のメインテーマは、この大坂の陣のころの戦国乱世から今の時代がどう見えてくるかです。

伊東　この『城塞』という作品は、現代の映し鏡になっていると思います。日本も戦後七十年になりますが、平和ボケが進んできています。大坂城内と非常に似ています。もっと危機感を抱かなければいけない。関ケ原合戦というのが太平洋戦争であったとしたら、今は大坂の陣の直前です。豊臣家は関ケ原で負けたにもかかわらず、何ら生き残る方策を講じていない。たとえば城郭ネットワークを築いていれば状況は変わった。城はいかに堅城でも、一つでは駄目なんです。まあ、われわれが安保を過信しているように、大坂城を過信していたのでしょうね。現在の日本も早く平和ボケから立ち直るため早急に手を打たないと手遅れになります。

安藤　日本の国はたしかに完全に平和ボケです。どうしようもない。私の事務所では仕事の八〇パーセントは外国です。よく仕事を通して外国人と話をします。彼らは責任感ある個人を確立しています。日本では個人を出さないように、戦後の民主主義を築いてきました。責任ある個人がない国が成立するはずがありません。われわれは本気で教育を考えないといけないと思います。気持ちのある人間を育てなければいけません。若者には、もっと苦労をさせないと。子どもが一流大学に入れば、これで成功だと思っている。そこが失敗のもと。私もいろんな学校へ講義に行きます。偏差値の高い学校ほど生徒は意識朦朧（もうろう）として歩いてます。親子の関係もしっかり考えなければなりません。責任感ある個人をつくらねばならないのに、その点では、日本の国は世界でいちばん遅れてると思いますね。

杏　平和ボケと言われてしまうと耳が痛い世代です。「戦争を知らない子供たち」のさらに子どもの世代ですから。こういった歴史小説を読むと、人と人とか、命とは何なんだろうと深く考えさせられます。戦争に身を投じた世代の方々が今いらっしゃるなかで、直接に学べる最後のチャンスだと思っています。何を学ぶべきなのか、自分は何ができるのか考えれば、今を生きる人になれるのではないかと思ったりしました。

磯田　昨今の状況を見ていて、司馬さんが生きていたらどう感じられるだろうと思うことが多いですね。「イスラム国」がヨルダン空軍のパイロットを生きたまま焼き殺しました。あのニュースを見て、「捕虜を生きたまま焼く歴史を日本人がやめたのはいつだろう」と考えました。当時の人間も、その悲惨さに目も当てられず、と『備前軍記』に書いてある。秀吉が兵庫・岡山の県境の上月(こうづき)城の戦いで生きたまま侍を燃やした。天正六年だから四百三十七年前です。それ以後やっていないはずです。

大阪のもつ豊かさとは？

磯田　司馬さんが生きてたら、こんな会話をしたいですね。「人類はまた中世をやるのですか。どのぐらい我慢しなければいけないのでしょうか」。私は人類は最後まで中世をやるほど阿呆(あほう)ではないと思います。平和ボケという言葉があるかもしれないけれども、悲惨な体験をしたら人間はある程度達観すると思います。

大阪の人たちは、『城塞』で描かれた信じられない破壊を見ました。大阪という町は、きっと武士の世界の論理の阿呆らしさに気づいた人たちがつくったんで、本音の町になったと思います。「やっぱり生きとるほうがええやろ」と。戦争の時代にはばかにされましたけど、私はこれは平和ボケで片づけられるものではないと思います。ある種の庶民のしたたかさじゃないかなと思います。そのなかで日本文学史上素晴らしい作品が生まれた。谷崎潤一郎の『細雪（ささめゆき）』です。あれは昭和の戦争で国の論理にしたがって日本が滅びたら自分も滅びるように教え込まれているなかで、「そら日本は滅びるかしらんけど、うちとこは別や」というような船場の美人お嬢様の論理です。大阪では知恵を庶民が見いだして、そういう町をつくってきたと思います。

安藤　私の知っている大阪人は、したたかですよ。だけど、今の大阪人にその遺伝子が伝わっているかどうか。昨日、文楽を見ながら、あの情の世界というのはすごいなと思いました。文楽や歌舞伎など生活を楽しむ文化を大阪はもっていた。食の文化も含めて。大阪湾での交易を通して、日本から中国までの中心になってきたわけです。明治三十年ごろまでは大阪は非常に栄えたと思うんですね。今、日本人は本当の意味での「豊かさ」を見失っています。自分にとっての豊かさを大阪人は知っていた。東京の権力、東京の経済力、それとは違う自分たちの豊かさ、そして個人の豊かさも追い求めて、楽しんできた。それがこの三十年ぐらい、東京方面ばかり目が向いていて、大阪はまるで東京に行けない人だけが残った町のようになってしまいました。

大阪は、子どものころから命の大切さを教えられる町なんです。東京へ行ったらどうですか、もう朝から晩まで勉強です。三歳の子どもも勉強してます。子どもは本来遊ぶもんです。十歳までに遊ぶなかで自分の世界をつくり上げていくのです。そういうことを考えるとまだまだ地方都市には豊かさをつくれる時間があります。時間のない東京になぜ行くのかと思うんですけどね。いや、仕事があってお金が儲かりますから。大阪の人はお金儲かるというとこに反応するんです。

磯田　そのとおりです。いま儲けよう思たらいかん。石にかじりついても育てる。司馬さんが生涯かけて訴えつづけたのは共感性ということなんですよ。相手がよろこんだら自分も嬉しい。そういう奥深いとこが大阪にはある。いま儲からんでもがんばって何か育てて、それで結果的に儲かったらおいしいもん食べよう。これやってほしいですね。

杏　『ごちそうさん』で十カ月弱大阪で暮らしました。大阪の方は郷土愛が強いですね。ほかの町に住む経験をしたことがなかったので、すごく新鮮でした。大阪の方は郷土愛が強いですね。「わてらのとこ、いいやろ。楽しいやろ」と教えていただくのが本当に楽しかった。

東の人も大阪の方々のおもしろみは学ぶところがある。家康にもちょっとつながりますが、長く考えて策略を練るところは東方の長所でもあり大阪の方も学ぶべきかなとも思います。完全な悪人とか完全な善人はいない。家康からも秀吉からも、いいところをピックアップできるというのが歴史小説のぜいたくさだと思います。

伊東　私は家康を主役や脇役にして何作品か小説を書いていますが、本当に興味深い人間だと思います。凡庸な己を知り、凡庸だからこそ越えられる峠があると気づいたがゆえに、家康は天下を取れたと思います。彼は用心深く、あらゆることに警戒を怠りません。現代を生きるわれわれも、家康を見習い、彼のように己を知り、今、何をすべきかを、一人ひとりが考えていくべきだと思います。危機は、目前に迫っていることを忘れてはいけません。

安藤　一人ひとりが自分の豊かさを求めると同時に、世界と平和というものを意識しながら生きないといけないと思います。世界はものすごいスピードで動いている。日本は資源もエネルギーも、食糧も非常に乏しい。それを経済力でカバーしてきたわけです。いまは人間の創造力しかない。

そういう面では大阪の人たちは物を大切にします。私は子どものときによく言われました、「読み書き算盤さえできればいい」と。読み書き算盤いうのは本をしっかり読むと。そしてそこからものを考えると。その次に算盤というのは人生を計画することです。どういうふうに自分の人生を送るか、自分で考えないといけないと思います。

読むこと書くことは筋肉

古屋　最後に、『城塞』をこんなふうに読んだら、というアドバイスをお願いします。

伊東　司馬作品のなかでも大好きな作品の一つです。そういう意味で、機会があるごとに、この作品の素晴らしさを広めていきたいですし、これからも日本人の必読書であってほしいと思っています。『城塞』という作品ほど、今、日本が置かれている状況を端的に表している小説はありません。

安藤　やっぱり司馬遼太郎さんが考えた世界の、広さというよりか深さを私はいつも読みながら感じます。ほかの作品も含めて、だいたい二十から三十ページに必ず何カ所かあるんですね。心動かされる部分が。結局読んでよかったと思ってもまたすぐ忘れてしまうんですが（笑）。そして日本には美しく生きた人たちもいたと再認識する。だからこそ文化国家ができたわけです。私も生きているかぎり、大阪のために、そして自分のためにがんばりたいと思いますね。

杏　司馬遼太郎さんの作品は、まだまだ読んでいないもののほうが多いですし、人生経験だったり、読書量も、この会場全体を含めても下から数えたほうが早いと思います。ですから、偉そうなことも言えません。『城塞』をこんど読むにあたって、お正月三が日で一日一冊、がんばれば読めるだろうと。でも、先週までかかりました（笑）。それぐらい密度の濃い内容が詰まっていると思いました。本を読む、ものを書くということは、筋肉と一緒だと言葉の学者の方が話されていました。ものを読むことも書くことも使わなければどんどん衰えていくし、鍛(きた)えていけばどんどん鍛えられて、磨(みが)かれていくと。それを続けることがいちばん大事で、かつ難しいことだと思いました。

磯田　私は大阪がうらやましいですね。大阪の人たちは長い目で見た行動が絶対とれると思う。それは魔法の四文字の言葉があるからです。それは「おもろい」です。関西の人たちは「おもろい」の天才です。我慢しろと言っても我慢しません、このへんの人は。我慢は東日本の人が得意です。大阪の人には「おもろい」を探す生き方を徹底してやってもらって、長期的に世の中にええことがあればいいと思います。なんで真田幸村が九度山を抜けて大坂城へ向かったのか。大大名になろうと思ったわけじゃない。たぶん。この生き方がおもろいと思ったからです。おもろいを大切にしてください。

『関ケ原』——司馬遼太郎の視点

原田眞人
葉室麟
伊東潤
千田嘉博
司会・古屋和雄

原田眞人（はらだ・まさと）
一九四九年生まれ。映画監督・脚本家。主な監督作品に『クライマーズ・ハイ』『駆込み女と駆出し男』『日本のいちばん長い日』『ヘルドッグス』など。司馬遼太郎作品では『関ケ原』『燃えよ剣』を映画化した。

葉室麟（はむろ・りん）
一九五一〜二〇一七。作家。『銀漢の賦』で第十四回松本清張賞、『蜩ノ記』で第百四十六回直木三十五賞、『鬼神の如く　黒田叛臣伝』で第二十回司馬遼太郎賞を受賞。ほかに『いのちなりけり』『花や散るらん』など。

伊東潤　240ページ参照

千田嘉博（せんだ・よしひろ）
一九六三年生まれ。城郭考古学者、大阪大学博士（文学）。「わが国における城郭の考古学的研究を新たに開拓しその確立と発展に寄与した」として第二十八回濱田青陵賞を受賞。大河ドラマ『真田丸』では真田丸城郭考証を務めた。著書に『歴史を読み解く城歩き』など。

（二〇一七年二月十八日開催・第二十一回）

古屋　関ケ原は慶長五（一六〇〇）年九月十五日の天下分け目の決戦です。司馬さんは大作『関ケ原』にどのようなメッセージをこめたのでしょうか。

葉室　多種多様な人たちがそれぞれ追い込まれて、決断をする。高校生のころに読んだと思いますが、その過程のおもしろさに興奮しました。

伊東　私は中学三年のころに『国盗り物語』を読みまして、司馬先生の作品の虜（とりこ）になりました。次に読んだのが『竜馬がゆく』で、『関ケ原』を三番目に読みました。高校生だったので、『竜馬がゆく』と違って、「大人は汚いなあ」という印象を持ちました。当時は戦国時代の武将は全員が天下を目指していると思っていましたが、『関ケ原』を読むと、天下を目指しているのは徳川家康だけで、ほかの人たちには、それぞれの思惑があり、その実現のために必死になっているのがわかりました。さまざまな人が、それぞれの目的を達成するために決断を下していく。そこが『関ケ原』の魅力ですね。

原田　最初に司馬先生の『関ケ原』を読んだのは、高校生だと思います。いつ合戦が始まるのだろう。なかなかたどり着かない。かなり疲れて、最後に「なるほどな」と思いました。僕の司馬作品初体験は、幕末ものです。それも『竜馬がゆく』ではなく短編集でした。僕は桂小五郎の大ファンで、評判のいい坂本龍馬に嫉妬していた。そのあとは好きな新選組にはまっていきました。

千田 私は中学一年から城好きになったので『関ケ原』を含め司馬先生の戦国ものを中心に読み始めました。名古屋に住んでいて、関ケ原は何度も通りかかり、地形が目に浮かぶ。ワクワクしながら読みました。今は奈良に住んでいて、新幹線で東京などに行くときに必ず関ケ原を通る。いまだに関ケ原を通過するときは窓に張りついて見ています。

古屋 小説『関ケ原』は一九六四年七月から二年間、週刊誌に連載された大作です。司馬さんは連載予告で「作家としてあたためながらなかなか書けない素材だった」と書いています。

葉室 恐るべき構成力がないとできない作品です。司馬先生はそれを持っていたからできた。それと人間観察の目です。登場するさまざまな人間に目が行き届いている。それは司馬さんを置いてほかになかなか書きえない。これまでにも挑戦した作家もいますし、成功されていますが、難しい題材です。

古屋 「近代説話」という同人誌に司馬さんと一緒にいた清水正二郎さんが「関ケ原の旅行のときは司馬くんが、小高い丘の上に僕たち同人を集めた。当時の戦況をまるで手に取るように説明してくれたことがある。とくに大谷刑部（吉継）が宿痾の体で戸板に乗り、負けると決まっている豊臣方のために働くその姿を司馬くんが語るときの熱血の弁を、今でも記憶しているし、8ミリ映画にも撮って愛蔵している」と書いています。

原田　その映像を見たいですね。僕も大谷刑部には思い入れがあって、戸板に乗っての戦いはある程度再現できました。僕が関ヶ原を実際にまわったのは十八年前で、松尾山に行きました。戦いが始まる一日前に、関ヶ原で最初に陣を張ったのは小早川秀秋です。やはりそこを見て秀秋への思いは強くなった。司馬先生の『関ヶ原』では秀秋に関して冷たい書き方をされていた。映画では違います。三成と家康はかなり忠実に描いております。

古屋　司馬さんが関ヶ原の古戦場を訪ねたときの写真が一枚あります。

千田　格好いいですね。司馬先生は『関ヶ原』で両軍の最後の決戦の地形や配置を的確に描写しています。

古屋　関ヶ原の西の北側に笹尾山があって、そこに石田三成がいた。それからやや南側の松尾山に小早川たちがいる。東には南宮山（なんぐうさん）があって毛利など動かない人たちがいる。その下に家康が陣を張っています。

千田　野戦ですが、陣形だけを見ますと、西軍の三成方が圧倒的有利です。南宮山に毛利の大軍がいるのに、家康たち東軍は前を素通りして三成ら西軍の主力軍がいるところに深く入り込んでしまっています。普通だととても行けない。それで勝っちゃうのですが……。

古屋　葉室さん、伊東さん、東西両軍のどちらに味方されるのか、うかがいたいのですが。

葉室　私は福岡県の出身です。筑後(ちくご)地方だと立花宗茂がいた。立花宗茂は西軍随一の猛将といわれながら関ケ原に間に合わなかった。基本的には毛利に属する立場なので、毛利がいればそこに行くということだったと思います。西国大名ばかり僕は見ますので、東国のことはあまり知りません。

現実は豊臣家の内乱だった

伊東　私は横浜生まれの横浜育ちです。ただ、最初に読んだときは、西軍を応援したくなりました。ところが歴史的なことを調べていくと、はたして三成が関ケ原の戦いを行ったことがよかったのかどうか。

小説『関ケ原』では、石田三成と上杉景勝の参謀・直江兼続が共に立つことを約束していたという設定です。上杉が会津で立ったので、三成も立たざるをえないという状況でした。しかし、密約は史実では非常に曖昧です。あのタイミングで挙兵することが秀頼のためになったのか。豊臣家のことを考えれば、三成は文禄・慶長の役のときに加藤清正や、福島正則や、黒田長政たちと仲良くしていなければならなかった。なぜ役の直後で関係が最悪のときに関ケ原をやってしまったのか。秀頼は若いのだから、時間を味方につけています。つまり豊臣家を滅亡に導いたのは、三成ではなかったのかとさえ思っています。そういう意味では、家康を応援せざるをえません。

葉室　合戦というけど、豊臣家の乱です。石田派と加藤清正ら反石田派が戦ったあと、収拾というかたちで家康が巧みに天下を取った。五大老だった毛利と上杉、それに徳川、宇喜多の内乱。家康対三成という構図はおかしい。江戸時代になって毛利も上杉も大名として残る。戦争責任を問えないから、ぜんぶ三成に押しつけたと思います。

原田　最大の謎は、毛利輝元の弱腰。関ケ原で決着をつけたあと、家康が来たらすぐ大坂城を出てしまう。あれがよくわからない。

葉室　最初に三成から要請されると毛利は速い決断で出てきます。やる気まんまんだった。それが変わっていく。性格といえば性格です。

原田　大坂城に入った段階で毛利には「豊臣は一枚岩じゃない」と見えた。尾張勢対近江勢の戦い。自分は傍観していればいいと感じたのかも。近江勢は、淀殿を中心に石田三成、大谷刑部。琵琶湖の水で産湯をつかった連中です。対して尾張勢は北政所に加藤清正、福島正則……。三成には薩摩勢が何を言ってるかわからず、なにも聞かずに勝手に戦って島津惟新入道が怒った。言葉や地域の問題が戦に影響している感じがします。三成は数の計算はできたが、戦略的、軍略的には人望がなかった。そこにまた彼の魅力がある。何回も『関ケ原』を読み直して三成ファンになった。自分のなかに三成が六〇％ぐらいで家康は四〇％です（笑）。

千田　豊臣政権期は五大老をはじめ制度はできつつありましたが、個人の能力で支えていた。秀吉が亡くなると政権はガタガタになった。コミュニケーション能力というか、人と人との結びつきが非常に大事だった。関ケ原の勝負は、そこに根ざしていたと思います。

「義」と「利」二元化の絶妙さ

古屋　司馬さんがこの作品で対立点としてあげているのは、「利」につくのか、「義」につくのかでした。

伊東　義と利と二元化したのは、小説上、わかりやすくするためだと思いますが、絶妙ですね。では徳川方に義はなかったのかといえば、そうとも言い切れない。関ケ原後に起こることを切り離して考えれば、秀吉と前田利家亡き後、天下を泰平にしていくには、家康という重鎮が必要だったはずです。その点、一概に家康に義がないとは言い切れない。

葉室　今でも三成人気があるのは人間像に対する魅力です。でも、義かどうかは難しい。豊臣政権の分裂した原因は朝鮮出兵です。三成が守ろうとしたのは朝鮮出兵をした豊臣家。朝鮮出兵で傷を負った福島正則たちが豊臣ではこれからの天下はありえないと思ったのかどうか。朝鮮に渡らなかった徳川家康ら東国勢力と朝鮮出兵のあと、どう収束したのか。単純に三成の義とは言い難い。

千田　文禄・慶長の役で、日本列島の特に地域社会の疲弊は厳しかった。戦ったのに領地は増えない。恩賞が与えられるわけでもない。大名たちは家臣に犠牲も出たから報いたい。庶民も重税に苦しんだ。庶民感覚でも豊臣を応援したいとは、いかなかったと思います。

原田　『関ケ原』を読んで、六十過ぎてわかったことは三成の「大一大万大吉」の旗印が日本の民主主義につながるということです。彼は自分でデザインも考えている。万民のためを考えれば、世の中よくなると思っていた。三成は、太閤秀吉の晩年の悪をすべて背負って、そのために嫌われた部分もある。

島左近のようなスケールの大きい豪傑を、義にこだわったオタッキーな石田三成が口説き落として家臣にできたのか。何度読み直しても、司馬先生はそこはうまくぼかしている。映画では岡田准一さんが平岳大（ひらたけひろ）さん演じる島左近を口説き落とす。自分の腹の内をぜんぶ明かすという手段でした。太閤秀吉への罵詈雑言も含まれる。島左近は秀吉を嫌っていた。三成が自分の本当の気持ちを言ったんじゃないかなと思いました。

葉室　三成像は三成を取り巻く人の評価でできあがっている。島左近と大谷吉継。友としての義が大谷吉継には明らかにあった。逆算したかたちで三成像ができていった。大谷吉継という友がいたことが三成にとっては大きかった。友情のような我々がいまもっている感情は過去の人ももっていたと考えています。関ケ原のときの家康にしろ、三成にしろ、現代にいないような人ではなかったと思います。

伊東　三成という人間は複雑だと思います。小説『関ケ原』に限らず、実際に極めて優秀な上に情熱的な一面もある。人間的な魅力もあったから味方する者も多かった。その一方で、大局観がないから秀吉の死後を想定していない。よく言えば能吏、悪く言えば小才子の典型ですね。器量に限界があったがゆえ、敗者となったことを忘れてはいけません。

千田　石田三成は頭がすごくよすぎて先の先を見てしまう。三歩先を言われてカチンとくる人だったと思います。だから愛されにくい。太閤から大きな権限を与えられて、若くして大きな仕事をやってきた。時には領地を減らしたり、秀吉の命で叱りおくことが次々起きる。秀吉の意を受けて汚れ役もやった。すごく損をした人だと思います。

原田　三成は本当に人の好き嫌いがはっきりしている。好きとなるととことん尽くす。島津家に対してそうですよね。そうすると「俺がこれだけ好きだから、おまえも俺を好いてくれよ」と見返りを求める。映画監督としてはじつにわかりやすい。三成役の岡田准一さんがストレートで身体能力もすぐれている。どうしても家康には変化球がほしかった。役所広司さんにちょっと化けてもらいたいなと。今回、肉襦袢（じゅばん）も着てもらって、CGで太鼓腹も見せます。湯殿のシーンで、役所さんがドテッと太ったおなかの家康をやってます。

伊東　家康は、本当に己を知っている人だなと思います。六歳から織田家に二年、今川家に十二年と、人質人生を十四年も送りました。その間に、この世の主役は自分じゃないと悟ったのです。つまり今は耐えて明日、勝とうということができる武将になった。そんな家康でも寿命だけは、どうにもならない。それゆえ晩年は「鳴くまで待とう」という姿勢から、一気に勝負に出たわけです。それが関ケ原の戦いであり、大坂の陣でもあるわけです。

千畳敷大広間で天下取り決心

葉室　『関ケ原』は基本的には三成の魅力が出るような描かれ方です。三成って、不器用だけど純粋ないいやつだったと思わせる。その一方で悪役である家康の悪の魅力も伝わってくる。関ケ原の西軍は、本来は毛利が大将。でも大将が出てこない。東軍は家康はいるけど、上田でひっかかって主力の秀忠軍は間に合わず自分の手勢がいない。だから豊臣同士の戦いになってしまう。

家康の魅力は徳川軍で石田三成を撃破してやろうじゃなくて、ある種の不安のなかでも前に出てくる強さです。勇気のある人だと思います。その気迫が及び腰だった毛利輝元に政治的に勝っていく。家康の本当の戦いは関ケ原合戦のあとです。豊臣家内部の争いだから、滅ぼした大名の総石高が八百万か六百万石。それの二百万石ぐらいしか徳川は取れない。あとは福島正則を含めて豊臣家側が取ってしまう。しかも大坂城に秀頼がいる。東国に行かざるをえなくなる。東国で幕府をつくるのは大変だったと思います。それをぜんぶひっくるめて、戦っていく。そこがすごい。

千田　私が家康だったら秀忠軍を待ってたかもしれない。なんせ主力軍がまったくいない状況ですから。ただ家康の勝負を見る目は「ここで出れば勝てる」という見切りのすごさです。家康は若いときから圧倒的に強い武田とずっと戦ってきた。何度もひどい目にあって、追い詰められた状況のなかで耐えて耐えてがんばってきたのが家康。関ケ原のころになると武将たちの思いが手に取るようにわかって、だから自分に味方させるんならこうすればいい、こうすればあいつはこっちに来るというのが、本当に見えていたと思う。

お城でいうと家康は質素です。浜松城の発掘調査をしたら、立派な石垣も家康の後に領主として入ってきた堀尾吉晴が造ったことがわかった。信長や秀吉を間近に見ていたのに豪華なお城を造りたいとは思わなかった。三成も質素でした。発掘調査で佐和山城はずいぶん立派だったといわれていますが、井伊直政が彦根城に入る前に佐和山城に入って石垣をずいぶん造った。三成時代の佐和山城の出土品に高級品はない。三成自身も、家臣も、そういった意味ではチャラチャラしてない。

古屋　この小説で三成、家康以外に気になる人物はいますか。

葉室　黒田如水です。如水がもっているある種のバランス感覚。生き延びるしたたかさです。それに比べると三成は自分が思っていることをこの世で実現したいという自分の意識に殉じていた。仮に失脚しても生きられる可能性はあった。それよりも自分の命を捧げてでも殉じようという覚悟があった。それが大谷吉継を動かしたという気がします。

伊東　小説に厚みを与えている人物といえば本多正信ですね。本多老人の存在によって悪漢小説のような雰囲気が出ている。自分の賢さを証明するために天下を目指しているようにも感じられます。ほかに好きな人物では藤堂高虎です。この人は迷わない。徹頭徹尾、旗幟(きし)鮮明です。初めに読んだときは大嫌いでしたが、今は潔(いさぎよ)ささえ感じています。

原田　夏（八月二十六日）に映画『関ヶ原』が公開されて、伊東先生がご覧になるとガッカリされると思います。藤堂高虎は出てきません。二時間半以内でまとめなければならないので重要なシーンを落とさなきゃいけない。

僕がいちばん興味があるのは、小早川秀秋と島左近です。島左近の奥さんは花野。彼女は父親が医者だったこともあって医術の心得がある。それで戦場に行っている。長男も次男も連れて、家族ぐるみで戦争に行った。花野は中越典子さんで、出番は少ないですけど魅力的です。小早川秀秋役の東出昌大さんが今日会場に来ているから言うんじゃないのですが、秀秋の人間性と苦悩を出したかった。関ケ原の戦いの二年後に、備前岡山で変死しています。家康に毒殺されたと僕は解釈しています。小早川秀秋は北政所に「おまえは家康様につくがよい」と言われ、家康は自分の経験値を使って彼を懐柔している。しかし、関ケ原の戦いの前夜、三成は秀秋の陣に行って「味方してくれ」と懇願する。秀秋には三成像が違うように見えたと思います。三成に対する思いがそこで芽生えてしまったがために逡巡があった。揺れ動く十九歳の精神像。決断までの心理的なプロセスを東出くんがすばらしい演技で出してくれています。

千田　私は城とか、陣が気になります。関ケ原の合戦が始まる前に、家康が伏見城の大広間に、朝ひとり座ってというシーン。太閤秀吉が座った巨大な大広間に座って家康は「これからは自分の時代にするんだ！」という実感を感じたと思う。関ケ原の決戦の場面でも三成たち西軍は、夜、雨のなかを急いで移動して、笹尾山をはじめとして陣地構築をする。南宮山の頂上に毛利の主力軍がいて、三成たちはその南宮山の裏、南側を迂回していく。家康たち東軍は、南宮山の正面を関ケ原に向かって進軍していく。非常に近い距離で、夜、徳川の東軍の主力軍と西軍の毛利がそこですれ違う。どちらか一人でも鉄砲を撃ったらもう戦いが始まるかもしれない。そういう緊迫感があったのではないかと思います。

原田　映画にも伏見城の千畳敷は出てきます。東本願寺さんがはじめて映画の撮影に四百畳の大広間を使わせてくれた。家康はかなりの勝負師です。ただ家康が陣を張るところは桃配山であろうと読まれていた。

葉室　本多正信って老獪(ろうかい)な、いやな人間ですけど、彼は若いときに、一向一揆のほうに加わって家康に背いています。正信が晩年に家康に尽くしたのは、申し訳なさ感もあったのかもしれない。司馬作品の全体を貫くのは、人の見方が複眼的ということです。若いときはこうだったけど年取ってこうなってるとか、すべて描かれている。人間通である司馬先生によってはじめてできたと思います。だから何回読んでもいろんな読み方ができる。

古屋　私たちにとっても「天下分け目の関ケ原」が、小さいかもしれませんが、あると思います。そのときにどういう行動を取ったらいいのか。司馬さんの作品は、私たちに何を語りかけているのでしょうか。

『戦争と平和』に匹敵のドラマ

千田　『関ケ原』の小説のなかで、私もできることなら三成についていきたいと思ってますけども、たぶんすぐ家康についてしまうかもしれない。ただ、あのときに天下を誰が治めていくか、誰がもう一回秩序ある社会を建設していけるかということでいえば家康は、間違った選択ではなかった。

原田　トランプが大統領になっちゃうような時代ですから。トランプは家康的で「儲かりまっせ」の世界です。利によって口説いている。だからこそ、三成の言っている義。それを尊ぶことが必要だと思います。

今の三成だなと思った人物がいます。オリバー・ストーン監督の映画『スノーデン』を見たんですけど、やっぱり（米国家安全保障局によるネット監視活動を暴露した）スノーデンがやったことは、あれは三成と近い。国家よりも人間として生きていくことを優先させて自分の決断をした。自分のプログラムが監視する人間を抹殺するほうに使われていくとなったときのスノーデンの決断。同じようなことが三成にもあったという感じがしました。

伊東　今は、世界中に保守主義の嵐が吹き荒れています。その結果、トランプが大統領になり、ヨーロッパでも保守政党が票を伸ばしています。それだけではなく、ポピュリズムによって政権を維持するロシアのプーチンや、一党独裁体制で強固な政権基盤を維持しようとする中国も見逃せません。両陣営の関ケ原はあるかないかというと、私はあると思います。それが大きな軍事衝突になるか、冷戦のような封じ込めになるかはわかりませんが、間違いなくあるでしょう。忘れてはならないのは、今でも米国の政治組織や軍事力が世界一だということです。その最高司令官の座にトランプがいるのです。民主主義国家という日本の立場を考えると、トランプ政権に追随せざるをえません。安倍総理も藤堂高虎にならざるをえないのです。

葉室　第二次大戦後の日本の総括は、戦争が問題解決の手段とはなりえないという総括だったと思います。理念とか理想ではなくて、現実問題そうだった。いろんなぶつかり合いをしても得したやつはいない。みんな損したというのが総括だった。

家康と三成のどちらが義かという話になれば、三成の義は主君に仕えるという個人の武士としての義。しかし、歴史の流れでいえば、朝鮮出兵の戦後処理が課題だった。その視点に立つならば、家康には大義があった。これから世の中が乱れるかもしれませんが、我々は、世界はどうあるべきかという自分らの大義の中で考えたほうがいい。自分は無関係だということではなくて。司馬さんはいろんなことを教えてくれていると思います。人間って、みんないいやつであり、悪いやつでもある。人は変わるし、いろんな面をもっている。そのときだけで決めつけないでやっていかなきゃいけないなと思ったりもします。

原田　僕は司馬先生の『関ケ原』というのはトルストイの『戦争と平和』に匹敵する壮大な人間悲劇・人間喜劇だと思います。石田三成のキャラクターで司馬先生がお書きになったのは、ある意味で日本を代表するリベラリストだった石橋湛山（たんざん）さんに通じると思いました。「人は国家をかたちづくって国民として団結するだけのために生きているわけじゃない」。人類として、個人として、人間として生きるということです。三成が生きていたら、けっして彼は豊臣家の中でのポジションに固執しなかっただろうし、リベラルな政権をつくってたんじゃないかと思ったりします。

『燃えよ剣』『新選組血風録』——人は変革期にどう生きるか

浅田次郎
磯田道史
木内昇
原田眞人
司会・古屋和雄

浅田次郎（あさだ・じろう）
一九五一年生まれ。作家。『鉄道員』で第百十七回直木三十五賞、『壬生義士伝』で第十三回柴田錬三郎賞、『中原の虹』で第四十二回吉川英治文学賞、『帰郷』で第四十三回大佛次郎賞を受賞。ほかに『一路』『大名倒産』など。

磯田道史　222ページ参照

木内昇（きうち・のぼり）
一九六七年生まれ。作家・編集者。『漂砂のうたう』で第百四十四回直木三十五賞、『櫛挽道守』で第九回中央公論文芸賞、第二十七回柴田錬三郎賞を受賞。ほかに『茗荷谷の猫』『よこまち余話』『万波を翔る』『剛心』など。

原田眞人　258ページ参照

（二〇一八年二月十六日開催・第二十二回）

古屋　新選組司馬作品との出会いからお話しいただけますか。

磯田　まずいんですが、私は『燃えよ剣』を読んだ記憶がない。『新選組血風録』は大学院時代に読んでいます。あわてて先ほど渋谷の本屋さんで買って開いてみると拾い読みはしていました。歴史学者ですから裁判官と同じで、証拠資料はまず一次資料を読んでものにしてから読むようにしています。小説から読むと小説の頭で資料を見てしまう。新選組は資料が少ないニッチな集団。永倉新八（二番隊組長）の『浪士文久報国記事』などを読まないと、と思いながらそのままになっていた。先ほどあわてて『燃えよ剣』を読破しましたが、土方歳三（副長）、格好いいですね。

木内　私は中学時代だと思います。司馬遼太郎をバイブルみたいに読んでいた時期がありました。『燃えよ剣』を手にとって新選組女子がそうであるように土方歳三の格好良さに打ちのめされました。思想が入り乱れる中で、なぜ同じ尊皇攘夷の長州と新選組が戦うのかわからなかった。そこを理解しようとのめり込みました。

原田　たぶん高校時代です。長州贔屓（びいき）の祖父から桂小五郎の話をよく聞いていて、ずっと新選組は敵でした。『燃えよ剣』を読むと祖父の言っていた新選組と違うと思った。

新選組に走ったのはそれからです。今はいちばん映画化したいと思っている作品なので精読しています。近藤勇（局長）と土方と沖田総司（一番隊組長）との会話にしびれて
います。

浅田　中学か高校の頃に読んだと思います。ぼくは新選組の小説を三つ書いていますが、歴史小説を書くとは思っていなかった。歴史は好きで読んで新選組マニアの一人でした。新選組ブームというのは二十年に一回くらいくるのですが、その間にも新選組オタクが若い人の中に一定数いる。京都にある壬生寺の近藤勇の遺髪塔に行くと、泣いている女性がいるんです。

磯田　います、います（笑）。

浅田　歴史上の人物であんなふうに愛着を持たれている人はそういない。でも熱病みたいなもので何年かで冷める。ところが熱冷めやらずに研究し続けている人が存在する不思議なジャンルです。私が『壬生義士伝』を書いてからも新発見がいくつも出ています。ただ、それほど歴史に影響を及ぼしていない。池田屋事件が起きたから維新が十年遅れたとかよく言われるが、ぼくはそうは思わない。新選組はいてもいなくても歴史は変わらなかったはずです。

　純粋な草莽の志士。そこが新選組の最大の魅力です。みんな人間臭くて偉い人はいない。司馬さんは史実とフィクションとを織り交ぜて小説にするのがうまい。『新選組始

末記』の子母澤寛さんも上手でした。もっともらしいうそ話がちりばめられている。新選組の小説をどこが史実でどこがフィクションか判別しながら読むのも面白い。

古屋　木内さんは熱病になられた？

木内　浅田さんのお話のような行動をしていたなと思って（笑）。京都には八木邸はまだ残っていますので、土方が芹澤鴨（初期の新選組局長）を襲った時の刀傷を見てどのように殺したのか妄想したり、彼らがたどっただろう道を歩いたり。池田屋事件の現場は小さな石碑があるだけですが、回想しながらそこに何時間もたたずんだり、緊迫感を持って高瀬川の縁を歩いたり。一緒に行った人には理解されず随分と友達をなくしました。函館の土方が死んだ場所でも瞑想を続けました。私のように熱に浮かされた人では友達をなくした人がたくさんいると思います。

磯田　司馬さんは敗者の視点から幕末を書いた。その時に三本の柱を立ててくれた。ひとつは最後の将軍の徳川慶喜。将軍を支える会津藩の松平容保。もう一つが長岡藩の河井継之助。三本立てると家はできる。じゃあ新選組は何かというとその上のテントにかかっている色だと思います。日本人とはどういうものか。負けるとわかっていながら倒れる家のためにあそこまでやるのか。新選組の色とは何か。日野で武士の世に生まれた。愛国心というか愛郷心というか節義を通して最後までその武士の志を保つようにやった。この対極にあるのが坂本龍馬です。龍馬は新時代に必要と勝海舟や横井小楠らを選んだら、過去を捨てて愛す。『竜馬がゆく』と『燃えよ剣』の二つを読むと日本人の両面をとらえて立体的に描かれている。司馬文学の奥深さだと思う。

卓越していた情報収集と即時攻撃

古屋　『燃えよ剣』が昭和三十七（一九六二）年十一月、『新選組血風録』が昭和三十七年五月、そして『竜馬がゆく』が三十七年六月から連載開始。幕末を勤皇と佐幕の両方から書いていています。これはすごいことかなと思います。

磯田　司馬さんの立体史です。

原田　司馬先生は、幕末の時代に最大の浪人結社が二つあった、一つが新選組でもう一つが長崎の亀山社中のちの龍馬の海援隊だと書いていています。映画の構想を練っていると、龍馬とシンクロさせないといけないので『竜馬がゆく』もまた読んでいます。脇役の土方が冷血で面白い。特に池田屋事件はミステリーです。監察の山崎烝(すすむ)が中に潜んでいたと、フィクションで司馬先生は小説を書かれています。ただ、報奨金に名前が載ってないので留守番部隊だったとされていますが、確実ではない。どこに真実があるか探るだけでも興味深い。龍馬の側と新選組の側からみるとどう見えるのか。それプラス『胡蝶(こちょう)の夢』の松本良順(りょうじゅん)からみた新選組像もすごいですよ。

浅田　池田屋事件は仕組まれていたと思う。階段を駆け上がっていったのが近藤と沖田。永倉新八は二人に負けず劣らずの剣客なのに他流派の神道無念流ですから下で待っている。小説家風の発想ですが、天然理心流の名を上げるために仕組んだパフォーマンスの大成功だった。そうでなければ、師範と師範代が命懸けで飛び込んでいかないと思います。

古屋　新選組のメンバーでいちばん好きなのは誰ですか。

磯田　史料を残した永倉新八とか斎藤一（三番隊組長）が気になります。この集団がなぜ必要だったか分析して舌をまくのは土方です。当時の武士社会ができなかった情報入手と即時攻撃をした。敵がどこにいるかを探る諜報力があって、見つけたらすぐに攻撃する。普通なら警戒する長州藩関係者も入隊させて、泳がせ尾行して相手側の拠点を割り出す。会津藩や桑名藩がつかめない池田屋の情報を土方たちだけが知っていた。

原田　近藤と土方は最初からフライングするつもりだった。会津藩が来る一時間前にやっちゃおうと決めていた。現実に池田屋に後から駆けつけた土方らは会津藩兵を中に入れさせず封鎖しています。

浅田　彼らは名字帯刀を許された農民の出ですからコンプレックスが強かった。土方は武士道のひな型のようなことをしていたのもそのためです。

木内　『燃えよ剣』にも書かれていますが、土方は組織作りの天才だったと思います。ただ、政治色の強い組織ではなく、野性の勘と形骸化した士道の両立で組織を作っていた。隊士たちは土方の勘を理解できなかった。そこの面白さもある。池田屋事件の後に近藤が浮かれてしまった時に、試衛館（天然理心流の道場）組の永倉と原田左之助（十番隊組長）ら一団が会津藩に非行五箇条を訴えた。土方は許せなかった。近藤や永倉が江戸に隊士募集に行った翌日に、永倉らと一緒に非行五箇条を出した伍長の隊士を切腹させる。今度はただではおかないという土方流の粛清です。ただ試衛館組だけは特別に守った。矛盾した粛清ですが隊内を強くまとめていく。思想が二転三転した幕末ですが、一本筋が通ったスポーツ的なチーム作りの面白さを感じます。

原田　思想戦でボロボロになっていくのが近藤です。土方には司馬先生はイデオロギーを語らせていない。喧嘩師の生き様を全うさせている。土方は近藤と芹澤の蜜月を引き離す目的で洋式軍隊を作り取り入れたと思う。『燃えよ剣』ではこのノウハウを会津から学んだとなっていますが、むしろ、当時京都町奉行であった永井尚志（なおむね）に接触したのではないか。蘭学の達人ですから。土方のその後の組織作り、生き様も進んで西洋的なるものを取り入れている。安政の大獄で斬首された越前の思想家、橋本左内にも影響を受けていたように私は思います。

史料を基にどこまでウソをつくか

磯田　司馬さんが土方歳三をこんな生き生きと書けた理由は何か。土方が合理的だったことがひとつ。それに思想で動き回らない。土方がいちばん信じているのは剣です。

木内　司馬遼太郎の殺陣（たて）のシーンは迫力があります。瞬発力とか臨場感を感じる。読んでいていつも力が入ります。あの迫力はなかなか出せません。

原田　すごくリアルです。ただ、池田屋事件でも一時間四十分の殺し合いで実際に死んだのは四人。現実にはサッカーのように前後半四十五分走りづめとはいかない。真剣は重いし、二分も振り回したらまずダメです。ボクシングのように一ラウンド終わったら休んでまた斬り合いをしたと思います。司馬先生は小説で劇的に書いている。

磯田　チャンバラを実際にみた人の証言を集めたことがあります。にらみ合っている時間が長いそうです。斬り込んで指が飛んだり頭が斬られてまげが飛んだりしてまたじーっとにらみ合う。にらみ合う時間は映像化されないから。

原田　にらみ合って「数時間後」とか字幕入れて、また斬り合ってもいい（笑）。油小路の決闘の現場に斬り落とされた指がたくさん落ちていたという翌朝現場を見た老婆の証言もあります。指を切ったら刀を握れないから、そこを狙うせこい剣法も映像でやってみたい。

浅田　『一刀斎夢録』で小説にした斎藤一は謎の多い人で小説にしやすかったし好きです。他は司馬さんと子母澤さんで書ききっているから（笑）。怖い話ですが、指が落ちるのはコテが入るからでしょう。剣道では深い浅いで一本にならないこともありますが、真剣だったら浅くても当たったら指は落ちます。

古屋　土方が芹澤鴨を殺すところとか局中法度を出す場面など新選組が変わる場面があったと思いますが。

磯田　土方が新選組の方向を決めた局面が二つくらいあります。芹澤鴨を殺すと決断する場面と敗戦濃厚となった場面で甲府城を取りにいった前後です。近藤は自分の進む道をいつも女房役の土方に決めてもらっている。

浅田　ぼくは土方が近藤を引きずっていたと思います。近藤は純情で口下手な人。いろんな思想は持っていたが論客ではない。天然理心流でひと旗あげるために京都に来たが自分の思いとは違う方向に行ってしまう。土方はここまできたら引き返す訳にはいかないと引っ張っていく。それが流山の最後の別れになったと思います。

原田　幕末の江戸は道場が六百ぐらいあった。大学だとすると北辰一刀流は東大ですね。天然理心流は東京近郊の私立の二流大学。伊東甲子太郎や山南敬助らは東大卒です。流派の違いやコンプレックスが面白い。

浅田　どこまで真実でどこまでうそを書くかは難しい。すべて真実ならノンフィクションか学術書になってしまう。史料を基礎にしながら、いかにうそをつくかが小説家だから司馬さんは本当に素晴らしい。うそに出会うたびにこう来ますかと。小説家から見るといちばん感心する小説です。

原田　本当に薄皮一枚ですから。お雪の絵の先生の名前も出てきて、いるかと思って調べるといない。それに近い残酷絵を描いていた絵師は実在していた。私の中ではお雪のイメージがどんどん膨らんでいます。小説でいちばん気になる人はお雪です。箱館に行く場面も含めていかにリアルに見せるか。

古屋　女性から見て魅力的な人物は誰ですか。

木内　私は永倉新八が好きです。平常心というか、何にも影響されず淡々としていた気がするんです。独特の立ち位置。若い頃の写真と晩年の写真が残っていますが、表情は何一つ変わっていないことに永倉の人生を感じました。六尺（約一八二センチ）近くあって剣も達人だった。いざという時に近藤をいさめているのが永倉です。土方は近藤に甘いというか、あえて立てて利用していた。その中で正論を言って新選組を引き締めていたのが永倉だったような気もします。

磯田　『燃えよ剣』のラストシーンで土方が討ち死にする場面は剣士のオーラというか風圧を書いている。銃を構える新政府軍の兵士が馬上で剣を構える土方を恐れて近づけない。剣を振るって組織を作り上げた人です。流れ弾に当たって戦死したとしても最後まで剣を振るった。沖縄戦でも抜刀突撃がありました。どこかに日本人は土方的なものを抱えていると思います。

原田　永倉新八は、私は読むほどにつまらなくなってしまった。土方を別格にするとリアルな人物でいえば井上源三郎（六番隊組長）です。最も古株で土方に反発する若者を源さんが宥めていた。彼は鳥羽伏見の戦いで戦死する。あそこで新選組は崩壊したと思います。

鏡の表裏だった土方と坂本龍馬

古屋　「男の一生というものは美しさを作るためのものだ、自分の」という土方の言葉があります。

木内　中学高校の時は私もそういう生き方を理想的だと思っていました。変節する難しい時代にあえて土方は自分の意志を曲げずに頑固に貫き通した。沖田総司は労咳で薄幸な美青年で天才剣士というイメージですが、ヒラメ顔という説があります。言葉を交わさなくても土方とツーカーで通じ合えたのが沖田だと思います。沖田も感覚的な人で剣は教えられない。自分が全部できる天才ですから。土方と方向性は違うけれど、土方のことが唯一感覚的にわかる理解者だった。

浅田　沖田が小柄な美青年というイメージはいったいどこから出たのか原典がわからない。色が黒くてヒラメ顔がいつ美青年に変わったのでしょう。

原田　明るいことは間違いなかった。明るさを映像化しようとすると中村錦之助になったりする。ぼくが映画を作る時も沖田は美剣士にします。

磯田 すごいハンディを持っているところが沖田の魅力です。スタミナがないと死ぬのに戦いに参加する。沖田の墓は麻布税務署の向かいにある。普段は閉鎖されていて塀の外からぴょんぴょん跳んでのぞきます。可哀想でいとしい感じがある。

原田 沖田がいることによって『燃えよ剣』が面白くなる。土方の男の美学はいま読むと少し鼻につくところはある。沖田だったら「女だってそうですよ」と言えるタイプ。二人の関係を司馬先生はうまく書かれています。

古屋 司馬さんは「血のにおいが鼻の奥に溜まってやりきれない」と書いておられるが、その小説にあえて清涼感のする明るい沖田を登場させたという見方は私の妄想でしょうか。

木内 そういう部分はあります。天真爛漫（らんまん）と剣の道を進んでいく少年で主人公の良き理解者。彼が出てくると安心する。

磯田 沖田だけは、戦で相手を倒そうが生存はない。労咳で死が決まっている。そういう人間は無欲にしか見られない。だから必須の人物として描き込んだ。

原田 芹澤鴨を殺す時も土方から「お前は弟のように可愛がられているから、部屋が真っ暗でも何があるかわかるようにしておけ」と言われた。最初は沖田は芹澤の寝顔が可愛いと言って断ろうとする。しかし最後は自分が先頭でやらせてくれという。あの明るさは小説として面白い。

浅田　ぼくは芹澤鴨はとても格好いい人だったと思う。スタイリッシュで尊皇攘夷の看板を背負っているスターです。武骨な近藤はその格好良さに影響され、まねをしていた。兄二人は水戸藩士で芹澤家は由緒ある古い名家です。血筋も正しいし教養もある。その芹澤を暗殺した時にハードルを飛び越えた。あそこが「新選組」になった瞬間だと思います。

古屋　文庫版『燃えよ剣』の解説で陳舜臣さんは司馬さんが土方と坂本龍馬を同時に書きはじめたことについて、二人は典型の中の典型で、悲劇的な最期を遂げたことも似ている、二人のレクイエムの意味もあったと書かれています。

原田　土方と坂本龍馬は鏡の裏表です。立場が違えば土方も龍馬になっていただろうし龍馬も土方になっていた。二人の間にいるのが永井尚志です。その三人の関係にとても興味があります。

磯田　永井にきちっと証言してほしかった。彼が詳細な回顧を残していれば幕末期の謎はかなり解けると思います。永井は三島由紀夫の親戚ですね。

原田　父方の高祖父です。

磯田　司馬さんは必敗の兵として戦争に行った。武士の世の終焉である土方が弔（とむら）われるシーンを書きたくて、この小説を発想した気がします。

木内　普通は黄金期を書きたくなるのですが、滅びていく過程を詳しく書いています。

組織は崩壊したが、最後はお雪さんのように見守ってくれる人がいた。温かみを感じます。

古屋　人は変革期をどう生きるのか。司馬作品を通してのメッセージをいただきたいと思います。

浅田　現在も大変な変革期にあると思います。IT化がすごい勢いで進んでいる。私はついていけない。テレビを見ていてもコマーシャルの半分はわからない。土方のすごかったところは柔軟性があった。変革期には新しいことを理解しなければ、と思いながら私はいまだに原稿用紙に万年筆で書いております。

原田　変革期には勝者より敗者から学ぶほうがいいと思います。才能があるのに無念の思いで死んでいった人たちから学ぶことに意味がある。関ケ原の映画を作った関係もあって石田三成と土方が重なってくる。筋を通して生きている。土方は慶喜みたいな人間を嫌悪していたであろうし、志高く技術の勉強にも励んだ。職人の鑑（かがみ）のような人です。司馬先生が書く前は冷酷無比な男とされていた土方がこれだけ自由に生きて自分の人生を全うしたんだよと教えてくれた。

日和見でなく自分を通した人生を

木内　司馬さんが書かれるまでは土方も坂本龍馬もメジャーではなかった。そういう人から組織作りや時代を変える目線が生まれた。変革期というと時代を変えた人たちが称賛されますが、今の地盤を守ることも価値がある。変えるほうか踏みとどまるほうか。最終的に自分がどうしたいのか見誤らないことも大切です。幕末には日和見(ひよりみ)な人が多かった。得か損かで物事を考えない、自分を通した人生は豊かになると思います。

磯田　我々が直面している問題は土方の悩みそのものだと思います。土方も我々も苦しめられているのは「人間か機械か」という問題です。土方の時代は人間の持つ剣が集団の持つ銃、つまり機械に否定される。銃の前に武士はいなくなった。我々も人工知能・AIの発展に直面している。画像認識もすごい速度で進み、ここにある菜の花も将来は機械が並べる時代になる。タクシー運転手やスーパーのレジ係だって人間から機械に変わっていくかもしれない。ある種の人間の否定かもしれない。このテーマはとても大きな意味がある。

浅田　恐怖を感じるね。小説家はアナログな仕事です。会社員ならば最低限パソコンは覚えるのにそれさえできない。それ以前に人工知能が小説を書くかもしれない。

原田　映画界も変わってくる。役者が必要なくなるかもしれない（笑）。デジタライズしてイメージを作ってリアルにすれば、言うことをきくAさんBさんという大スターになっていくかもしれない。

古屋　やっぱり岡田准一さんや役所広司さんのほうがいい（笑）。

原田　もちろんそうですよ。私は土方歳三のように昔からの映画作りにこだわります。幕末には時代を変えようとする若い世代が同時多発的に出てきた。それが今と違う。

磯田　医療技術も進歩するから寿命の姿も変わってくる。何億円もかければ百二十歳まで生きられる技術ができたら、金持ちは長生きして貧乏人が早死にするのかという問題まで突きつけられる。

私は京都に移り住んでから修学旅行の中学生五人を連れて幕末維新の名所を案内したことがあります。コースは彼らが決めて最初は壬生寺の芹澤鴨の墓に行き、新選組の屯所を見せて最後は霊山の幕末志士の墓でした。回った後で「時代は変わるけれども勝っても負けても人は殺さぬことが大事だ」と話しました。

格好良く見えるけれど生身の人間が死んできたんだということを抜きにしては司馬さんの本旨に反する気がしました。この物語を読む時にね。

浅田　変革の時代だからこそ必要なのは文学や哲学だと思う。科学は積み重ねてどんどん進歩するから、それを支えるための教養主義がないと崩壊してしまう。

磯田　ＡＩは目標とルールが決まったものについてはあっという間に実現してしまう。しかし、ＡＩは目標を確立できない。原点に戻って考えるためにも教育や人育ての面でも哲学は非常に重要になると思います。

『梟の城』——忍者の世界をどう読んだか

安部龍太郎
磯田道史
佐藤優
澤田瞳子
司会・古屋和雄

安部龍太郎（あべ・りゅうたろう）
一九五五年生まれ。作家。『天馬、翔ける』で第十一回中山義秀文学賞、『等伯』で第百四十八回直木三十五賞、二〇一六年に第五回歴史時代作家クラブ賞（実績功労賞）を受賞。ほかに『海の十字架』『迷宮の月』など。

磯田道史　222ページ参照

佐藤優（さとう・まさる）
一九六〇年生まれ。作家・元外務省主任分析官。『国家の罠　外務省のラスプーチンと呼ばれて』で第五十九回毎日出版文化賞特別賞、『自壊する帝国』で第五回新潮ドキュメント賞、第三十八回大宅壮一ノンフィクション賞を受賞。

澤田瞳子（さわだ・とうこ）
一九七七年生まれ。作家。『孤鷹の天』で第十七回中山義秀文学賞、『満つる月の如し　仏師・定朝』で第三十二回新田次郎文学賞、『若冲』で第九回親鸞賞、『星落ちて、なお』で第百六十五回直木三十五賞を受賞。

（二〇一九年二月十六日開催・第二十三回）

古屋　『梟の城』といつ出会い、どんなふうに読まれたのかを最初にお聞きしたいと思います。

澤田　私は映画でした。一九九九年、大学四回生の時に篠田正浩監督・中井貴一さん主演作品を見ました。当時は歴史ものにそれほど興味がなかったのですが面白かった。自宅に帰って母（注：作家の澤田ふじ子さん）に言うと「えっ」と驚かれました。その後に本を読んだのですが、衝撃を受けたのは映画では途中で死んでしまう木さるが死なず、女性忍者の成長ぶりが描かれていた。今回改めて読み直して野生児のような木さるが男性との関係で成熟し、最後の立ち去るシーンに寂しさを感じました。司馬作品の中でひとりの女性の成長がこれだけ克明に描かれている例は少ないと思います。

安部　私は学生時代に初めて読んで、プロの作家になってテキストとして読み、今回が三回目です。司馬さんは歴史小説を書く作家にとっては大きな壁です。プロになると意識して素直に読めないのですが、今回は面白くて夢中で読みました。天正伊賀の乱で織田信長に伊賀忍者群は壊滅させられる。壊滅から十数年経って忍者たちが新しく生きる道を探している姿に司馬さんは敗戦後の日本人を重ねているように感じました。

佐藤　私は仕事の関係で読みました。一九九八年八月に当時の小渕恵三総理から、十一月に日ロ首脳会談があるから情報を収集分析するインテリジェンス（諜報活動）の特別チームを作るようにと言われました。陸軍中野学校出身の人に会ったり資料を調べたりすると、中野学校では甲賀忍者の授業をして実践に生かしていた。そういう過程で忍者小説を漁って読んだ中の一冊です。インテリジェンスの面でも一級の作品です。小萩ら女性忍者は美人すぎたり不美人でもダメです。記憶に残るのはよくない。それでいてチャーミングでないといけない。その難しさ加減をうまく描いている。今回はキンドルの電子書籍と紙の新潮文庫の二つを同時進行で読みました。すると印象が違う。紙で読むと「木さるはなぜ手を切り落とされただけでフェードアウトするのか」などいくつも疑問が出るのに、電子書籍は流れるように読むからか疑問が出なかった。

磯田　私は司馬作品は小学校の頃から読み始め、最初は『関ケ原』とか戦国武将ものから入って高校、大学一年でひと通り。それからです、忍者ものは。司馬さんの執筆順序からいうと逆です。『梟の城』を読むと面白くて、こっちから読めばよかったと思ったぐらいです。何に感動したかって、まず冒頭の名文ですね。二行目に「笠置に陽が入れば、きまって御斎峠の上に雲が湧いた」とくる。私は本当に夕方に御斎峠に雲がわくのかと伊賀を旅行した時に現地で聞いて歩いた。すると誰も雲がわくと言わない。司馬さん一流の比喩で、夜が近づくと忍者が雲のように現れることだと思うと嬉しくなった。

この小説はよく資料を読み込んでいます。江戸時代の『万川集海（まんせんしゅうかい）』がおそらく種本だと思って探したが、すぐには見つからなかった。ネット検索もない時代にどこで読まれたのか。記者時代に東本願寺の書庫や京都大学の図書館などに出入りして資料を読み込んで書いたことが後にわかりました。私が忍者研究を始めたのは、これ以上のことを知りたいと思ったからです。忍者というのは秘密のことが多い。今はあまり話したくはないんです（笑）。

古屋　司馬さんは連載予告で、京都三条河原で処刑された盗賊・石川五右衛門を書こうと想定したが調べていくうちに構想がねじれてきて、二人の伊賀者が権力と謀略の手先に使われつつどの様に生きたかを小説という形で追っていきたい、と書いています。

澤田　司馬さんにとって初めての新聞連載です。すごく覚悟を持って臨まれたと思います。登場人物が主役だけでなく敵役や脇役までカッコいい。老忍、黒阿弥が私は好きです。「歳だな」とぼやく姿がいい。読み物として引き込まれてしまいます。

読者を忍びの術にかけるような

安部　歴史的背景をしっかり押さえながら、登場人物のキャラクターが見事に立っている。葛籠（つづら）重蔵や風間五平だけでなく木さるや黒阿弥も忍者とは何か、どう生きるべきかを考えている。ある意味で哲学小説になっています。最後に重蔵が禅問答をしている場面などは見事です。歴史小説を哲学小説にまで高めて、人間とは何かまで考えさせる作家はなかなかいません。小説でいちばん苦労するのはどの視点で書くのかです。物語は一人の人物の視点で書くほうが楽ですが、登場する人の後ろにカメラを置いてそれぞれの視点から書くことは難しい。脇役も含め、どの人物もちゃんと書けないとできない。この小説はそれがうまくできています。

磯田　信長から秀吉と天下人がタテ型の鉄壁な組織社会を作った。この権力社会は徳川幕府から明治と続き、昭和の戦争を経ても会社組織というものが現在もある。司馬さんは組織社会から距離を置いている。朝鮮侵攻では国内動員も含めれば四十八万人も動員した秀吉。つまり巨大組織人に対し、自分一個の技で生きるスキル・フリーランスの対決を描きたかったのだと思います。天下人の秀吉に「お前の技にはまいった」と命乞い(いのちご)をさせたかった。いまやＡＩの時代になって巨大組織の支配なんてどうなるかわからない。除け者だったスキル・フリーランスの忍者の生き方は参考になります。

佐藤　この小説では信長は悪役ですね。伊賀を滅ぼしてしまうし、比叡山も焼き討ちする。お坊さんが主な読者の中外日報という宗教新聞の連載で、制約も考えながら書いています。あることを別の面から見ると違ったものに見えるというのは仏教の得意なところです。司馬さんはそういう面も小説の中にうまく織り込んでいます。最後は石川五右衛門で着地するというのも一つの制約で、その制約の中で登場人物を自由に動かしている感じがします。

澤田　私は資料と資料の間を埋めるのが好きで、制約があるほうが燃えます。ただ、司馬さんの場合は連載予告で石川五右衛門に触れています。読者はいつ石川五右衛門が出てくるのだろうかと、どきどきしながら注目していたと思います。そしたら最後の最後で出てくる。ある意味、司馬さんは読者を忍びの術にかけたような気もします。

安部　うーん、私は五右衛門は仕方なく出した気がします。どこかで着地しないといけないので。司馬さんは最初は五平が石川五右衛門になっていく過程を厚く書こうと思っていた。ところが書いているうちに体制側に擦り寄る五平と忍術を極める重蔵との対決のほうがはるかに面白くなって、石川五右衛門のことはほとんど忘れていたと思いますね（笑）。情報の質と相手の人間そのものをどう解釈するのか。嘘の情報を流して誘導しているのかもしれない。解釈のしあいが忍者小説を一級のインテリジェンス小説にまで高めています。

佐藤　嘘のような本当のことや、本当のような嘘のことを適宜混ぜているのは見事です。いい情報を取るためには必ず自分からも流さないと情報の仕事はできません。スパイは例外なく二重スパイです。ようするに警察から見るとロシア人と接触する日本の外交官は潜在的スパイなんです。こっちは北方領土返還のために命がけで動いているのに、警察だけでなく公安調査庁からも尾行されるし、二重三重の追跡で現場では訳がわからなくなる。その辺のぐちゃぐちゃした感じ、『梟の城』にはよく出ています。

職能、合理的計算、プラス運

磯田　江戸時代の忍者の世界も同じです。忍者は伊賀は伊賀同士、甲賀は甲賀同士でつながっています。甲賀忍者は昔どこの藩にも入っていたので、情報交換で全国各藩の情報を集めることができると「甲賀忍之傳未来記」という史料に書いてあります。忍者も二重スパイです。情報のやり取りをしないと役に立たない。一方で忍者は呪いと輸入火薬や毒薬などをよく使います。反江戸的な面もあると思います。

古屋　第十七回司馬遼太郎賞の作家、沢木耕太郎さんが『梟の城』のことを一九八一年に「くすり笑った司馬遼忍者」という新聞コラムに書かれています。くすりと笑う主人公、重蔵の不思議な明るさを書いたもので、その後の司馬作品につながっていると指摘しています。

安部　忍者ですから大笑いはできない。いつも自分に向けた自虐的な笑いと相手に向けた対比的な笑いです。「おまえ、太閤とか威張っているけど、ただの老人じゃないか」と哄笑する。ニヒリズムとダンディズムがうまくまざりあって素晴らしい味付けになっています。

澤田　木さると小萩が出会う場面があるんですね。小萩が「お猿にしては、美しすぎるけれども」と言うと、木さるが「ほんとに、うつくしい？」と聞く。そのうち小萩は木さるを持てあまし気味になる。二人とも忍びで完璧な職業集団の仕事をしながらも可愛らしいところがちょこちょこっと出る。小萩も感情がパッと出る場面もあって登場人物たちのキャラクターの説得性を補完している気がします。

磯田　司馬さんの女性の書き方はシンプルです。この小説が明るいのは司馬さんがみどり夫人と結婚された頃の作品で、最後も重蔵が小萩と幸せに暮らしていくのもそのためかと思ってしまいます。笑い話ですが、司馬さんは薬局の息子さんですよね。それが新聞記者になる。戦国時代ならうまく薬を使って、忍者になっていたかもしれない（笑）。

佐藤　女性についてですと、小萩に付いている楠という女性、時々「おひい様」と言って白目になる。迫力があって印象的ですね。あそこは決してシンプルではありません。私の知っているかぎり、クスッと笑うのはやり手の国際弁護士です。それと国際的トレーダー。この人たちは大笑いもしないし、カッともしない。海外の有名ロースクールなどを出て個人的スキルを持ち、横のネットワークもある。事案で敵になったり味方になったりする。忍者と似ています。ある意味、忍者の世界はポストモダン的とも言える。

磯田　忍者はどこに反応しているとか見せたらダメだから、クスッとしか笑えない。私の友人だと俳優の堺雅人がそうです。凄い役者は修行しているのか忍者に通じるところがあると感じます。

佐藤　人間は認識の限界に来た時に笑います。いま思いついたのですが、クスッという笑いと楠の白目が同じ機能を果たしていると思えてきました。場面をちょこっと転換するために必要なんです。講談師がハリセンをたたくように。

澤田　確かに楠が出てくると小萩の行動が加速するというか変わります。

佐藤　狂言回しの中で楠は重要な役割だと思います。

安部　現代は終身雇用制が崩れて、一人ひとりのスキルで生きていかなければならない時代になってきました。まさに予言的だと思います。そうでないと生き残れない。個人で生き残れない奴の面倒を見ることはないと繰り返し書かれている。司馬さんが軍隊のなかで、職能があって覚悟があって、自分の哲学を持っている人が生き残るのを見たり聞いたりしてきたからだと思います。

佐藤　職能プラス運のよさ。それと同時に合理的計算です。木さるが斬られると思った時に、どのように斬られるかを咄嗟に考えた。私なんか身につまされます。十七年前の今ごろは鈴木宗男事件で私は大変でした。木さるは手首を切られても命は助かると計算した。斬られて逃げる。司馬さんは修羅場を経験したから書けるのだと思います。皆さんももし東京地検特捜部に逮捕されそうになったらこの辺を読み直してください。誰だって一定の確率で起こり得ます。私だって事件の二年前は総理からいい仕事をしたと褒められたのに暗転する訳ですから。それと木さるのその後が知りたいですね。伊賀の里に帰っているはずですから。重蔵と小萩もいる。木さるの性格からしたら二人のことを調べない訳はないですから。別のドラマが隠れているはずです。

古屋 澤田さん、続編を書いていただけませんか。

初期作品にこそ出る作家の世界観

澤田 『梟の城』では男二人に女二人ですが、続編になってしまうと男一人に女二人ですからちょっとややこしくなってしまいます(笑)。私は木さるがとっても好きです。彼女がその後出てこないのは、司馬さんとみどり夫人じゃないけれど重蔵と小萩の新婚生活を邪魔しないように退場させたと思います。

安部 恋をしている時は文章の艶が違います。司馬さんの数多くある作品の中でもこの作品は女性がいちばん輝いています。

佐藤 役所でもそうですが、ひとつの目標に向けて一緒に走っていると疑似恋愛的な雰囲気になる。一歩踏み越えてしまっても、秘密は当事者から九九パーセント漏れます。徹底的に秘密にしている人は弱点がないから面白みがない。やはりどこか抜けているかららいいのです。この小説に出てくる忍者も抜け加減がいい。

澤田 五平が路上で絡まれた時に「わしをなにびとじゃと思うておる」と言う場面があります。武士の禄を食んでいたせいもあるでしょうが、完璧な忍者とは言えない。黒阿弥も逃げる最中にぼやく。その抜け加減がたまらない。重蔵だって秀吉と一対一になっても殺さない。ちょっと抜けたところがあって物語が進んでいくのがいい。

磯田　完璧な忍者、例えばゴルゴ13だったら完全に秀吉を殺してしまう。それで石田三成が秀吉の替え玉を作ったりとなるんでしょうが、司馬さんは歴史をきっちり書きたい人だからそんなことはできない。私は秀吉自身も忍びの集団のなかに居たことがあったとみています。秀吉は浜松の松下という忍びもやる山伏の集団で三年間雇われ、便利がられていた。ひょっとすると司馬さんがいま書かれたら秀吉も忍者だったとなるかもしれない。

澤田　伊賀忍者と甲賀忍者の違いについては司馬さんは『風神の門』で書かれています。昨日、『梟の城』の映画を見直したのですが、黒阿弥役の火野正平さんが、「甲賀はええのう。信長に殺されずに若い者がいて。伊賀は年寄りばかりじゃ」と言っていたのが印象的でした。

古屋　司馬さんの「わが小説―梟の城」という文章の中に、出世を望まない職能人の忍者は新聞記者である自分自身ではないかというくだりがあります。

佐藤　私の知っている限りですが、生涯一記者で行きたいと言った人で部長昇進を断った人は一人もいません。部署によっても違うかもしれませんが。司馬さんの時代と違って今の記者の出世欲は官僚と同じように強いですよ。

磯田　司馬さんは得もしないのになぜ忍びをやるのだろうと思ったはずです。忍者は仏教を学び識字率も高い。忍者は感覚と欲望というのは儚いものであると知り技を極めていくほうに面白みを求めていく。仏教から得られた虚無主義と司馬さんは言われています。作家は初期に認められた文学にその人の世界観がよく表れています。司馬さんは記者時代に忍者の古文書を読んでそう思われたということですね。

安部　新聞記者の原点は明治の自由民権運動だと思います。政権に反対して運動を起こした人たちが地方で新聞作りを始める。一方、忍者の発生は中国では孫子の兵法に書かれているほど古い。それを渡来人の秦河勝が日本に持ち込んだ。伊賀忍者の服部は能の世阿弥とつながっています。

磯田　司馬さんは歴史学の先を行っている部分もある。小説の最初のほうで壇ノ浦の戦いで敗れた平家から伊賀平氏が生まれたと書かれています。平家と忍者の関係は否定できません。その一方で伊賀と甲賀の関係では、司馬さんに賛成できないところもあります。甲賀忍者も秀吉から迫害を受けているし、私の考えでは伊賀も甲賀も司馬さんがいうほどの違いはない。

安部　歴史の解釈は時代によって変わってきています。一つひとつ迷い始めたら小説は書けません。いわば気合で断定する。もちろん断定する根拠と責任は自分で持っていないといけませんが、それさえあればどのように書こうと構わないと思います。これは司馬作品から教わりました。

澤田　このあいだ、とある神宮に行きました。池がありまして、その横がちょっと結界みたいになっているところがある。最近、そこがパワースポットと呼ばれているそうで、結界のなかの石にみんな触っていく。同行してくれた研究者いわく、「この間までここの池はもっと大きかったんです。土を入れて埋めたところ池のなかにあった島が残った。そこのてっぺんが出てるだけで、パワースポットでも何でもないんです」。物語ってこれだと思うんです。ここがパワースポットであると思えば物語ができる。このように一つのものをどう見るかでたくさんの物語が生まれます。歴史小説を書いていて楽しいのは、解釈がわからないものがまだいっぱいある。聖武天皇が亡くなった十年後に聖武天皇の子どもだと名乗り出た人がいます。本物だったのか偽物か、その後どうなったのか、見方によっていくつもの物語が始まります。歴史をいろいろ分析することがとても楽しい。

古屋　最後にこれから『梟の城』を読もうという人たちに向かってのアドバイスをいただきたいのですが。

覚悟して読めばより大きな発見

澤田　今回読み直して、親やきょうだいを殺されて復讐を誓う重蔵が挫折をしながら忍びとして修行を重ね、最後は小萩と伊賀の田舎で幸せに暮らすという一人の男の成長譚でもあると感じました。歴史小説は偉人の物語が多いけれど、何度も挫折を味わった重蔵だとこれから人格的成長をする若い人もスーッと入ると思います。

安部　六百ページ以上の文庫本を読むのがつらい人は、「五三ノ桐」の章から最後の百ページをまず読む。そうすると前を読まずにはいられない。とにかく最後の百ページは出色です。さらに言うと司馬さんは常に「あなたの価値観は正しいのか」と読者に匕首を突きつけている。「日本民族とはなにか」「日本の歴史とはなにか」「日本人はどう生きるべきなのか」という問いかけのなかで歴史と向き合っていく。読者にある意味幻術を仕掛け、「あなた、これ、どう思う？　どう読んだ？」というようなことを、いわば全身全霊の真剣勝負をなさっている。だから、読者の側もその覚悟で読むと、とても大きな発見があると思います。歴史の中にも事実でないことはたくさんある。司馬さんはそれをたいへんな嗅覚、たいへんな直感力でちゃんと指摘している。そのことまで味わえるようになると、とても楽しいと思います。

佐藤　ここに来ているファンの方は帰りに書店でこの本を一冊か二冊買って子どもやお孫さんに読んであげてほしい。一度六百ページを超える本を読めば、その後も分厚い本が読めるようになる。人間というのは物語をつくる動物です。歴史も物語です。ところが一九八〇年代ごろから価値相対主義に入って何が正しい、何が正しくないということを問いかけるのがよくないと。そうするとその隙間に稚拙で乱暴な歴史物語が入ってくる。「これが真実の日本の歴史だ」みたいなものです。多くの人がそれを読んで信じれば、歴史になってしまう。戦前、実証的に対応できないような歴史観で我々は相当、間違えたことをしてきたと思う。いまは国が押しつけるわけじゃなくマーケットの要請で出てくるかもしれない。『梟の城』は教養小説です。一人ひとりがスキルアップをしていって、どういう人生というものを歩んでいったらいいのかを、若い世代の人たちにひとつのシナリオとして見せて、代理経験をしてもらえる。そういうことができる本です。

磯田　忍者は仏を大切にしていると話しましたが、司馬さんの重蔵は最後は仏を超えて自然と一体化します。伊賀で小萩と暮らし、関ケ原の合戦も噂で耳にした。あれだけ気になっていた政治のことにもまったく反応も示さない。いったん人間の世界から離れた重蔵が自然の心になっていく。司馬さんの哲学観です。最後はそういう司馬さんの思いをくみ取りたいと思います。

土方歳三と河井継之助
――『燃えよ剣』『峠』より

磯田道史
黒川博行
小泉堯史
星野知子
司会・古屋和雄

磯田道史　222ページ参照

黒川博行（くろかわ・ひろゆき）
一九四九年生まれ。作家。『カウント・プラン』で第四十九回日本推理作家協会賞、『破門』で第百五十一回直木三十五賞、二〇二〇年に第二十四回日本ミステリー文学大賞を受賞。ほかに『後妻業』『泥濘』『騙る』など。

小泉堯史（こいずみ・たかし）
一九四四年生まれ。映画監督。監督デビュー作『雨あがる』でヴェネツィア国際映画祭の緑の獅子賞・日本アカデミー賞作品賞を受賞。ほかに『博士の愛した数式』『蜩ノ記』、司馬遼太郎『峠』を原作とした『峠　最後のサムライ』など。

星野知子（ほしの・ともこ）
一九五七年生まれ。俳優。一九八〇年『なっちゃんの写真館』でデビュー。ドラマ『サザエさん』『ウェルかめ』、映画『失楽園』など。ニュース番組のキャスターや音楽番組の司会、エッセイストとしても活躍。

（二〇二〇年二月十四日開催・第二十四回）

古屋　司馬作品が二作映画化されることになりました。今回は非常に欲張って『燃えよ剣』と『峠』を取り上げます。皆さんはいつ作品と出会われてどのようにお感じになりましたか。

星野　私は（長岡）高校に入ってから『峠』を読みました。子どものころに「峠」という和菓子がありました。たぶん司馬さんが『峠』を書かれた後に作られたと思うのですが、その茶菓子が『峠』との最初の出会いでした（笑）。河井継之助は長岡の人にとって郷土の誇りですが、北越戦争で長岡を焼け野原にした張本人ですから、けっしてヒーローではなかった。複雑な思いがありました。

　司馬さんがどう書いているんだろうか。継之助が藩のことや人間としての生き方を考え、どうしてあんなことをしたのか。さぐりながら読みました。長岡の郷土史家が「司馬さんは継之助本人に代わって言い訳をしてくれている」と言われています。すごくわかります。

小泉　私は毎日新聞の連載（一九六六年十一月から六八年五月）を断片的に読んだ記憶があります。夕日や朝日に向かって飛ぶ鴉（からす）が好きだという部分だけ覚えていた。鴉は不吉なものでしょ。不思議な侍がいるなと。私も太陽を見るのが好きで目が悪くなるとよく叱られたので印象に残っていた。今回映画化をするので全編を読みました。私は司馬作品をほとんど読んでなくて、初心者というか、司馬ファンの前にいるとドキドキで早く帰りたい（笑）。『燃えよ剣』も今回初めて読みました。映画のことを考えると司馬さんの長編作品はハードルが高いんですね。

黒川　司馬遼太郎は中学生の頃から三十代半ばまで大好きで、ものすごく読みました。今回改めて二作品を読みましたが本当にうまい。自分が物書きになってから読んだ司馬遼太郎と昔読んだ司馬遼太郎とはやっぱり違うんですね。なんと上手な小説を書く人やろうなと感心しました。特に斬り合い場面。言葉に過不足がない。殺陣を文章でこれだけうまく描ける人が他におるのだろうか。それに台詞がうまい。地の文もうまい。

磯田　大学に入ってからで、司馬作品を読んだ順番でいうと最後のほうかもしれない。東京の大学に行くと『峠』命！みたいな東北出身の学生がいて、拳を振り上げて河井継之助みたいな素晴らしい人がいると論じ始めたのには驚きました。河井継之助も土方歳三も行動は機敏で、処置も適切。戦い方を知っている勝てる男なんだけど、勝てない側にいて何かしないといけないという悲哀がある。損か得かだけを考えれば薩長についてしまえばいい。それができないだけにつらい立場だったに違いない。

司馬さんは薩長側の作品も幕府軍側も両方用意してくださって、大学まで司馬幕末史を半分も読んでいなかったことがよくわかりました。

星野　長岡は歴史好きが多く、河井継之助派と反継之助派に分かれていたようです。ただ、複雑で反継之助派も他の地域の方に「河井継之助はダメだね」と言われると反発する。それだけ愛されていて結論が出ない人だった。司馬さんが『峠』を書いてくださって世界性というか広い視野で継之助を見ることができるようになった。長岡にとってはありがたかった。

卓越した継之助の「選び出す能力」

古屋　映画では継之助は役所広司さんが演じるそうですね。

小泉　役所さんはぴったりでした。僕は他の資料はいっさい読んでいません。司馬さんの『峠』がすべて。その内容だけをシナリオに落としました。地元がどうなっているとか、どう受けとられようとか、僕の頭にはない。原作はこんなに厚いのにシナリオはこんなもんですよ、ペラ（二百字詰め原稿用紙）二百枚。全部落とし込むのは難しい。

最初に読んだのは最後のあとがきです。人間はどのように行動すれば美しいか。江戸の武士道ですね。それとどう行動すれば公益になるか。僕は司馬さんの美しいという言葉に惹かれた。シナリオはラストが思い浮かばないと書けません。継之助は下僕の松蔵に薪（まき）を焚かせ自身を燃やさせる。これはどうしても映画にしたいと思った。

古屋　映画のタイトルは『峠　最後のサムライ』とカタカナですね。

小泉　みんなに読んでほしいのでシナリオの最初にあとがきの文章を載せました。サムライは司馬さんの言葉に倣ったつもりです。

磯田　司馬さんは一人の人物を主人公に二つの作品を書いたことはほとんどないのですが、河井継之助では「英雄児」という短編も書いている。二つを覗くと立体視ができる。「英雄児」は最後に「英雄というのは、時と置きどころを天が誤ると、天災のような害をすることがあるらしい」と結んでいる。長岡では継之助の墓が何度も壊され、妻は北海道に逃げた。しかし、司馬さんはこれだけではないと思った。司馬さんは「二十一世紀に生きる君たちへ」に自我を確立せよと書いていますが、継之助はおかしいと思ったことは立場がどうであれ主体性を出して行動した人です。司馬さんはそれを書きたかった。

　河井のすごい才能は学問や戦い方でもたくさんある中から最も大事なものを選び出す能力です。岡山の山田方谷（ほうこく）に師事したのも、戦で官軍に対して寒い川を渡るなどいちばん痛いところをついたのも、どこが重要かを考えすぐに行動したからです。

黒川　河井は我の強い人です。好きではなかったですね（笑）。自分の考えで結果的に藩を潰してしまった。僕やったら薩長が攻めてきたら「はいはい」言うて城を明け渡します。こういう人が家老にいて越後の人は不幸だったと率直に思いました。

古屋　新選組の好きな黒川さんは土方歳三の生き方についてはどう思われますか。

黒川　土方は近藤勇と違うて終始一貫していますね。近藤という御輿（みこし）を担いで組織を作ってこういう生き方をするしかなかった。最後は死地を求めて箱館に行く。自分がこう生きたいということを最後の最後まで貫いた人ではないかな。新選組は京都で発足して鳥羽伏見の戦いで敗れるまで五年です。勤王派の人物も殺していますが、自分たちの内部抗争の殺し合いが多い。連合赤軍みたいですね。土方はいいけど近藤は落ちのびた流山で命だけは助けてくれと偽名で投降する。こういう男にはなりたくない。

磯田　司馬さんは男の典型のサンプルとして土方を書くわけです。僕は男には土方と河井継之助型と坂本竜馬、勝海舟型があると思います。自分は母親思慕型と恋人のめり込み型と呼んでいます。東京・日野に生まれ徳川幕府と武士が好きで、美しく守るのが土方。河井は犬も忠義を尽くすという長岡藩に生まれた。合理的な思考はしてもそこから出られない。これは母と同じ、生まれたときにすでにいたから好きなんです。対して恋人は赤の他人の場合が多く、竜馬や海舟は西洋型の考えがいいと思ったらすぐに行く。司馬さんはどちらがいいとも言わず二つとも典型としてきちっと書いた。土方も河井も頭がよく勝ち方のわかる人なのに、割が悪いとわかりながら負け戦に入っていく物語です。

古屋　女性としたら土方や河井が隣にいたらどうですか。

星野　土方がかっこいい。まず見た目がハンサム。リーダーシップがあって寡黙。うまくもない俳句を恥じらいながら作っている可愛らしさがある。女性が憧れる男同士の絆もある。継之助の威圧感ある風貌は女性にもてそうにない。理屈っぽいのもマイナスかな。私がデビューしたときも取材で「長岡出身といえば河井継之助ですね」と目を輝かせていた記者は全員男性でした。女性ファンは少ないかな。土方には司馬さんがお雪さんという素敵な女性をプレゼントして、最後に本当の愛を知って散ってゆく。そこがまたグッとくる。

古屋　河井には妻おすがさんがいます。映画では松たか子さんだそうですが、小泉さん、どういう女性だと思いますか。

小泉　司馬さんの本がすべて。僕がどうのこうのはないんです。長いこと助監督をやったせいかもしれませんが、黒沢（明）さんの言うことをどう素直に受け止めようか、そればかり考えていた。司馬さんが書いた人物が自分の中に入ってくるためには、自分を虚心にして、この人と一緒に生きたいと思うようにならないと、なかなか映画の人物は生きてこない。河井継之助を身近に感じられたらいいなと思います。河井が読んだ陽明学の本で、僕は「伝習録」が好きだった。そこは入っていきやすかった。

星野　継之助と妻のおすがとの会話はホッとさせられました。映画ではどのように描かれるのか興味があります。

小泉　司馬さんは台詞が上手ですが、映画ではすべては使えない。リアクションが非常に大事です。継之助がしゃべって、受け手のほうは「……」。おすがとの場面はシナリオを書いていても楽しかった。

古屋　星野さんの著書に『今を生きる「武士の娘」　鉞子へのファンレター』がありますが、どんなご本ですか。

星野　長岡出身でアメリカに渡った杉本鉞子が英文で書いた『武士の娘』がベストセラーになり今も読み継がれているのに、日本ではあまり知られていなかったので書きました。鉞子は『峠』に登場する長岡藩の筆頭家老・稲垣平助が没落してから生まれた娘です。稲垣平助と継之助はライバルでしたが、継之助が追い越してトップに立つ。武家社会の悲哀も感じました。

司馬さんの頭の中の「スクリーン」

磯田　武士の社会は生産性が低い非効率な組織でした。草履取りをたくさん雇って、戦場に出るときに茶道具を運ぶ係まで雇っている。そいつに銃を持たせる考えはない。河井は草履取りや茶道具運びに与えていた禄をそぎ落として、軍事費に回し稲垣平助を追い越した。

土方はけが人が出ると蘭学医師の松本良順に診察させ、衛生状況が悪いと指摘されるとすぐに直した。池田屋に敵がいると情報が入ればすぐに出動。会社のように稟議書を回して時間がかかることもなかった。土方と河井は、わりに日本人の庶民のもっている効率性と合理性を備えている人だと思う。日本が生産性の低さに苦しんでいる今日、この二人を見つめるのは大事だと思う。

黒川　新選組の連中はもともと武士ではない。芸子と裸でいる芹沢鴨を四人で襲って醜い殺し方をするようなことはたぶん武士はしません。酔わせた伊東甲子太郎を油小路で塀の隙間から槍で突き刺して殺すようなことも、伊東の死体を角に放って仲間をおびき出して多数で襲うことも武士はしません。これは効率以外の何物でもありません。持って生まれた精神構造なんでしょうか。すごいと思う。

磯田　幕末の時期にどうやったら勝てるかだけを考えまっしぐらに行動したのが、新選組と薩摩藩です。

古屋　司馬さんは言葉というか方言を大事にされていて、例えば長岡弁で、「あなた」を「おみしゃん」というのが可愛いと書かれています。

星野　父がおみしゃんというのを聞いたことがあります。「み」か「め」かよくわからない。長岡弁は「い」と「え」の区別がつかない。越後のことを「いちご」という。食べるイチゴは「えちご」に聞こえる。『峠』を読むと昔聞いた言葉が思い浮かびます。

古屋　司馬さんは継之助が長岡城奪還の前に同胞に呼びかけるために書いた「口上書」が口語で書かれていることに感激されています。

磯田　あの時代にまず見たことないですね。

小泉　司馬さんのすごいのは、その人物の肌触りというか、実感をきちんとつかんで書かれている。司馬さんの頭の中にスクリーンのようなものがあって次々と浮かんでくるんだと思う。頭の中で継之助や他の登場人物がいろいろ話したくなる。私はこう言いたい、ああ言いたい、と。それをつかまえるのに、司馬さんは一生懸命だったと思う。口上書の文章も心打ちますね。継之助という人物が司馬さんの心にいきいきと映ってるんだと思います。

古屋　口上書を聞いて六百九十人の藩兵が長岡城をいっとき奪還する。心に響いたのですね。

磯田　指揮官が思ってることが末端の兵士にまで届くことが、こういう時代の戦闘では非常に重要です。六百九十人といっても、武士の集団というのは足軽以下の人間が半分以上です。ほとんどが近郷近在の農民たちのアルバイト。だからわかりやすいことばで言う。「生きて帰ろうと思ったらかえって死んじゃいますよ」とは、上杉謙信が「鎧は胸にあり」と越後で言ったと、（越後の人は）みんな知ってます。生きて帰ろうと思う人が死んで、死中に活を求めて突撃するやつが生きて帰るのが戦場なんだと教え込む必要があるわけです。それが口上書にきちっと入ってる。

古屋　方言の話が出ましたが、小説で大阪弁を巧みに入れておられる黒川さん、いかがでしょうか。

あの生き方しかできなかった土方

黒川　どこの地方の方言も大好きです。東北弁はきれい。鹿児島弁もいいし、四国弁もいい。小説で方言を使ってくれる作家は好きです。僕もデビューしたころ編集者に本は関東圏で売れるから台詞は標準語にしたらと言われましたが、それは無理です。いましゃべっている大阪弁も直そうとは思いません。司馬さんは方言をうまく使っていると思います。

古屋　司馬さんは「長岡藩を薩長からも徳川氏の側からも手のだせない独立公国にしようとしたわけですね。そんなイメージを持った政治家は幕末には彼一人しかいません」と書いていています。河井の世界性について地元の星野さんはどう思われますか。

星野　今よりずっと情報が集めにくい中で、長岡藩を武装中立公国にするなんて発想がよく出たと思います。どちらが強いかで判断をするのではなく、次の新しい社会のために自分の発想を貫こうとする。今の時代にほしい政治家ですね。

小泉　先ほど長岡で河井派と反河井派があると聞きましたが、僕はそれが気になります。福沢諭吉が書いた「瘠我慢（やせがまん）の説」が河井の考えをよく表していると思う。戦いはどの時代でも必ずあるもので、その中で萬世を貫く士気が大切だと。町が焼けたことは一時の災いだけれども、武士として美しく生きる大切さを福沢諭吉は説いています。

司馬さんも男の魅力を武士道に求め、河井を選んで『峠』を書いた。日本人として大事なものを遺しておきたかったのでしょう。『燃えよ剣』でも土方が「節義」を貫き、美に殉じた姿を伝えたかったのだと思います。

古屋　黒川さん、土方歳三の生き方はどうでしょう。

黒川　僕は好きですけどね。こんな生き方しかでけへんかった人でしょうね。道場に通って剣術を習い始めたときは、こんなふうに自分が生きるとは考えてもなかったと思いますけども、さあみんなで京都へ行きましょう、ほんならしゃあない、俺も行くかてなもんで、行ったら、近藤は頼りにならんし、自分が組織を作らなしゃあないなというふうに、なんかなってしもたんですね。

流れるままいうたらおかしいですけど、やっぱり人って流れますからね。どこでどういうふうに自分の人生、変わるかわからへん。道場に行ったあたりから、この人の人生が変わってきた。薬売りをしていれば、こんなことは絶対ないですからね。たぶん、その都度、考えて右に行ったり、左へ行ったりというふうにして、結局こんなふうになったんやないかなと思いますけどね。あんまり自分がこう生きようとして生きていった人ではないかなと。僕も含めてですよ、そんな人、いません（笑）。無責任ですけど、そう思います。

古屋　二つの作品は日本の高度成長期に書かれた作品です。司馬さんは『燃えよ剣』の連載予告で「組織だけが正義であると信じきったこの剽悍無類の天才が近藤のそばにいなかったなら、おそらく新選組は存在しなかったろう。(略)歳三のような人物は、どの職場にもいるのではないか。ただその企業目的が、殺人であるかないかのちがいだけである」と書いています。

磯田　組織だけが正義であるというところが面白いですね。僕が歴史上の人物を見るときに大事にするのは何を正義としたかです。

河井の武装中立公国の発想はよくわかりますが、僕が河井のそばにいたら止めたと思う。天皇を担いだ薩長のほうにも彼らなりの思い込んだ正義がある。勝ちに乗じて攻めているのに、立派な武装をして背中で中立と言っても薩長は認めるはずがない。革命期においても自分の正義だけではなく相手の正義も考えながら生きなければならないという物語として読みました。

古屋　司馬さんは『峠』で原理という言葉を何回も使っています。「継之助の知りたいことは、ただひとつであった。原理であった。(略)自分はこの世にどう存在すればよいか。どう生きればよいか。それを知りたい」。二人の男が現代に問いかけているものは何なのかと考えると胸がザワザワすることもあります。黒川さん、いかがですか。

黒川　ものすごく難しい。僕は原理なんて自分自身持ってませんよ。流れるままに生きてきたから。小説としてとても面白いけど、それを読んで自分の生き方とかまったく考えてません（笑）。申し訳ないけど。

小泉　司馬さんは美しい人物を書きたいと言われています。美しいと面白いとは本質的にまったく別のものだと思いますが、司馬さんは美事に調和されている。テレビなどいまは面白さを追求して品格とか正直さとか大切なものを潰している。僕が一生懸命読んだのは『峠』だけですが、司馬作品の凄いところは品格のある美しさと面白さを兼ね備えている。だから多くの方々を魅了していると思います。

今こそ求められるぶれない生き方

星野　私は最初はストーリーを追って読みまして、今回読み直してみると、「原理」という言葉に引っかかった。自分に問いかけられているように思いました。今頃気付いても遅いのでしょうが。それに美しさに浸りたいという気分になるのが司馬さんの本です。土方と継之助は男としてぶれない生き方をして最後終わっていく。そのぶれのないところが人間として美しいと思います。司馬さんがこの二つの小説を書いた一九六〇年代よりも、今のほうが不安定な気がする。今こそぶれない生き方をする人に出てきてほしいという願いはあります。

磯田　司馬さんはおそらく『峠』を書かれるときに、河井がいちばん大事にしていた書物は王陽明の「伝習録」ですから、読み込まれたと思います。原理をどうするかということしか書いてないような本です。

外に原理がある時代は楽でした。江戸時代は親孝行と忠義をすればいい。司馬さんは、もっと昔は神様を大事にすればいいという時代が長かったと言われる。明治になると西洋のようにすればいい。戦後になったら自分の家族を大事にして、所得を増すようにすればいい。だけど、これから先、外から与えられる原理なんて、ありますか。外から原理は与えられない。

ではは司馬さんの原理はなんなのか。「二十一世紀に生きる君たちへ」を読むと、自分以外の他者へのやさしさと共感というようなところに、司馬さん自身の生きる原理はあったのかもと思ったりします。

小泉 陽明学でいちばん大事にされているのは良知です。良心（恒心）に近いものですね。これは誰もが持っています。司馬さんはそこをつかんでいる。必ず誰の心にもあるはずだよ、それは。そういう問いかけだと思います。

磯田 子どもが井戸に落ちそうになっていたら、たいていの悪人でも止めようとする。これが良知であって、たいていの人間は原則、体のなかに持てるのだというのが陽明学の教えだった。だけど、これさえするのも、僕はそれほど楽なものではないというふうに思っています。

『胡蝶の夢』を考える
――新型コロナ禍

磯田道史
澤芳樹
澤田瞳子
村上もとか
司会・古屋和雄

磯田道史　222ページ参照

澤芳樹（さわ・よしき）
一九五五年生まれ。大阪大学名誉教授、医学系研究科特任教授。二〇一五年に日本再生医療学会賞、一九年に日本学術会議会長賞を受賞。二〇年に紫綬褒章を受章、日本学術会議会員。二一年に大阪大学を退職後、大阪警察病院院長をつとめる。

澤田瞳子　294ページ参照

村上もとか（むらかみ・もとか）
一九五一年生まれ。漫画家。『燃えて走れ』でデビュー。『岳人列伝』で第六回講談社漫画賞、『龍―RON―』で第四十一回小学館漫画賞を受賞。『JIN―仁―』はドラマ化で話題になり、同作で第十五回手塚治虫文化賞マンガ大賞に輝いた。

（二〇二二年二月十二日開催・第二十五回）

澤田　小学校の高学年から歴史時代小説を読み出し、中学校に入ると共に司馬作品を片っ端から手に取りました。『胡蝶の夢』はそのうちの一作でした。医療が小説になることが驚きでした。医学史っておもしろいなと。それが頭の片隅にあって、自分が小説家になってみると、「なんてことをしてくれたんだ、司馬さんは」と。というのも今、江戸開城以降の松本良順に非常に興味があります。私だって正直、書きたい。でも、これだけの作品があると……。今回改めて読み返してその思いを強くしました（笑）。

澤　大阪大学医学部長になって医学史を教えようとしたときに私は司馬さんの本を教科書みたいにしていました。史実を徹底して調べ上げたうえで書かれているので安心感があります。大阪大学は緒方洪庵（こうあん）先生が源流です。適塾が閉鎖されたあと医学校ができて、そのときに出てくる人物を克明に表現されていて感銘を受けました。松本良順は順天堂の系譜ですが、私は順天堂の客員教授もしています。縁がある先輩ばかりです。

村上　司馬作品との出会いはけっこう遅くて漫画家デビューしたあとです。そこからはまりました。いちばん興味が湧いた幕末から明治という時代を背景にした物語を漫画で描いてみたいという気持ちが芽生えたと思います。そして何十年かを経て『ＪＩＮ―仁

──』という作品になった。現代の医者が幕末にタイムスリップしたらどんなことができるだろうかと描いたSFファンタジーです。コロナ禍の今の時代に百年後の世界からやってきてくれたらと思ったりしますね（笑）。

磯田　司馬さんは大作に取り組むと大量の資料を読む。それで副産物以上のスピンアウト作が生まれる。司馬さんは一九七〇年代に『翔ぶが如く』を書かれた。西郷隆盛や大久保利通を調べていくと本当は医者が日本を変えたと気付く。適塾出身の大村益次郎や大鳥圭介とか医者の軍事家が西洋兵学で旧式の軍を破り、身分制をこわすわけです。また幕末は病気とも闘っていた。コロナがはやる半世紀前に、司馬さんは「疫病が社会を変える」物語を書いています。なぜ江戸の身分制度が壊れて明治がきたのか。蘭学をキーワードに描ききったのが『胡蝶の夢』です。

古屋　司馬さんは「（主人公は）二人います。一人は幕府の若い奥医師で、ポンペについてオランダ医学を学んだ松本良順。彼は順天堂の創始者佐藤泰然（たいぜん）の息子。日本医学史上、西洋医学を組織的に最初に学んだ人物です。戊辰戦争で幕府につき、全国を転々とした。しかし明治になって初代陸軍軍医総監になるなど、モダンでデラックスな性格の男だった。もう一人の主人公は、良順の弟子で語学の天才、佐渡出身の伊之助。（略）伊之助によって（略）一人の人生の深みが出せたら」と語っています。

澤田　その二人が光と影で話が進んでいくんだろうと思ったら、長崎編に入ったあたりから、登場人物が、あれ？　あれ？　と増えて、終わったときには四人ぐらいに主人公が膨らんでいる。あらゆる資料をかき集めて読まれる司馬さんのことですから、色々な人を出したくなったんだと思います。

澤　本を読むまで知らなかった伊之助にいちばん興味をもちました。天才的な語学力ですが、どうしようもない人間。それを良順や関寛斎がなんとかしようとする。社会的なコミュニケーションがとれない、今でいえばアスペルガー症候群です。けっこういますよ、医療者のなかにも。どの世界にもいるかもしれませんね。

村上　魅力的な方はたくさん出てきますが、長崎奉行の岡部駿河守ぐらい度量のある能吏が行政にいたら、すばらしいと思います（笑）。この小説を読む前から松本良順に非常に心ひかれました。良順は医者ですが、武士の心を持っていた。医療は武士たちによってつくられた部分が大きい。片手に刀を持ち、片手にメスを持っていた。今、「侠医冬馬」という漫画を松本良順からイメージをもらって描いています。

磯田　司馬さんは伊之助と松本良順を主人公に書こうと思ったけれど二人追加した。伊東玄朴と関寛斎です。玄朴を俗っぽい蘭学医、出世のために蘭学を使った政治屋で描き込んだ。もう一人の関寛斎は神様に近い聖人君子にした。社会性の有り・無しと、俗物か君子かで医者を四つのモデルに分類して立体的に見せている。

澤田　伊之助は大酒飲みだし女性ともいろいろあるし、とても泥臭いキャラクターなのですが、司馬さんは途中から彼にほかの医者たちを見る役割を与えています。松本良順のもとで語学の才能を開花させた彼が、作中のどうしようもない存在となる一方で、日本人全般を観察している。

磯田　伊之助は欲の方向が単純でわかりやすい。ただ、医学への応用はできない。自分が結核にかかっても、熱海の温泉に行こうとする。最先端の医学は訳した可能性が高いのに、湯治なんかで悪化させて、自分の身すら守れない。一方、伊東玄朴は蘭学なんてたいしてできないだろうに、全体状況からみて、「この将軍、あと二日で死ぬ」とかってズバッと言っちゃう。医学の応用性が極めて高い。

澤　読んでいて「私ならどうしたかな」と考えさせられる本でした。人が死ぬかぎり医学は存在して、どう解決するか研究が行われる。その研究を人に応用して一人でも助けようとする。今、コロナ下で行われていることです。ワクチンをつくっても効くかどうかわからない。ひょっとしたら副作用があるかもしれない。でもとにかくやるという流れです。江戸時代末期に緒方洪庵がした種痘と同じです。当時は牛痘と呼ばれ打てばウシになると言われていた。それでもなんとか天然痘も克服し、コレラもある程度克服しながらここまできている。医学が進んでもやらないといけない努力は同じだなと思います。

身分制を壊した医療や知識の平等

磯田 司馬さんは薬局の息子さん。処方チェック同様に医者を冷静に見る。医者と医学の長所短所を。司馬さんは江戸の医者の悪い面を断罪する。上にはへつらう権威主義で、下には利益でのぞみ、もうけの対象にする功利主義だと。その裏側に「人間は尊重すべきもの」という理想を書き込みたいわけです。そこにポンペを登場させる。ポンペは病が人を平等にするという。どのような身分であれ、病人は尊重するのが自分たちの役目である、という。ヨーロッパのヒューマニズムが土台にある。松本良順たちがその影響をうける。

村上 伊之助は興味の湧く人ですが、読んでいてイライラする。現代で生きていくのは大変だろうなと思う。それを松本良順が徹底的にかばう。なぜか。ことばに対するトランスレーション能力がすごい。彼は佐渡の商家の出身です。どんな身分の人間でも、これほどの才能を持ち得る。本来人間は平等だと象徴しているのが伊之助です。あちこちでのけ者にされながらその才能を発揮する。良順は痛快な気持ちを抱いたと思います。

古屋 コロナ禍で見ると作品中に驚くところがいくつかあります。良順が、新選組の近藤勇から西本願寺に屯所が移った直後に、見に来てくれと言われて行ったシーンです。「良順はまず新選組の台所の不潔さを指摘した。（略）良順はたまたまかれが去年（略）書いた衛生の書がある。『養生法』というもので、住居、衣服、夜具、飲食、入浴、睡眠、運動、房事といった各項目について書かれている。（略）養生とは、衛生の意味である。（略）病人は心置きなく療養できるように別室をつくってやるべきだ、といった。『病室をつくるわけですな』（略）近藤（勇）は、良順の忠告に従う、といった。（略）良順が後年、一つ話にして語ったことは、土方が話の途中で中座し、本願寺とかけあい、僧侶の宿所を一棟借りる交渉をして座にもどったことである」

すごいスピード感ですね。

澤田　アドバイスできる医者はたくさんいると思いますが、すぐに動ける近藤のほうがほしいですね。そういった政治家が。

澤　あの時代にしては非常に進んだ予防思想です。病気にならないようにするためにどうしたらいいかということは、江戸時代には、誰も何も考えてなかったのかもしれません。それも近藤勇に言ったのはインパクトがあります。

村上　僕の漫画のなかでは、コレラがはやったときに、隔離をして治療する。主人公は現代の医者ですから、それを重要なポイントとした。ただ、この時代に隔離という思想はなかった。そのエピソードで頭に浮かんだのは男やもめにウジが湧くではないが、台所の不潔さが大きなポイントです。適塾の生活を見ると畳一畳に塾生一人が生活をしていた。そういう状態でもコレラもなにも蔓延しなかった。適塾では食事とか最低限の生活管理をしていたからだと思いました。

古屋　当時のコレラについて紹介します。

「(安政五年、コレラ騒ぎは）日本中を震撼させ、江戸だけで、七月から九月までのあいだに二十六万人の患者が出、漢方、蘭方をとわず、医者という医者がなすところもないままにこの病気にふりまわされ、たとえば良順自身が一時期、コレラ患者になってしまったほどであった」

村上 僕も漫画で描いたので調べました。緒方洪庵は松本良順に「ポンペ口授」を送ってほしいと頼んだ。その内容は大量のキニーネを使う用法だった。あまりにも使いすぎだと洪庵は思ったし、大坂では当時キニーネは買い占められて手に入らない状態だった。洪庵も非常に困った。なんとか患者を救わなければならないと工夫して、作り出したのが「虎狼痢治準(ころりちじゅん)」です。目の前の患者を救うための真剣なやり取りに胸が打たれます。

医学進歩しても医師倫理変わらぬ

澤 大阪大学には緒方洪庵先生の「人のため、世のため、道のため」という言葉があります。シンプルですが、ポンペのスタンスもそのまま引き継いだ。フーフェラントという ドイツの医学者が書いた医師の倫理観を直訳して「病人に貴賤(きせん)はなく平等に扱うものと、思いっきり人がよくて献身的な態度でないと医者になってはならない」という教えを残した。今もそれを忘れてはいけないと思います。

磯田 洪庵は事に臨んで賤(いや)しい男になるなとも言っています。コレラを診た医者はすごい確率で死にます。本当のことを言うとキニーネも効きません。有効な武器なしで治療していた。緒方洪庵の時代は手紙で「誰々が討ち死にしました」と書き合った。ポンペは「医者を一回選んだら医師の身は自分のものではない。病人のものである。いやなら他の職を」と言い切る。これが西洋合理主義です。今回もコロナで医者たちは武器なき戦いを強いられた。現代医学に慣れていたから、つらかったと思います。

澤　コロナの初期は防御のしかたも十分でなかった。私の知り合いの病院長が陣頭指揮を執っていてコロナで亡くなられました。自分の身を自分のものでないぐらいに貢献することは今でも我々のなかに精神としてもっていると思います。

古屋　病者の不安に寄り添う医師との関係が、この作品にあります。将軍家茂（いえもち）を松本良順が看取（みと）る場面です。「――医者はよるべなき病者の友である。とポンペは良順に教えたが、家茂にとって生涯の最後の短い期間、一個の病者として良順だけが友のように思えてきた」

澤田　家茂が亡くなる少し前の良順と家茂のやり取りで、付きっきりで看る良順があまりにも眠いので、一刻だけ寝かしてほしいと言ったら、家茂が「頼むからそばにいてほしい」と。「では、こうしよう、わしのふとんの中で寝よ」というシーンがあります。子どもがおかあさんに願うように。良順は家茂の寝床に入る。あの場面がとても切ない。一方で伊之助は目の前で病人が出たときに、佐吉という男がその病人の体を自分のものでもあるように看病する。伊之助はそれができない。伊之助も医者とはそういうものだと知っている。日本では古くから光明皇后がハンセン病の患者の膿(うみ)を口で吸って親身に寄り添ったとの伝承があります。こういった、医療の本質に仏教思想を置く考え方は、日本にキリスト教の平等主義が広まる前から存在しました。

澤　私も医師を四十年以上やっているので看取りのシーンは何度も立ち会っています。患者からみて医者はどうあるべきかを、いつも考えます。私たちが正しいと思う医療を信じて受けていただくように信頼してもらう。信頼を得ることは大事です。しかし親族ではないのでクールでないといけない。感情移入が起こると医師と患者の立場ではなくなってしまう。松本良順と家茂の関係は、私が感じることをよく表現されています。医者は患者が亡くなったことに打ちひしがれるべきものでは絶対ないんです。僕は外科です。手術をして病気の限界を超えて、医療が届かなかったときに患者さんは亡くなられます。そのあと病理解剖させてもらいます。その病気を改めて検証させてもらって、次の病気に生かすためです。科学者の目がないと医学は進みません。

磯田　家茂は心細かったと思いますよ。大坂城で脚気(かっけ)で死んだのは偶然ではありません。江戸から男たちの集団でやってきて家茂の食事は長い間、白米にタイとか、そういうものばかり。江戸城にいれば女性の中にいるので、雑多なものを裏からまわして食べていたはず。それが遮断され、家臣の前では弱音も言えない。違う価値観を持った良順を見たときに、「一緒にふとんに入ってくれ」と言いたくなる気持ちが描かれています。

人間と感染症はエンドレスな問題

古屋　関寛斎については、司馬さんはこう書いています。

「かれは九十九里浜付近の平凡な農家にうまれ、佐倉の順天堂で良順の実父の佐藤泰然に学び、順天堂開塾以来の秀才といわれた。泰然が寛斎の学資の乏しさをあわれんで援助したため、寛斎が生涯泰然を神棚に祭って私(ひそ)かに感謝しつづけたというのは、事実らしい。のち長崎へ出てポンペに学び、のち阿波蜂須賀藩にまねかれて藩医になり、戊辰のときには時勢に巻きこまれて官軍の江戸病院の軍医をつとめ、西郷隆盛からその名医ぶりを感嘆された。（略）晩年は北海道にわたり、開墾村で実際に鍬(くわ)をふるってその死までそのことをつづけた」

澤田　寛斎の登場シーンの最初ですね。本来ならそこで終わりそうなところを、結局、物語が進むにしたがって司馬さんは寛斎を書きたい、書きたいとなった。物語のラストシーンは寛斎の物語で終わるわけです。司馬さんはこういう人物が好きだったと思います。寛斎は司馬さんがまだ手が届く時代まで生きる。直接寛斎のことを知っている人というのも、最終的には登場してきたりします。司馬さんの歴史小説としての関心を超えたところ、たとえば『街道をゆく』で寛斎に手をのばそうとなさったのもそのためではと感じます。

村上 僕は、この小説で関寛斎という人を知りました。読んでいて医療を通じて神に近づこうとした感じがしました。理想とする生き方を求め最後は北海道の一開拓民になった。そこまで突き詰めながら、八十三歳で自死する。ショッキングな終わり方ですが、神に近づこうとした人間だからこそ、自分の息子たちに裏切られたように感じ絶望したと思いました。

磯田 関寛斎の高貴な単純さは神に近い。物語を終えるに至って、司馬さんは松本良順と伊之助の話では終わらせにくかったと思います。松本良順は中庸の人で社会ともうまくやっていく。結局、男爵となり、軍医のなかでも最高位をとった。成功して終わったんですかと。「おれは、蝶だぞ」と叫んで死んでいくみじめな伊之助では物語として終わらない。医療とか人間に対する将来の希望を関寛斎という善良の劇薬で終わらせたかったのでは、と思います。

澤 大阪大学第一外科って、初代の教授はドイツ人なんです。大正の終わりぐらい。少し前にオランダからドイツに切り替わるんです。そこから人を助ける道が広がって今の医学につながる。ちょうどその間のギャップというか、そこにこの小説の立ち位置がある。二手に分かれるんです。松本良順と大村益次郎は世の中を変える方向で活動的に参加した。「医師たるものはこうあるべきだ」と蘭学から学んで実行したのが良順の実父の佐藤泰然であり、緒方洪庵。関寛斎がそこに入ると思う。そのあとドイツ医学が席巻して発展していくわけです。そういう医学の歴史がこの小説につながっています。

古屋　最後に司馬さんが『胡蝶の夢』を通して私たちにメッセージを送ってくださっているとすれば、どう受け止めたらいいのかうかがいたいのですが。

澤田　医療の物語でもあり、医者たちがどういうふうに蘭方を受容して時代の変革を経ていくかとの物語でもあります。更にもう一つ、司馬さんが描こうとしたのは、医学に代表される知識の平等性です。年齢も地位も身分も違うけれど、彼らがみんな医学に向かっていく。その熱意が時代を変革させていく。学ぶことは平等であるとの代表的例として、医術を描かれた。今の社会、時間をかけて学ぶことが、要領が悪いととられがちです。そんな世の中だからこそ、司馬さんの描いた知識の平等性をもう一回考えなおすべきだと思いました。

澤　私たち医者はともすると世界のトップの医療をやっていると思い込んでいました。ところが、コロナになって、医師として目の前の人を助けることができない。十分に治療をすることすらできずに救急車の中で亡くなる。そんな世の中、あってはならない。五十年近く後にそんなことが起こるなんて想像されていたかどうかわかりませんが、『胡蝶の夢』で描かれた社会は今に通じます。世の中をどのように発展させていくかをもう一度考えるように、というメッセージを司馬さんが、幕末から明治にかけて医学を発展させた人たちを使って、今に伝えてくれていると思います。

村上　感染症と人間の歴史ってつくづくエンドレスだと今回感じて、苦みを噛みしめながら毎日過ごしています。幕末の漫画を描いていて、「えっ、こんなに同じなの？」と思うような現象があります。貧富の差から南北問題に至るまで。ワクチンの行き渡り方や、治療の格差などこれからもあると思ったりします。人間と感染症のテーマは、これから五十年後、百年後に、「あ、また起きた」と続いていく。本当にみんな真剣に考える機会を与えられたと思います。それを五十年近く前に予言されたのが、『胡蝶の夢』だと思います。

磯田　この小説は末尾に司馬さんが述べていますが、身分制の崩壊史です。日本人が身分にこだわり、社会をだめにした史実に司馬さんは気づいていたからです。土地の上がりで過剰な富を得る日本社会のゆがみを土地バブルのときに再三指摘しています。今の日本で「また身分制の問題が起きていませんか？」と考える必要もある。日本人の土地や学歴への執着が新たな身分制度を生み衰退の一因になっていないか。最近、親の当たりはずれを「親ガチャ」といっている。親ガチャがよければ教育に恵まれ学歴がつく。この学歴で就職ガチャの抽選券がもらえ、うまく高給の勤め先に入って能力でなく所属にぶらさがって食べる。年貢米で暮らした武士にどこか似ていませんかねと、司馬さんに聞いてみたい気がします。

時代小説で二度めの司馬賞を

沢木耕太郎

ぼくの小学校時代は、東映時代劇映画の全盛期でした。いつも同じような映画が上映されていて、それを楽しんでいました。六年生のとき、大川橋蔵主演の『新吾十番勝負』を観て、なぜかひどく感動し、親父に「おもしろかった」と言ったら、川口松太郎の原作があるという。昭和三十年代のことです。ぼくの家は東京の大田区で、近所に貸本屋がありました。それで大人向けの書棚から『新吾十番勝負』を見つけて、読んだらおもしろかったのです。それ以来、貸本屋の子ども向けコーナーには全然行かなくなり、もっぱら大人向けの書棚から時代小説を借りては毎日一冊ほど読んでいました。

あるとき、中学一年生のころだと思うのですが、司馬さんの『梟の城』を読んだら、「これはほかの時代小説とは違うな」と感じたのです。その時は「違うな」としかわからなかったのですが、後から思えば、その違いはある種の向日性、陽に向かう明るさだったと思います。司馬遼太郎の根幹にあるものですね。それを子どもでも感じたのです。秀吉を殺すこと、それだけで生きている主人公の忍びの者が、伏見城に忍び込んでいよいよ寝首を掻くその寸前、秀吉がただの小さな老人であることに気づいた。その老人にちょっと友情を感じたり、親愛の情を感じたりして、なにかばかばかしくなって、クスッと笑うんです。時代小説の主人公がクスッと笑う、それが子ども心にも不思議でおもしろかったようです。

それから『風神の門』『上方武士道』などを読み、おもしろいなと思っていました。でも、なぜか司馬さんが書く本がだんだんつまらなくなってきたのです。それは、ぼくが変わったのではなく、たぶん司馬さんの方が変わっていったのだと思います。

司馬さんがどのように変わったか、例えていうとこういうことです。ぼくのノンフィクションに「凍」という作品があります。世界的な日本人クライマーがヒマラヤの難しい山に登頂したものの、下山中に凍傷で手足の指を失うくらい苦労した。雪崩にあい、絶壁で宙ぶらりんになって夜明けを待ち、やっと生還する。その一部始終を描いたものです。読者の反響の一つに「どうしてポチが助けにこないの」というものがありました。ポチは麓の村からベースキャンプまでついてきてふっといなくなった犬です。主人公がその犬をかわいがり、いなくなって気落ちした事実を書いたわけですが、作品をフィクションとして読んだ人はポチの出現を伏線だと考えたのですね。だから、主人公の危機にポチが助けに来るに違いないと。

司馬さんは、「なぜポチが助けにこないの」という世界がだんだんいやになったのではないでしょうか。伏線を回収していくというフィクションの手つきがいやに。司馬さんの小説の中でポチが助けに来なくなって、子どものぼくは読まなくなったのです。

以来、司馬さんとの接点はほとんどなかったのですが、数年前、朝日新聞社から「『街道をゆく』をゆく」のような企画をいただいて、中国の昆明(こんめい)、成都と四国の檮(ゆす)原(はら)街道に行きました。中国では香港(ホンコン)からカシュガルまでバスで百何十日の旅をしました。途中司馬さんが行った少数民族・イ族の高橋村(こうきょうそん)という集落を訪れました。村人が普段着ない民族衣装をわざわざ着てくれ、お酒やご馳走を精一杯出してくださった。そんな心のこもった歓迎を受け、ほんとうに楽しい一日を過ごしました。司馬さんの跡を追う旅でなければ味わえない経験でした。

檮原街道は坂本龍馬が脱藩するときに通った道で、ぼくは高知市から愛媛県との県境まで百三十キロを三日間かけて歩きました。すると「なるほどこの距離感でこの時間か。だったら江戸から京都まではこのぐらいだろう」という時間と距離のメジャーがぼくの体の中に埋め込まれたのですね。高橋村の一日、檮原街道で得た距離感。何にも増して大きなものを司馬さんからプレゼントされたと思っています。

司馬賞をいただくことになって、『梟の城』と『風神の門』を読み返してみたら、やっぱりおもしろい。ほんとうにわくわくするような楽しさがあるのです。読んでいるうちに、昔ぼくの作品の挿絵を描いてくれたイラストレーターが「いつかおまえさんが時代小説を書くとき、俺が挿絵を描く」と言っていたのを突然思い出しました。そして、ぼくも時代小説を書いてみようかな、と思ったのです。もしおもしろいものだったら、もう一度司馬遼太郎賞の候補にしてもらい、司馬賞を二度もらって歴史に名前を留める人になりたいな、と思ったのです。その時は、是非皆さんも推薦してください。くだらない話を聞いてくださり、ほんとうにありがとうございました。

（二〇一四年二月一日に開催された第十八回菜の花忌・第十七回司馬遼太郎賞受賞スピーチより）

沢木耕太郎（さわき・こうたろう）
一九四七年生まれ。『テロルの決算』で第十回大宅壮一ノンフィクション賞、『一瞬の夏』で第一回新田次郎文学賞、『凍』で第二十八回講談社ノンフィクション賞、『キャパの十字架』で第十七回司馬遼太郎賞を受賞。

あとがき

上村洋行

司馬遼太郎は雑木林が好きで自宅の庭を雑木林風にしてもらった。現在の記念館（東大阪市）は自宅と隣接して安藤忠雄さん設計の建物で構成されており、建物の周囲にも同じ種類の草木が植えられた。開館して二十一年が過ぎ、元々の自宅の庭と新しい庭が一体化して森のような雰囲気になった。木々の小径伝いに書斎があり、ガラス戸越しに執筆していた机、本棚の資料類といった光景が見られる。

書斎の前には直径八十五センチのヒューム管が置かれ、春には菜の花、夏には露草が育っていた。司馬遼太郎はクスやシイといった高木、花なら豪華なものよりタンポポ、菜の花、レンギョウ……といった山野草を好んだ。

書斎前の菜の花には執筆の合間に水遣りをしたり、ペンを置いて眺めたりするとき、軽い気力のようなものを感じたという。今も記念館のボランティアの皆さんの協力でその雰囲気を保ち、来館者をお迎えしている。

司馬遼太郎の命日である二月十二日を「菜の花忌」と呼ぶのもそこに由来し、長編に

『菜の花の沖』があるからでもある。その日の前後に、毎年、東京、大阪交互で開く司馬遼太郎記念財団が主催する司馬遼太郎賞の贈賞式とシンポジウムの催しにもその名を冠した。

シンポジウムは司馬遼太郎が亡くなった一九九六年の翌年に大阪・ロイヤルホテルで開いた第一回以来、これまでに二十五回（二〇二一年大阪会場は延期）開いており、記念館の会誌「遼」にその要約を掲載している。

識者の皆さんが司馬遼太郎のさまざまな面を語り合われた記録が、司馬遼太郎生誕一〇〇年にあたる年に一冊の本として世に出ることになった。

振り返ってみると、時の流れの早さを感じ、その折々のパネリストの皆さんの顔やその表情が、それぞれの会場や満席の客席の雰囲気をともなって思い出される。

第一回の「私たちの司馬さん」はとくに印象深い。なにしろ司会を担当された青木彰筑波大学名誉教授は、司馬遼太郎の新聞社時代の同僚で、財団の常務理事として草創期を牽引してくださった。安野光雅画伯は『街道をゆく』の挿し絵を担当されたし、作家の井上ひさし先生は司馬遼太郎賞の選考委員であり、姜在彦（カンジェオン）花園大学教授は朝鮮近代史、思想史を研究され、財団の設立当初から評議員を十四年の長きにわたって務められた。いずれも司馬遼太郎と親交の深かった方々で、四氏とも身近に接し、良き話し相手であったばかりか理解者でもあった。語られるエピソードから、笑顔の司馬遼太郎が浮かび上がってきた。

私は日常生活の場で不快な顔や怒った顔を見たことがない。だから、司馬遼太郎を思い出すときはいつも笑顔であり、その笑顔はユーモアに満ちた会話の雰囲気に包まれて表れる。

井上先生はその後に開館した記念館の図録に「司馬学校を夢見て」というタイトルで「ここがひとびとのための、たのもしい知の助け合いの場所になり、やがてそれが学校のようなものになることを」と書いてくださった。「私たちの司馬さん」は記念館活動の原点でもあった。

二〇〇七年の第十一回の「司馬作品の輝く女性たち」は、常日頃から疑問に思っていたことの回答でもあった。ずいぶん以前に「司馬さんは女性が書けない」という評論家の記事を読んだ。「そうだろうか」と思いながら、司馬作品の女性像を思い浮かべた。『梟の城』の小萩、木さる、『竜馬がゆく』の乙女姉さん、千葉さな子、おりょう、お登勢、『燃えよ剣』のお雪、『ペルシャの幻術師』のナン、戦国時代の北政所、細川ガラシャ……。それぞれに自立したなんとも魅力的な女性像だろう、と思っていた。自立、という言葉を思い浮かべて、捉え方の視点に相違があるからだろうか、ということに気づいた。

これらの作品が生まれた時代、一九五〇年代から七〇年代のころの一般の女性像は旧来の捉え方であって、司馬作品の女性像は男女雇用機会均等法の施行などをへて変化した現在の感覚を先取りしていたように思う。それは『ビジネスエリートの新論語』（文春新書）の「女性サラリーマン」で昭和三十年ごろの職場の女性像を描き、恋愛話や陰口にうつつを抜かさず職業に徹するようになれば世の中は一変する、と結んでいることから推測できる。

シンポジウムでは田辺聖子先生、出久根達郎先生のお二人が、司馬作品の女性像を「おてんば」と捉えて論を展開された。第二回の「竜馬と司馬遼太郎」では永井路子先生が「司馬さんは女性を個性的に書いていらっしゃいます」とおっしゃった。お話を聞きながら、私には司馬作品の女性像が〝自立した女性〟として浮かんでいた。

第六回の「二十一世紀に生きる君たちへ」は小学校六年生の教科書に書いた文章だ。司馬遼太郎の執筆速度は速いほうだが、この文章にはかなり時間をかけて書いた。一九八九年に教科書に掲載されており、世の中はバブル経済の最中だった。このことを思うと、欲が表面化したこの時代にこそ、次代を担うこどもたちに、伝えておきたい、という気持ちがあったのかもしれない。

「いたわり」や「やさしさ」の大切さをあげ、これらのことは訓練しないと身につかないと書き、自己の確立を説いている。

パネリストのお一人である安藤忠雄さんは、これまでは国や地域社会や企業が何かをしてくれるだろうと思えた時代もあったが、今や「もうなにもやってくれないと考えたほうがいい。責任ある個人を、自分たち一人ひとりが自ら育てていくしかないだろう」と言われた。

デジタル社会ではＡＩ（人工知能）や仮想現実世界（メタバース）の進化とともに、さまざまな分野で恩恵を受けられる半面、我々の自己が確立されていなければ、ただ波に飲み込まれるだけで、何かを見失うことになりかねない。

養老孟司先生は「体を使って働け」と、井上先生はともに生きるために「水」の大切さをあげられ、次世代へのメッセージとされた。

と、ここまで書きながら、実は、『二十一世紀に生きる君たちへ』は約二十年の記念館活動の実感として、大人の方々にも読まれている、という受けとり方をしている。それだけに、パネリストの皆さんの発言は次世代のみならず、今の我々への提言として重く受け止めたい。

このシンポジウムでは毎回のように参加されるパネリストがおられる。前半が井上ひさし先生、後半からは磯田道史先生である。自然の流れでそうなった。おふたりはシンポジウムに欠かせない存在、と思っている。

シンポジウムの内容が充実しているだけでなく、穏やかな温かさに包まれるのは司会をずっと続けてくださる古屋和雄さんに負うところが多い。パネリストの皆さんから的確に意見を聞き出されるばかりか、エンディングでその時々のテーマに合わせて司馬遼太郎の文章の一節を朗読される。朗読の余韻に浸りながら観客は会場をあとにされる。

二十五回のシンポジウムの要旨からテーマの重複に気を配りながら取捨選択しまとめられた文春文庫編集部の北村恭子さんに心から感謝したい。

（司馬遼太郎記念館館長・司馬遼太郎記念財団理事長）

〈菜の花忌シンポジウム・初出一覧〉

※太字は本書に収録した回です。
また本書では「遼」を底本にしています。

第一回「私たちの司馬さん」 「週刊朝日」一九九七年三月七日号 「遼」第76号

第二回「竜馬と司馬遼太郎」 「週刊朝日」一九九八年三月六日号 「遼」第77号

第三回「司馬遼太郎との対話」 「週刊朝日」一九九九年三月一二日号・一九日号

第四回「『この国のかたち』を考える――20世紀から21世紀へ」
「週刊朝日」二〇〇〇年三月三日号・一〇日号・一七日号

第五回「『菜の花の沖』を考える――21世紀を見つめて」 「週刊朝日」二〇〇一年三月二日号

第六回「二十一世紀に生きる君たちへ」 「週刊朝日」二〇〇二年三月一五日号 「遼」第3号

第七回「大阪について」 「週刊朝日」二〇〇三年三月七日号 「遼」第7号

第八回「変革の時代のひとびと――幕末維新と21世紀」
「週刊朝日」二〇〇四年三月五日号 「遼」第11号

第九回「日本人を考える」 「週刊朝日」二〇〇五年三月四日号 「遼」第15号

第十回「『坂の上の雲』――日本の青春」 「週刊朝日」二〇〇六年三月二四日号 「遼」第19号

第十一回「司馬作品の輝く女性たち」 「週刊朝日」二〇〇七年三月一六日号 「遼」第23号

第十二回「『街道をゆく』――この国の原景」 「週刊朝日」二〇〇八年三月一四日号 「遼」第27号

第十三回「『坂の上の雲』――正岡子規とその時代の明るさ」
「週刊朝日」二〇〇九年三月一三日号 「遼」第31号

第十四回 「『坂の上の雲』と日露戦争」 「週刊朝日」二〇一〇年三月一二日号 「遼」第35号

第十五回 「司馬遼太郎のたいまつ――われわれが受け継ぐべきもの」 「週刊朝日」二〇一一年三月一一日号 「遼」第39号

第十六回 「3・11後の『この国のかたち』」 「週刊朝日」二〇一二年三月一六日号 「遼」第43号

第十七回 「混沌の時代に――『竜馬がゆく』出版五十年」 「週刊朝日」二〇一三年三月一五日号 「遼」第47号

第十八回 「この時代の軍師――『播磨灘物語』から考える」 「週刊朝日」二〇一四年三月一四日号 「遼」第51号

第十九回 「乱世から乱世へ――『城塞』から考える」 「週刊朝日」二〇一五年三月一三日号 「遼」第55号

第二十回 「司馬作品を語りあおう――今の時代を見すえて」 「週刊朝日」二〇一六年四月一日号 「遼」第59号

第二十一回 「『関ケ原』――司馬遼太郎の視点」 「週刊朝日」二〇一七年三月三一日号 「遼」第63号

第二十二回 「『燃えよ剣』『新選組血風録』――人は変革期にどう生きるか」 「週刊朝日」二〇一八年三月一六日号 「遼」第67号

第二十三回 「『梟の城』――忍者の世界をどう読んだか」 「週刊朝日」二〇一九年三月二二日号 「遼」第71号

第二十四回 「土方歳三と河井継之助――『燃えよ剣』『峠』より」 「週刊朝日」二〇二〇年三月二〇日号 「遼」第75号

第二十五回 「『胡蝶の夢』――新型コロナ禍を考える」 「週刊朝日」二〇二二年三月一八日号 「遼」第83号

「司馬さん」を語る
菜の花忌シンポジウム

定価はカバーに表示してあります

2023年2月10日　第1刷

編　者　司馬遼太郎記念財団
発行者　大沼貴之
発行所　株式会社　文藝春秋

東京都千代田区紀尾井町3-23　〒102-8008
TEL　03・3265・1211㈹
文藝春秋ホームページ　http://www.bunshun.co.jp

落丁、乱丁本は、お手数ですが小社製作部宛お送り下さい。送料小社負担でお取替致します。

印刷製本・凸版印刷
Printed in Japan
ISBN978-4-16-792003-6